Ilona Bulazel

Heimtückische Schuld

Über das Buch

Schuld ist wie ein Geschwür, das die Seele überwuchert und erstickt.

Ein männlicher Toter ohne Augenlider, eine weibliche Leiche, der man eine Strohpuppe unter die Haut genäht hat, und kein Hinweis auf den Täter …

Hauptkommissar Jens Stutter und Kommissarin Jasmin Nau werden nach einem brutalen Doppelmord in eine kleine Gemeinde bei Stuttgart gerufen. Das grausame Ritual, das zum Tod der Opfer geführt hat, scheint in Verbindung mit dem Mord an zwei Teenagern zu stehen, die in einem Campingbus verbrannt sind. Hängt etwa auch der fünfundzwanzig Jahre zurückliegende Selbstmord einer Schülerin mit den Verbrechen zusammen?
Das Sterben hört nicht auf, und mit jeder weiteren Leiche holt die Vergangenheit alle Beteiligten auf brutale Weise ein.

Im Psychothriller »Heimtückische Schuld« wird der Leser mit einem Szenario konfrontiert, das auf erschreckende Weise deutlich macht, wie Schuldgefühle und Rachsucht Menschen zerstören können …

Ilona Bulazel

Heimtückische Schuld

Ilona Bulazel
Sinzheimer Str. 40b
76532 Baden-Baden
Deutschland

E-Mail: kontakt@autorib.de
Website: www.autorib.de
Facebook: www.facebook.com/ilonabulazel

Ausgabe 15.05/18

Korrektorat:
Natalie Röllig

Umschlaggestaltung:
Cover Design by James, GoOnWrite.com
Photo Images © Shutterstock / photoagent

Buchsatz:
Corinna Rindlisbacher, ebokks.de

Weitere Informationen zum Druck:
siehe Buchende

Inhalt

In Erinnerung an Martina,
die viel zu außergewöhnlich war,
als dass ich sie jemals hätte erfinden können.

Kapitel 1

Mai 1993

Es war eine jener lauen Nächte im Mai, die den Sommer ankündigten. Der Mond stand hoch am Himmel und wirkte wie ein dicker, gelber Ballon, den man viel zu enthusiastisch aufgepumpt hatte und der deshalb jeden Moment zu platzen drohte.

Friedhelm Ehler blinzelte in die Nacht. Die Scheinwerfer der Lokomotive waren groß und grell, sodass sie alles erfassten, was vor ihm lag. Allerdings machte ihn das nicht weniger hilflos, als eine Gestalt wenige Meter vor ihm auf die Gleise rannte und dort abrupt stehen blieb. Ein gespenstisch weißes Gesicht wandte sich ihm zu, aufgerissene Augen starrten auf das Metall des tonnenschweren Güterzugs, der mit knapp hundert Stundenkilometern über die Schienen raste. In der nächsten Sekunde drang auch schon das dumpfe Geräusch des harten Aufpralls an die Ohren des Lokomotivführers. Blut, vermischt mit kleinen Brocken menschlichen Gewebes, verteilte sich über der Scheibe der Lok. Das Notsignal dröhnte durch die Dunkelheit, die Bremsen quietschten, aber das stählerne Ungetüm ließ sich nicht einfach abstellen. Friedhelm hatte das Gefühl, der lange Bremsweg würde ihn direkt ans Ende der Welt bringen.

»Nein«, flüsterte er verzweifelt, »nein, nicht schon wieder.«

Dann endlich kam der Zug zum Stehen. Friedhelm Ehler machte Meldung, wie er es jedes Mal tat, und redete sich gut zu: »Es ist nicht meine Schuld!«

Warum musste es erneut ihn treffen? Ein-, vielleicht auch zweimal, das brachte der Beruf mit sich. Die Statistik belegte das Unvermeidliche. Aber er war einer der Eisenbahnfahrzeugführer, die weit über dem Durchschnitt lagen. Das war nun sein vierter *Schienenhüpfer,* wie er die Selbstmörder nannte. Wieder eine Frau, da war er sich sicher. Er hatte das lange Haar gesehen, das um das blasse Gesicht geweht war, bevor der Körper zerschmettert worden war.

Ihm blieb nichts weiter zu tun, als jetzt auf die Rettungsmannschaften zu warten. Jemand würde ihn ablösen, und er könnte nach Hause gehen. Und was würde ihm dort bevorstehen? Schlaflose Nächte, Albträume und Rückzug von der Familie, mehr Alkohol, als gut für ihn war, Gespräche, die er nicht führen wollte, und Trost, der ihn nicht trösten konnte.

Unbändige Wut stieg in ihm auf. Er hatte kein Mitleid mit denen, die auf diese Weise freiwillig aus dem Leben schieden. Sie alle hatten die Wahl gehabt, einen anderen Weg zu gehen. Warum mussten sie ihn da mit hineinziehen? Rücksichtslos wurde sein Leben durch ihre Selbstmorde gestört. Es gab doch Hochhäuser, von denen man springen konnte, Schlaftabletten, Rasierklingen und tiefe Gewässer. Die Möglichkeiten zu sterben waren vielfältig, warum musste es denn ausgerechnet *sein* Zug sein?

Sirenen erklangen, gleich würden sie da sein: das Bergungsteam, die Leichenbestatter und die Betreuer, die sich seiner annehmen sollten. Auch ihnen würde diese Nacht einen Teil des eigenen Seelenfriedens rauben. Jemand musste die Leichenteile schließlich einsammeln, die Örtlichkeiten von Blut, Fleisch und Knochen reinigen, Sand auf die roten Stellen streuen und versuchen, die Spuren zu verwischen.

Man sprach ihn an. Mechanisch schilderte er, was geschehen war. Mitleidige Blicke folgten ihm, als er zu einem Fahrzeug geführt wurde.

Zum Glück gab es keine Passagiere. Ihr hysterisches Kreischen und neugieriges Gefrage hätte er jetzt nicht auch noch ertragen können.

»Wir übernehmen«, sagte einer der Männer und gab Anweisungen, »sucht nach einem Hinweis. Wir müssen wissen, wer sie war. Womöglich hat sie irgendwo ihre Handtasche abgelegt.«

Während Friedhelm Ehler bereits auf der Couch in seinem Wohnzimmer saß, durchkämmten die Mannschaften von Polizei und Feuerwehr die Umgebung. Am Bahnübergang fanden sie die Tasche von Petra Lutze, einer sechzehnjährigen Schülerin, die in Pfetzertal wohnte, dem Dorf, durch das die Bahnstrecke führte. Es würde sich bald schon bestätigen, dass sie die Selbstmörderin war. Einen Abschiedsbrief gab es nicht, doch das musste nichts bedeuten. Manchmal setzte ein Mensch seinem Leben ein Ende, ohne etwas zu hinterlassen.

Gegen Morgen waren die Gleise für den Schienenverkehr wieder freigegeben, und nichts erinnerte an das schreckliche Ereignis der Nacht. Niemand schenkte den Resten der Absperrbänder große Aufmerksamkeit, und keinem war die kleine Puppe aufgefallen, die unweit der Gleise im Gras lag. Sie war nur handflächengroß und aus geflochtenem Stroh, das Gesicht aufgemalt. Die vielen Füße, die in der Nacht über sie getrampelt waren, hatten sie bereits fest in den Boden gedrückt. Leichtsinnigerweise hielt man sie für Abfall, der irgendwann verrotten würde, glaubte, sie sei eben nichts weiter als eine unbedeutende kleine Strohpuppe.

Ein Irrtum, denn in Wahrheit war dieses zierliche Teil, das unter anderen Umständen vielleicht eines Tages als Schlüsselanhänger oder Maskottchen an einem Autospiegel seinen Platz gefunden hätte, von ganz besonderer Bedeutung.

Drei Wochen später, im Juni 1993

Thomas Braun betrachtete ein wenig gereizt seine Freundin Stefanie Hagel. Es war in Ordnung, wenn sie ein wenig Alkohol trank, das tat ihr gut, löste die Hemmungen. Aber was ihm ganz und gar nicht gefiel, war eine besoffene Version der sonst eher zurückhaltenden Achtzehnjährigen.

Sie torkelte in dem engen Campingbus gerade gegen die Wand, bevor sie sich schrill lachend auf die Sitzbank fallen ließ, und begann nichts als Unsinn zu erzählen. Vermutlich, um diesen ungebetenen Gast zu beeindrucken. Wie konnte ihm dieses Wochenende nur so entgleiten? Alle erdenkliche Mühe hatte er sich gegeben. Zuerst die harten Verhandlungen mit seinem älteren Bruder, der sich zwar schließlich hatte breitschlagen lassen und Thomas den alten Campingbus fürs Wochenende überlassen hatte – dafür jedoch Gegenleistungen forderte, die wenig von brüderlicher Zuneigung zeugten. Thomas hatte sich trotzdem darauf eingelassen, eine Palette Dosenbier, ein paar Konserven und eine Flasche süßen Sekt gekauft. Steffi, wie er seine Freundin gewöhnlich nannte, war anfangs ganz begeistert von dem Ausflug gewesen, bis er sie in seine Pläne eingeweiht hatte, am großen Baggersee eine einsame Stelle anzufahren und dort die Zweisamkeit zu genießen.

»Aber am Wochenende ist Jahrmarkt«, hatte sie gequengelt. »Wir könnten dorthin, und anschließend fahren wir an den See. Alle meine Freundinnen sind dort, das wird lustig. Ich will nicht zwei Tage nur in der Natur hocken.«

Er hatte schließlich nachgegeben, obwohl er wusste, dass er es hassen würde. Wie zu erwarten war, amüsierte sich Steffi hervorragend und flirtete ungeniert mit den Typen, die beim Autoscooter arbeiteten. Muskulöse Wichtigtuer mit Stiernacken und engen T-Shirts, die von den trainierten Oberarmen fast gesprengt wurden. Natürlich fehlte ihnen jedweder Verstand, aber das hinderte Steffi und ihre Freundinnen nicht daran, bei jedem Spruch, den einer dieser Ochsenköpfe machte, ausgelassen zu kichern.

Gegen Mitternacht rückten zwei Streifenwagen der Polizei an, weil es im Bierzelt zu einer Schlägerei gekommen war. Mit Auftauchen der Ordnungshüter endete die Veranstaltung. Die meisten ihrer Bekannten waren angetrunken, einige auch bekifft, und keiner wollte riskieren, in den Fokus der Beamten zu geraten.

Steffi murrte, als sie zum Parkplatz stöckelte. »Mann, ich will noch irgendwo feiern. Schließlich macht man nur einmal im Leben Abitur.«

Er zog sie an sich und küsste sie. Nur widerwillig ließ sie es zu.

»Wir machen eine Flasche Sekt auf. Ich kenne eine tolle Stelle am See, wir beide und der Sonnenaufgang!«, versuchte er, romantisch zu klingen. In Wahrheit scherte ihn der Sonnenaufgang herzlich wenig. Er wollte endlich vögeln, immerhin hatte ihn der Campingbus einiges gekostet. Die nächsten Wochen würde er den persönlichen Sklaven seines Bruders mimen, das sollte wenigstens nicht umsonst gewesen sein.

»Oh, wie langweilig«, hörte er Steffi meckern, »ich will Party machen!«

Thomas war am Verzweifeln und log: »Ich ja auch, allerdings bin ich pleite, Disco fällt aus.«

»Dann lass uns um den See fahren, vielleicht können wir irgendwo mitfeiern.«

So zuckelten sie mit aufgedrehtem Autoradio über die holprigen Feldwege, trafen auf zwei oder drei Gruppen, die sich wenig interessiert an weiteren Gästen zeigten, und endlich sah auch Steffi ein, dass der Abend zu Ende war.

»Also schön, suchen wir einen Platz und leeren den Sekt«, lenkte sie ein.

Thomas ließ sich das nicht zweimal sagen und drehte den Wagen.

Sie hatten ihr Ziel fast erreicht, als ihnen ein nächtlicher Gast regelrecht vor den Kühler gesprungen war, und bevor es Thomas hatte verhindern können, waren sie zu dritt gewesen.

Jetzt war Steffi betrunken und hatte keine Hemmungen, auch vor einer völlig fremden Person einen handfesten Streit mit ihm zu beginnen.

Thomas, ebenfalls nicht mehr nüchtern, ließ sich provozieren. Sie warf ihm vor, er sei langweilig und würde sie ausbremsen, ihr den Spaß verderben. Daraufhin bezeichnete er sie als Schlampe. Sie verpasste ihm eine Ohrfeige, und er sah sie entsetzt an. Dann warf er ihr eine halb volle Dose Bier entgegen und wollte wütend aus dem Campingbus steigen, als ihn ein brennender Schmerz in die Knie zwang. Etwas hatte ihn am Rücken verletzt, er spürte eine Flüssigkeit auf seiner Haut, dann hörte er Schreie. Sie wurden voller Panik ausgestoßen, klangen unnatürlich und hysterisch und verstummten abrupt. Gleichzeitig registrierte er ein Geräusch, so als wäre jemand zu Boden gestürzt, und er wusste, dass das Steffi gewesen war, bevor er selbst ohnmächtig zusammenbrach. Die Musik im Wagen lief immer noch. Wäre jemand vorbeigekommen, hätte er sicher angenommen, dass ausgelassene junge Leute eine private Party feierten.

Thomas kam erst wieder zu sich, als ihm jemand ins Gesicht schlug.

Eine Stimme rief: »Sieh sie dir an, sieh sie dir an!«

Benommen gehorchte er und blickte zu Steffi. Sie lag am Boden. Thomas erkannte die große Schnittwunde an ihrem Hals und schloss vor Entsetzen die Augen.

»Nein!«, folgte daraufhin ein wütender Schrei. »Du musst sie ansehen!«

»Hör auf«, flehte Thomas und jetzt, da er wieder bei Bewusstsein war, begann die Wunde, die man ihm zugefügt hatte, zu schmerzen. »Steffi«, wandte er sich keuchend an seine Freundin und streckte hilflos die Hand in ihre Richtung. Aufstehen konnte er nicht. Seine Verletzung war zu schwer. Wieder fielen ihm die Lider zu, er würde das hier nicht überleben, das wusste er. Für einen Augenblick dachte er daran, dass er seine Schuld gegenüber dem Bruder nun nie einlösen konnte. Fast hätte er bei dem Gedanken schadenfroh gelächelt, aber dann rannen ihm Tränen über die Wangen. Er wollte nicht sterben. »Hilfe«, brachte er mit bebenden Lippen hervor.

»Sieh sie endlich an!«, kreischte die Stimme, und Thomas spürte das Messer in seinem Gesicht. Entsetzliche Schmerzen ließen ihn erneut das Bewusstsein verlieren. Aber noch war ihm nicht vergönnt zu sterben, mit groben Schlägen riss man ihn zurück ins Leben.

Warmes Blut rann über Thomas' Gesicht. Halb ohnmächtig blickte er erneut zu Steffi, in der Hoffnung, dass man ihn dann endlich in Ruhe lassen würde.

»Sieh hin!«, wurde wieder und wieder der gleiche Befehl gebrüllt.

Thomas hatte längst keine Kraft mehr, sich zu widersetzen. Er starrte zu seiner Freundin, beobachtete, wie ihr das T-Shirt nach oben gezogen wurde und ein Messer die Haut darunter aufschlitzte. Als er dieses Mal die Augen schließen wollte, gelang es ihm jedoch nicht.

»Meine Augen«, flüsterte er und versuchte vergebens zu blinzeln. »Nein«, stöhnte er leise, als ihm bewusst wurde, dass man ihm die Augenlider abgeschnitten hatte. Eine Welle des Schmerzes durchfuhr seinen Körper, er verkrampfte sich und dann endlich erlöste ihn der Tod.

»Du wirst sie ansehen, denn es ist deine Schuld! Ganz allein deine Schuld.«

Wenige Minuten später war der abgelegene Platz neben dem See hell erleuchtet. Der alte Campingbus stand in

Flammen. Im Inneren züngelte das Feuer um die toten Körper von Steffi und Thomas. Das Polyester der Sitzkissen schmolz zusammen, die Vorhänge brannten lichterloh, und das Bier in den Dosen fing an zu brodeln. Außerdem hatte ein Gegenstand den Weg ins Feuer gefunden, der keinem der Opfer gehörte. Auf Stefanies Bauch lag, direkt neben der Schnittwunde unter der Brust, ein etwa sieben Zentimeter großes Strohpüppchen, das vom austretenden Blut wie ein Papierschiffchen vom Flusswasser erfasst wurde und langsam über die helle Haut der jungen Frau glitt, bis es blutgetränkt den Boden erreichte. Sein aufgemaltes Gesicht verzog sich eigenartig, als die Flammen begannen, das geflochtene Stroh zu verschlingen. Für eine Sekunde sah es so aus, als läge ein Ausdruck des Bedauerns darin, dann zerfiel die Figur zu Asche, so als hätte sie nie existiert.

Februar 1994

Carolin Kettler war erst vor wenigen Tagen auf die Wache nach Pfetzertal versetzt worden. Hier gab es einen Engpass, und die junge Streifenbeamtin sollte aushelfen. Carolin hatte große Pläne, und Pfetzertal gehörte eigentlich nicht dazu, aber sich flexibel und kooperativ zu zeigen, konnte sich für ihre Karriere auszahlen und machte sich gut in der Personalakte. Heute war es ein Dorf nahe der Schwäbischen Alb, und irgendwann würde sie in Stuttgart als Hauptkommissarin arbeiten. Das hatte sich die Zweiundzwanzigjährige fest vorgenommen – und wenn es darum ging, ihren Willen durchzusetzen, konnte die junge Frau sehr hartnäckig sein. Etwas, das ihre Mutter bei jeder Familienfeier bestätigte. Sie wurde nicht müde zu erzählen, wie sie bereits der Dickschädel des Säuglings Carolin Kettler um den Verstand gebracht hatte.

Ihre Eltern waren gegen eine Ausbildung bei der Polizei

gewesen, aber natürlich war jeder Versuch, sie dahingehend zu beeinflussen, vergebens gewesen.

Carolin sah die Berichte der letzten Nacht durch. Wie zu erwarten war, hatte sich nicht allzu viel ereignet.

Der ältere Kollege, dem sie unterstellt war, schüttelte mitleidig den Kopf. »Ihr Jungen sucht immer das Abenteuer. Doch lass dir gesagt sein, ein Tag, an dem das Telefon nicht klingelt …«

»… ist ein guter Tag«, vervollständigte Carolin mit gelangweiltem Tonfall den Satz des Mannes, den er mehrmals täglich zu wiederholen pflegte.

»In ein paar Jahren wirst du es verstehen«, fügte er milde lächelnd an.

Auch diesen Spruch kannte die junge Beamtin bereits auswendig und seufzte. Doch noch bevor sie etwas erwidern konnte, öffnete sich die Tür, und eine Frau trat ein.

Ihr Kollege grüßte freundlich, allerdings entging Carolin nicht, dass er sich unwohl in seiner Haut fühlte.

»Heidi! Wie geht es dir?«, fragte er die Fremde mit gezwungener Fröhlichkeit.

Die so Angesprochene winkte ab. Sie wollte nicht darauf antworten, deshalb stellte sie eine Gegenfrage: »Gibt es etwas Neues?«

Carolin kniff die Augen zusammen und blickte von der Frau zu ihrem Vorgesetzten. Der schüttelte bedauernd den Kopf. Daraufhin drehte sich Heidi um, steuerte die Sitzreihe für Besucher an und ließ sich darauf nieder.

Es war, als würde sie einem bestimmten Ritual folgen. Sie kramte umständlich in ihrer Handtasche und zog eine Frauenzeitschrift heraus. Dann suchte sie einen Stift und begann das Kreuzworträtsel auf der Rückseite auszufüllen.

Carolins Kollege verschwand im Hinterzimmer, und die junge Beamtin folgte ihm.

»Wer ist das?«, fragte sie neugierig.

Der Ältere schüttelte traurig den Kopf. »Das ist Heidi Hagel.«

Sofort straffte sich Carolins Körper, und sie rief überrascht: »Die Mutter von Stefanie Hagel?« Dann hob sie schnell mit schlechtem Gewissen die Hand vor den Mund.

Carolin hatte alles über den Doppelmord im Juni letzten Jahres gelesen. Ein junges Paar – Stefanie Hagel und Thomas Braun – war in einem Campingbus überfallen, getötet und anschließend verbrannt worden. Es hatte eine groß angelegte Suche nach dem Mörder gegeben. Erst verdächtigte man jemanden von den Schaustellern; zur Zeit der Morde kampierte der Jahrmarkt in der Gemeinde, und die Opfer waren am Abend vor ihrem Tod dort gesehen worden. Aber es gab keine eindeutigen Beweise, und am Ende konnte der Fall nicht gelöst werden. Man vermutete einen missglückten Raubüberfall. Womöglich ein Landstreicher oder Junkie, der in seinem Rausch die Kontrolle verloren und die beiden dann brutal ermordet hatte.

»Und was macht sie jetzt hier?«, richtete Carolin ihre nächste Frage flüsternd an den älteren Kollegen.

»Sie kommt zwei-, dreimal im Monat vorbei und erkundigt sich nach den Ermittlungen.«

»Aber die sind doch eingestellt«, warf Carolin überrascht ein.

»Ja«, antwortete ihr Gegenüber mit rauer Stimme, »doch sie hofft, dass sie eines Tages wieder aufgenommen werden, wenn es neue Spuren gibt.«

Carolin schwieg und beobachtete, wie ihr Kollege eine Tasse Tee zubereitete.

»Heidi muss auf den Bus warten. Ich lasse sie hier sitzen, Zeitung lesen und spendiere ihr ein heißes Getränk. Ich wünschte, ich könnte mehr tun.«

»Soll ich ihr den Tee bringen?«, bot die Polizistin an, was ihr einen misstrauischen Blick einbrachte. »Vielleicht möchte sie mit jemandem reden. Ich kann gut zuhören, und momentan ist ja sowieso nichts los«, fügte sie deshalb schnell an.

Als Antwort erhielt sie zunächst ein Seufzen. »Also schön, aber rege die Frau nicht auf. Keine bohrenden Fragen! Die Heidi hat schon genug durchmachen müssen.«

Carolin schluckte eine entsprechende Erwiderung herunter und eilte mit der Teetasse in der Hand davon.

Heidi Hagel war in ihr Kreuzworträtsel vertieft und sah erst auf, als sie das Klirren des Geschirrs vernahm, das Carolin behutsam abstellte.

»Danke«, murmelte die Frau und betrachtete die junge Polizistin. »Sie sind neu, oder?«, fragte sie ohne Umschweife.

»Ja, mein Name ist Carolin Kettler«, antwortete die Beamtin höflich und musterte ihr Gegenüber genauer.

Heidi Hagel sah wie eine alte Frau aus, in Wirklichkeit war sie erst Ende vierzig. Der tragische Verlust des einzigen Kindes hatte sie gezeichnet. Die Farbe ihrer Haut zeugte von schlechter Gesundheit, die vielen Falten um Augen und Mund waren eindeutig der Trauer geschuldet, und die lieblos im Nacken zusammengebundenen grauen Haare hatten jeden Glanz verloren. Ihre Finger zitterten, als sie nach der Teetasse griff. Ein billiges Parfüm umgab Heidi Hagel, das jedoch nicht verhindern konnte, dass Carolin einen weiteren Geruch wahrnahm. Unverkennbar handelte es sich um Alkohol, der auch den glasigen Blick der Frau erklärte.

»Meine Steffi wäre jetzt fast in Ihrem Alter«, sagte Heidi leise und taxierte die Polizistin erneut. »Vielleicht hätte sie auch eine Beamtenlaufbahn eingeschlagen, das ist ja nicht das Schlechteste. Steffi war klug, hatte gerade das Abitur gemacht.«

Carolin wusste das bereits. Sie hatte den Fall wie viele ihrer Kollegen verfolgt und fragte sich, ob man der Mutter alle schrecklichen Details des Obduktionsergebnisses mitgeteilt hatte. War Heidi Hagel bekannt, wie brutal ihre Tochter und deren Freund zugerichtet worden waren? Ihm hatte man die Augenlider abgetrennt, und Stefanie war die Kehle aufgeschlitzt worden. Außerdem hatte es eine tiefe Schnittwunde am Körper des Mädchens gegeben. Die Ermittler hatten das Gemetzel damit erklärt, dass der Täter vermutlich infolge des Einflusses von Alkohol oder härteren Drogen einen totalen Kontrollverlust erlitten hatte und in wilde Raserei verfallen war. Der Brand hatte viele Spuren zerstört, sodass es keinerlei Hinweise auf den oder die Mörder gegeben hatte. Auch wenn die Leichen noch so weit erhalten gewesen waren, um einiges über den Tathergang zu erfahren, war die anschließende Suche nach dem Schuldigen ohne Erfolg geblieben.

Eine Welle von Mitleid überkam Carolin, obwohl sie sich ständig bemühte, in ihrem Job persönliche Emotionen beiseitezuschieben. Sie setzte sich neben die Frau und sagte spontan: »Erzählen Sie mir von Ihrer Tochter.« Dann befürchtete sie, damit zu weit gegangen zu sein, und stammelte: »Entschuldigung, ich wollte Ihnen nicht zu nahe treten.« Sie machte Anstalten, wieder aufzustehen, doch Heidi hielt sie zurück.

»Nein, bitte bleiben Sie. Ich rede gerne über mein Mädchen.« Sie seufzte und sah geistesabwesend auf den Boden. Dann hob sie den Kopf und fuhr fort. »Alle sagen mir, ich soll die Vergangenheit hinter mir lassen, doch das kann ich nicht. Stefanie war mein einziges Kind …« Ihre Augen füllten sich mit Tränen, die sie schnell wegblinzelte. »Ich wollte sie an diesem Wochenende ungern gehen lassen, aber sie war volljährig, hatte gerade die Prüfungen abgelegt und bestand darauf, mit ihrem Freund zu feiern.«

»Thomas Braun«, warf Carolin ein.

»Ja, Thomas.« Sie lächelte für eine Sekunde, bevor sie weitersprach. »Ich hatte immer das Gefühl, er wäre nicht der Richtige für Stefanie. Verstehen Sie mich nicht falsch, er war ein netter Kerl, aber eben noch ein Junge. Mir war nicht wohl, dass die beiden mit diesem klapprigen Campingbus unterwegs waren. Er hätte sie nicht an diese einsame Stelle am See bringen dürfen. Wären die beiden doch nur woanders hingefahren.« Sie unterbrach sich und nestelte ein Taschentuch aus ihrer Jacke, mit dem sie sich die Augen betupfte. »Es ist ungerecht, meine Steffi liebte das Leben, sie hatte Pläne, nicht so wie die kleine Lutze.«

Carolin sah fragend zu Heidi Hagel. »Wer ist die *kleine Lutze?*«

»Petra Lutze. War gerade sechzehn und hat sich vor einen Zug geworfen. Das war ein paar Wochen, bevor meine Steffi …« Sie verstummte.

Von dem Selbstmord wusste Carolin bislang nichts. Pfetzertal schien offensichtlich einige Tragödien hinter sich zu haben. »Weiß man, warum diese Petra Lutze das getan hat?«, fragte sie deshalb, nicht fähig, die eigene Neugier zu unterdrücken.

Heidi gab sich einen Ruck und antwortete traurig: »Nein, nicht wirklich. Es gab natürlich Spekulationen über eine unglückliche Liebe. In diesem Alter sind Mädchen doch sehr verletzlich. Aber es hätte auch mit der familiären Situation zusammenhängen können. Die Mutter ist alleinstehend, Petra war das älteste von vier Kindern. Jedes hat einen anderen Vater, so lautet zumindest der Klatsch. Die Frau ist nach dem Unglück weggezogen, vielleicht hätte ich das auch tun sollen. Mein Mann ist vor fünf Jahren gestorben, und ohne Steffi – was bleibt mir da noch?«

»Eine räumliche Veränderung kann manchmal helfen«, bemerkte Carolin freundlich.

»Möglich«, erwiderte die Frau, ging aber nicht weiter darauf ein. Stattdessen sagte sie: »Sie halten mich sicher für verrückt, dass ich immer wieder hier aufkreuze, um mich nach den Ermittlungen zu erkundigen.«

Die Polizistin wollte widersprechen, doch Heidi schnitt

ihr das Wort ab. »Ich weiß, dass das nicht viel Sinn macht. Ich bin nicht naiv. Der Fall meiner Tochter wird nicht weiter bearbeitet. Aber solange ich hierherkomme, habe ich das Gefühl, dass er zumindest nicht vergessen wird.«

»Ich bin mir sicher, dass keiner der zuständigen Kollegen den Fall vergessen wird. Wenn es neue Erkenntnisse gibt, werden die Ermittlungen sofort wieder aufgenommen«, warf Carolin voller Überzeugung ein.

Heidi Hagel betrachtete erneut die junge Beamtin. Ihr Blick war forschend. Sie überlegte angestrengt, bevor sie wieder das Wort an Carolin richtete: »Würden Sie ein Auge auf den Fall haben, wenn ich es eines Tages nicht mehr kann?«

Die Frage kam unerwartet und verwirrte die Polizistin.

»Es würde mich beruhigen zu wissen, dass es noch jemanden gibt, dem daran gelegen ist, dass meiner Steffi Gerechtigkeit widerfährt.« Ihr Blick wanderte flehentlich über Carolins Gesicht. Dann folgte ein bedauerndes Lächeln. »Tut mir leid, ich habe Sie bedrängt, das wollte ich nicht.«

Die Beamtin wehrte ab. »Nein, das haben Sie nicht. Ich bin Polizistin geworden, weil Gerechtigkeit für mich sehr wichtig ist. Was Ihrer Tochter passiert ist, tut mir sehr leid, und ich hoffe, dass der Täter eines Tages gefunden wird. Wenn es in meiner Macht steht zu helfen, dann werde ich das tun, das verspreche ich Ihnen.«

Die Worte waren ihr einfach so über die Lippen gekommen, und sofort wusste sie, dass sie einen Fehler begangen hatte. Man gab in ihrem Beruf keine Versprechen, aber jetzt war es gesagt, und Frau Hagel legte dankbar ihre Hände auf die von Carolin.

»Das ist mir ein großer Trost«, murmelte sie dabei und verstärkte für einen Moment den Druck ihrer Finger. »Vielen Dank!« Dann erhob sie sich langsam und packte ihre Zeitschrift ein. »Ich muss jetzt gehen. Schön, dass Sie mir zugehört haben.«

Carolin nickte ihr zu und sah der zierlichen Gestalt mit der leicht gebückten Haltung, die langsam die Wache verließ, stirnrunzelnd hinterher.

Zwei Wochen später fand man Heidi Hagel mit verrenkten Gliedern am Fuß der steilen Treppe liegend, die in ihrem kleinen Häuschen das Ober- mit dem Untergeschoss verband. Genickbruch infolge eines Sturzes. Der Arzt stellte den Unfalltod fest und notierte mit Bedauern in seinem Bericht, dass Heidi Hagel zum Zeitpunkt ihres Todes einen Blutalkoholspiegel von fast drei Promille gehabt hatte.

* * *

Kapitel 2

Heute, vierundzwanzig Jahre später, Frankfurt am Main, Anfang März

Die dreiunddreißigjährige Kommissarin Jasmin Nau wischte mit der Hand über den beschlagenen Spiegel im Bad und betrachtete ihr Gesicht. Eigentlich hätte sie mit dem, was sie zu sehen bekam, zufrieden sein können, aber welche Frau war das schon? Sie rubbelte sich mit dem Handtuch über die nassen, dunklen Haare und verfluchte wieder einmal den Tag, an dem sie dem Vorschlag ihres Frisörs gefolgt war und sich gegen die praktische Kurzhaarfrisur entschieden hatte. Das »wachsen lassen« stellte sich als Geduldsprobe heraus, und Jasmin war bereits so weit, selbst zur Schere zu greifen und diesem nervenden Unterfangen ein Ende zu bereiten. Das Klingeln an der Haustür unterbrach ihre Überlegungen. Jasmin war erst vor Kurzem in die kleine Zweizimmerwohnung gezogen. Nur schweren Herzens hatte sie die großzügige Eigentumswohnung dem Makler zum Verkauf übergeben – doch so war das eben bei einer Scheidung.

Die Kommissarin zog den Bademantel fest um ihre Hüften und drückte den Knopf der Gegensprechanlage.

Sie hatte mit einem Paketboten, dem Heizungsableser oder den Zeugen Jehovas gerechnet, jedoch ganz bestimmt nicht mit *ihm*.

Ihr Herz machte einen Satz, und sie war sich sicher, dass sich ein Infarkt genau so anfühlen musste. Augenblicklich wurde ihr schlecht, und ihre Zunge klebte am Gaumen fest. Ihr fielen tausend Sprüche ein. Sie hätte ihm entgegenbrüllen müssen »Wie kannst du es wagen?« oder »Verschwinde, ich will dich nicht sehen!«, aber sie blieb stumm.

»Jasmin, Liebling, können wir nicht reden?« Seine Stimme hatte diesen herzerweichenden Tonfall, auf den sie immer hereingefallen war. »Ich werde nicht weggehen, bis wir miteinander gesprochen haben. Es wird doch Zeit, dass wir das tun«, versuchte er es erneut. »Ich werde ein Zelt aufschlagen«, scherzte er auf jene charmante Weise, die ihm stets den Weg in ihr Bett geebnet hatte.

Sie drückte den Türöffner, redete sich ein, es lediglich getan zu haben, um sich Peinlichkeiten vor den Nachbarn zu ersparen, und fuhr sich automatisch durch die immer noch nassen Haare, um sie ein wenig zu ordnen.

»Du siehst bezaubernd aus«, sagte er statt einer Begrüßung, und sie hasste sich dafür, dass ihr das Kompliment guttat.

Für einen kurzen Augenblick schienen die letzten Monate ausgelöscht, und Jasmin machte eine Zeitreise zurück in eine Ehe, in der sie sich glücklich wähnte, Liebe empfand und sich in Sicherheit glaubte. Aber was geschehen war, konnte man nicht mit ein paar netten Plaudereien wegwischen. Nicht einmal Gerry schaffte das. Der wunderbare, verlogene Gerry, der sie wegen einer Jüngeren mit Körbchengröße »Doppel D« verlassen und darauf gedrängt hatte, dass die Eigentumswohnung verkauft wurde, damit ihm sein Anteil ausgezahlt werden konnte.

Wieso hatte sie ihn überhaupt hereingelassen? Dieser Scheißkerl war ein Lügner und Betrüger.

Endlich fand Jasmin ihre Sprache wieder. »Was willst du?«, schnauzte sie, bemüht, möglichst unfreundlich zu klingen.

Er machte ein betretenes Gesicht. »Kann ich vielleicht reinkommen?«

Was blieb ihr jetzt noch übrig, als er erst einmal vor ihrer

Tür stand? Keinesfalls wollte sie, dass jemand aus der Nachbarschaft etwas von der Unterhaltung zwischen ihr und Gerry mitbekam.

Sie schnaufte genervt und zischte: »Also gut. Mache es kurz, ich bin noch verabredet.«

»Du hast jemanden kennengelernt?«, fragte er mit einem Bedauern, als hätte man ihm gerade eine schreckliche Nachricht überbracht.

»Was geht es dich an?«, erwiderte Jasmin, als sie die Tür hinter ihm schloss. Sie hatte nicht vor, ihm auf die Nase zu binden, dass es ihr schwerfiel, sich auf jemand Neues einzulassen, und sie deshalb immer noch Single war.

»Du hast recht, ich habe es vermasselt und bin nicht in der Position, solche Fragen zu stellen.«

»Nein, das bist du nicht. Schon vergessen? Du wolltest die Scheidung. Weiß deine …« Ihr fielen sofort einige Schimpfwörter ein, die sie hätte verwenden können, doch in letzter Sekunde hielt sie sich zurück und sagte schlicht: »Weiß deine Freundin, dass du hier bist?«

Er tat betroffen, schüttelte den Kopf und ging wie selbstverständlich an ihr vorbei ins Wohnzimmer. Dort ließ er sich auf die Couch fallen und stöhnte. »Es ist vorbei. Wir haben uns getrennt.«

Jasmin konnte nicht verhindern, dass diese Nachricht ein Gefühl des Triumphes in ihr auslöste.

»Sie war eben nicht du«, sagte er schüchtern und warf ihr einen Blick zu, der dem eines Bernhardinerwelpen nicht unähnlich war.

»Nicht so dumm wie ich, meinst du wohl.« Auch wenn die Kommissarin normalerweise vermied, darüber nachzudenken, war ihr in der Zeit der Trennung natürlich klar geworden, dass sie sich von dem Mann nicht nur belügen, sondern auch hatte benutzen lassen. Sowohl finanziell als auch emotional. Trotzdem löste er in ihr immer noch gewisse Gefühle aus. Etwas, das sie erschreckte. War ihre

Liebe zu Gerry so stark gewesen, dass da noch eine Verbindung existierte, trotz allem, was er ihr angetan hatte?

»Ich bin der Dummkopf, ich hätte dich niemals gehen lassen dürfen.«

»Bullshit«, wehrte sich Jasmin. »Du hast ein bequemeres Nest gefunden und bist abgehauen.« Es schien, als hätte sie endlich den ersten Schock über sein Auftauchen überwunden. Sie konnte wieder klarer denken.

Gerry erhob sich und kam auf sie zu. »So war das doch gar nicht«, antwortete er gequält auf ihre Vorwürfe. »Ich habe Fehler gemacht, das gebe ich zu, aber du musst auch mich verstehen.«

Ihr entwich ein schrilles »Ha!«.

»Jasmin, ich war zu der Zeit nicht ich selbst. Ich hatte eine schwierige Phase.« Er bemerkte den spöttischen Zug um ihre Mundwinkel und die abweisend verschränkten Arme vor der Brust. »Natürlich ist das keine Entschuldigung, aber jeder macht mal einen Fehler. Sollen wir deshalb so tun, als hätte es all das Gute zwischen uns nie gegeben?«

Während sich Jasmin durchaus bewusst war, dass sie soeben weichgeklopft wurde, lief Gerry zur Höchstform auf. »Zwischen uns gab es immer eine besondere Verbindung. Wir haben gewusst, was der andere denkt, wir waren eine Einheit. Fehlt dir das nicht?«

»Nein, das fehlt mir nicht, denn heute weiß ich, dass das alles nur eine große Lüge war. Lüge und Liebe fangen zwar beide mit L an, bedeuten jedoch nicht dasselbe. Schade, dass du das nie begriffen hast.«

»Ich habe vielleicht gelogen, aber geliebt habe ich dich trotzdem, das tue ich immer noch.« Bevor sichs Jasmin versah, umfassten seine Hände ihren Nacken und zogen sie an sich. Er küsste sie, und sie ließ es geschehen. Seine Zunge schob sich zwischen ihre Lippen, und sie drückte sich an ihn, dachte an früher, an die Vertrautheit zwischen ihnen, den Sex und das Gefühl, zu jemandem zu gehören.

Er schob ihren Bademantel auseinander, seine Hände wanderten über ihren Körper.

Da rief ihr eine innere Stimme zu: *Das sind die Hände, die die letzten Monate eine andere Frau liebkost haben!*

Jasmin sehnte sich nach Nähe, doch was sie gerade vorhatte, war eine Verzweiflungstat. Plötzlich empfand sie Abscheu. Sie befreite sich aus seinem Griff, stieß ihn weg und wickelte sich fest in den Bademantel.

»Du bist noch nicht so weit, das verstehe ich«, sagte er zärtlich und wollte ihr über die Wange streicheln, aber sie wandte sich ab.

»Hör zu«, sagte er und tat so, als hätte er ihre abweisende Reaktion nicht bemerkt. »Wir lassen uns Zeit. In dieser kleinen Wohnung werden wir uns sicher schnell wieder näherkommen.«

Jasmin hatte das Gefühl, jemand hätte ihr einen Eimer kaltes Wasser über den Kopf geschüttet. »Wie bitte?«, fragte sie deshalb irritiert.

»Nur bis ich beruflich wieder Fuß fasse, dann suchen wir natürlich etwas Größeres.«

»Was soll das denn heißen? Willst du etwa hier einziehen? Was ist mit deiner eigenen Wohnung?«

Er druckste herum. »Das ist kompliziert.«

Jasmin ahnte, in welche Richtung dieses Gespräch führen würde, und jetzt gewann unter all den widersprüchlichen Gefühlen, die in ihr tobten, endlich die Wut die Oberhand.

»Was ist hier los?«, fragte sie gedehnt, und ihre grünen Augen funkelten zornig.

»Ich erzähl dir alles bei einer Flasche Wein, aber lass mich erst meine Sachen aus dem Wagen holen.«

»Du bist hier mit gepackten Koffern aufgekreuzt?«, hakte Jasmin fassungslos nach.

»Es gab Probleme mit der Firma«, tat er ihre Erregung ab. »In der Investmentbranche gibt es eben Hochs und Tiefs.«

»Du bist pleite«, folgerte die Kommissarin aus dem eben Gehörten.

»Die Zeiten werden wieder besser«, antwortete er schulterzuckend.

»Was ist mit deinem Anteil aus dem Wohnungsverkauf?« Wieder spürte sie den unangenehmen Druck in der Brust.

Er schenkte ihr seinen traurigsten Hundeblick und stammelte: »Alles weg. Ich wurde reingelegt.« Er rieb sich übers Gesicht, wollte den Eindruck erwecken, dass er gegen Tränen der Verzweiflung ankämpfte, und brachte tatsächlich ein Schluchzen zustande: »Ich weiß nicht, wo ich hinsoll. Ich habe doch niemanden außer dir.«

»Verschwinde«, entgegnete Jasmin ruhig, aber mit Eiseskälte.

»Liebling, das ist nicht dein Ernst. Du kannst mich doch nicht auf die Straße setzen.«

»Ich kann und ich werde. Du tauchst hier auf, sprichst von Liebe und suchst in Wahrheit nur wieder eine Dumme, die dich aushält. Ich wette, deine kleine Freundin hat das Weite gesucht, als dir das Geld ausging. Die war wohl nicht bereit zu kellnern, damit sich der Kühlschrank füllt.«

»Bitte, ich brauche deine Hilfe. Ich stecke in echten Schwierigkeiten.«

»Gut so!«

»Man hat mich betrogen.«

»Willkommen im Klub, und jetzt raus!«

»Na schön.« Der jämmerliche Tonfall war verschwunden, und Gerry sah sie verächtlich an. »Dann werde ich dich auf Unterhalt verklagen. Die Scheidung ist noch nicht gelaufen, ich werde bekommen, was mir zusteht.«

Jasmin betrachtete ihn mit versteinerter Miene, dann griff sie zum Handy. »Du verlässt sofort meine Wohnung, oder ich rufe die Kollegen. Dann bekommst du, was dir zusteht, nämlich eine Anzeige wegen Hausfriedensbruch und ein warmes Bett für die Nacht in einer unserer Zellen.«

Für eine Sekunde sah es so aus, als wollte Gerry sie angreifen, dann überlegte er es sich doch anders und stürmte aus der Wohnung, nicht ohne zuvor im Flur gegen den Schirmständer zu treten, der dabei geräuschvoll auf den Boden krachte. Laut fluchend verschwand er im Treppenhaus.

Jasmin eilte hinterher und schloss schnell ab, schob sogar den Sicherheitsriegel vor und stürzte ins Bad. Sie musste sich übergeben. Wie hatte sie ihn nur in ihre Wohnung lassen können? Der Gedanke an seine intimen Berührungen ließ sie erneut würgen. Sie schämte sich entsetzlich, taumelte zum Waschbecken, sah in den Spiegel und atmete tief durch.

»Schluss mit den faulen Kompromissen«, sagte sie zu sich selbst. »Lieber allein als mit einem Arschloch verheiratet.« Sie richtete sich auf, nickte ihrem Spiegelbild aufmunternd zu und griff zur Schere. »Und keine halben Sachen mehr!«

* * *

Am nächsten Tag
Gemeindewald von Pfetzertal, später Nachmittag

»Da ist jemand«, schrie Lara Herold entsetzt auf und verpasste ihrem Mann Ben vor Schreck einen Stoß zwischen die Beine, der ihm die Luft nahm.

»Herrgott, Lara!«, keuchte er, »das ist doch der Sinn der Sache.«

Lara empfand das anders. Was sie gesehen hatte, war unheimlich und Furcht einflößend gewesen. Im Moment störte sie sich nämlich nicht daran, beim Geschlechtsakt beobachtet worden zu sein, auch wenn ihr die Vorstellung im Gegensatz zu ihrem Mann normalerweise Unbehagen bereitete, sondern sie hatte einfach Angst. Deshalb brach sie das Liebesspiel jäh ab und wälzte sich umständlich vom Schoß ihres Mannes, der mit runtergelassenen Hosen auf dem zurückgeklappten Beifahrersitz lag. Als die junge Frau über die Handbremse auf den Fahrersitz kletterte, bewies sie eine ungewöhnliche Gelenkigkeit, obwohl ihr das Lenkrad den Weg versperrte und sie einige Mühe hatte, sich richtig hinzusetzen. Während sie mit den Fingern die Rückbank nach ihrem Pullover abtastete, war ihr Blick die ganze Zeit über nach draußen gerichtet. Viel sah sie durch die bereits beschlagenen Scheiben nicht, vermutlich lauerte in dem Dämmerlicht überall Gefahr. Ein Grund mehr, schnell den Rock über die Schenkel zu zerren und darauf zu verzichten, nach dem Slip zu suchen, der vermutlich unter den Sitz gerutscht war. Die plüschigen halbhohen Stiefel hatte sie zum Glück die ganze Zeit anbehalten. Immerhin war es erst Anfang März.

»Was wird das denn jetzt?«, meckerte ihr Mann genervt, als er bemerkte, dass sie den Sicherheitsgurt anlegte und den Wagen startete.

»Wir fahren!«

»Ich dachte, wir wollten ein bisschen Spaß haben«, warf er nörgelnd ein.

Seine Frau Lara ignorierte ihn und schaltete die Scheinwerfer an. Einigermaßen erleichtert stellte sie fest, dass niemand auf dem Waldparkplatz zu sehen war.

»Das war genug Spaß für einen Tag. Wir fahren nach Hause«, entgegnete sie bestimmt, so als würde sie einem Kind sagen, dass die Zeit auf dem Spielplatz vorbei war.

Passend dazu reagierte Ben und machte ein beleidigtes Gesicht. Was war nur mit seiner Frau los? Jedes Mal stellte sie sich so an. Dabei hatten sie sich doch darauf geeinigt, in Sachen Sex etwas experimentierfreudiger zu werden. Ihn törnte es eben an, auch mal unter freiem Himmel oder außerhalb des Schlafzimmers zum Höhepunkt zu kommen. Der Gedanke, dabei erwischt zu werden, bereitete ihm einen Kick, während Lara dadurch offensichtlich gehemmt wurde. Sozusagen als Kompromiss und für den Anfang wollten sie es deshalb an einsamen Orten versuchen. Auch wenn das Risiko, hier jemandem zu begegnen, gering war, regte es Bens Libido an, gleichzeitig bereitete die Situation seiner Frau nicht so viel Stress.

Während Lara den Wagen auf die Hauptstraße lenkte, warf sie Ben einen kurzen Seitenblick zu. Ihr entging nicht, dass er sauer war, und sofort fing sie an, sich zu ärgern.

»Vermutlich hast du die falsche Frau geheiratet«, sagte sie gereizt. »Wärst wohl besser bei dieser Schlampe *Nicki* geblieben. Die hätte es mit dir wahrscheinlich auf dem Wohnzimmertisch deiner Eltern getrieben, und zwar unter den Augen der gesamten bigotten Verwandtschaft. Und sicher hätte sie sich anschließend auch noch um alle Neffen, Onkels und Cousins gekümmert!«

Ben stöhnte innerlich. Wenn sie so anfing, war es besser, auf der Hut zu sein. Würde es auf der Heimfahrt zu einer Auseinandersetzung kommen, könnte er nicht einmal mehr auf Sex im eigenen Schlafzimmer hoffen. Aber es stimmte schon – Nicki war, was das Experimentieren anging, wirklich hemmungslos gewesen. Er unterdrückte ein geiles Grinsen, als er an einige ihrer gemeinsamen körperlichen Unternehmungen dachte. Vielleicht hätte er sie tatsächlich geheiratet, wenn er sie nicht eines Tages mit seinem ehemals besten Kumpel im Bett erwischt hätte. Unbewusst stieß er einen tiefen Seufzer aus, den Lara falsch interpretierte.

»Du bist von mir genervt, stimmts?«, sagte sie nun anklagend.

Natürlich war er genervt. Nicht nur weil sie ihm mit Nicki gekommen war, sondern auch weil sie gerade wie eine alte Oma über die Bundesstraße kroch, sodass sich hinter ihnen bereits eine lange Schlange gebildet hatte. Allerdings würde er sich hüten, ihr das zu sagen.

Stattdessen legte er zärtlich die Hand auf ihren Arm und raunte: »Ich liebe dich, und es tut mir leid.«

Sich zu entschuldigen, war immer eine gute Idee, ganz

gleich, ob es dafür überhaupt einen Grund gab. »Ich will dich zu nichts drängen, und was du mir gibst, kann mir keine sonst geben.«

Ihre Gesichtszüge entspannten sich, er war eben doch ein guter Stratege. »Wen genau hast du denn gesehen? Einen Spaziergänger?«, fragte er nun scheinbar interessiert, weil er in irgendeiner Frauenzeitschrift gelesen hatte, man müsse seiner Partnerin das Gefühl geben, ihre Ängste stets ernst zu nehmen.

Lara atmete geräuschvoll aus und zögerte.

»Na los, wenn es ausgesprochen ist, verliert es den Schrecken«, forderte er sie auf.

Seine Frau ging automatisch etwas vom Gas, und Ben konnte sich gut vorstellen, wie in den nachfolgenden Fahrzeugen gerade geflucht wurde.

»Es war eben unheimlich«, gab sie ihm endlich Antwort. Mittlerweile war sie sich gar nicht mehr so sicher, was da so unvermittelt an der Rückscheibe aufgetaucht war, und sie kam sich ein wenig hysterisch vor.

»Jemand ist um unser Auto herumgeschlichen, eine dunkle Gestalt. Ich hatte dabei kein gutes Gefühl …«

Ben tätschelte ihren Arm. »Das war sicher nur ein Landstreicher, mache dir deshalb keine Sorgen.«

»Ja, du hast recht. Wir versuchen es ein anderes Mal«, lenkte sie ein, und Ben war zufrieden. Mehr hatte er nicht hören wollen.

Lara tat zwar so, als wäre sie beruhigt, aber das war ganz und gar nicht der Fall. Sie hatte etwas Beängstigendes beobachtet, auch wenn sie sich versuchte einzureden, dass ihr die eigenen Augen einen Streich gespielt hatten. Da blieb trotzdem die Erinnerung an die dunkle Gestalt, die etwas über den Kopf gezogen hatte, um ihr Gesicht zu verbergen. Für einen Moment hatten sich ihre Blicke getroffen, und Lara war gezwungen gewesen, in die fremden Augen zu sehen. Ohne Zweifel hatte etwas Unheilvolles in ihnen gelegen. Aber das wollte sie Ben nicht sagen, der würde sie sonst für theatralisch halten.

Lautes Hupen schreckte sie aus ihren Gedanken.

»Du solltest etwas Gas geben«, hörte sie ihren Ehemann sagen.

Lara konzentrierte sich wieder auf den Verkehr und schwor sich im Stillen, dass sie keine zehn Pferde jemals wieder in die Nähe dieses Waldparkplatzes bringen würden.

* * *

Nicht weit entfernt vom Gemeindewald, zur gleichen Zeit

Lara Herold war jedoch nicht die Einzige, die jene Gestalt zu Gesicht bekam.

Die achtzehnjährige Anna Ting hob den rechten Arm und winkte. Sie saß vor dem großen Panoramafenster, von dem aus man einen herrlichen Blick auf den abschüssigen Garten und die tiefer liegenden Felder hatte. Erik Ting, Mitbesitzer des Autohauses *Wammer & Ting,* konnte es sich leisten, im Villenviertel auf dem Hügel zu wohnen.

Anna richtete sich etwas auf, um besser zu sehen, und winkte erneut.

»Was tust du denn da?«, erklang plötzlich die Stimme ihrer Mutter Olivia, die nun den Lichtschalter betätigte.

Annas Gesicht verzog sich verärgert. Sie konnte nichts mehr erkennen, denn die Deckenbeleuchtung blendete und machte es unmöglich, draußen in der Dämmerung etwas wahrzunehmen.

»Sie ist weg«, sagte die junge Frau deshalb enttäuscht.

»Wer, mein Schatz?« Ihre Mutter wirkte nicht sonderlich interessiert.

»Die Vogelscheuche«, gab Anna aufgeregt Auskunft. »Ich habe sie gesehen.«

Olivia Ting war eine attraktive Frau. Sie hatte vor zwei Wochen ihren vierzigsten Geburtstag gefeiert. Keine Party mit Freunden, sondern ein nettes Abendessen mit ihren Eltern und einem befreundeten Ehepaar in einem Sternerestaurant in Stuttgart. Obwohl Anna mit einer Pflegerin zu Hause geblieben war, hatte Erik auch an diesem Abend nicht zur Normalität zurückgefunden. Der Unfall lag bereits ein Jahr zurück, trotzdem war die Stimmung angespannt gewesen, und Olivia hatte sich geschworen, nie wieder mit ihrem Mann auszugehen.

»Die Vogelscheuche war da draußen«, nörgelte Anna und versuchte verzweifelt etwas zu sehen.

»Natürlich, Schätzchen«, reagierte ihre Mutter verständnisvoll. »Die soll die Vögel vertreiben, damit die nicht die Samen fressen. Deshalb stellt man sie in den Feldern auf.«

Olivia hielt sich an die Anweisungen der Ärzte und versuchte Anna so viel Aufmerksamkeit wie möglich zu geben, in der Hoffnung, das würde helfen, ihren Zustand zu verbessern.

»Die war nicht auf den Feldern, sondern bei uns im Garten«, widersprach Anna ihrer Mutter.

»Da hast du dich sicher getäuscht«, erklärte die nun nachsichtig. »Warte, ich lösche das Licht, dann wirst du es sehen.«

Sie knipste den Schalter aus und starrte zusammen mit ihrer Tochter in die Abenddämmerung. Mit viel Anstrengung konnte man noch die Umrisse einer Vogelscheuche erkennen, die auf dem angrenzenden Feld am Ende des Hangs stand. Ihr langer schwarzer Mantel flatterte im Wind. Als Kopf diente ein mit Stroh ausgefüllter Sack, auf den man große Augen gemalt hatte, das wusste Olivia von ihren Spaziergängen über die Felder. Der Bauer hatte sich sogar die Mühe gemacht, ausgestopfte schwarze Lederhandschuhe als Hände am Holzgerüst zu befestigen, das der Vogelscheuche als Unterbau diente.

»Siehst du, die ist nicht in unserem Garten«, sagte sie geduldig und strich ihrer Tochter über das weiche, hellblonde Haar. Dann drückte sie ihr einen zärtlichen Kuss auf die bleiche Wange und dachte nicht das erste Mal, wie zerbrechlich ihre Tochter doch immer noch war.

Anna schwieg, und ihre Mutter schaltete erneut das Licht ein.

Das Klingeln des Telefons beendete die Unterhaltung. Olivia Ting verschwand im Nebenraum, und Anna versuchte ihren Rollstuhl noch näher an die Scheibe zu steuern.

»Ich habe sie gesehen, sie war in unserem Garten«, flüsterte sie trotzig. Dann vergaß sie den Ärger über ihre Mutter, die ihr nicht glauben wollte, und rief laut: »Mama, ich habe Hunger.«

* * *

**Am nächsten Tag,
Ferienanlage »Frischegrün« in Pfetzertal**

Jörg Meier saß auf dem Boden, lehnte gegen die Wand und starrte zu seiner Freundin Cindy Kling. Die Dreißigjährige hatte die Augen geschlossen, und ihr Kopf ruhte auf der rechten Schulter, so als wäre sie kurz eingenickt. Auch Cindy hockte auf dem Fliesenboden in der Küche, den Rücken am Kühlschrank abgestützt. Ihr Haar war tropfnass, genauso wie ihre Kleidung. In einer anderen Umgebung, vielleicht am Ufer eines friedlich vor sich hinplätschernden Flusses, hätten die beiden keine besondere Aufmerksamkeit erregt. Da wäre es nur das Zusammensein zweier Liebenden gewesen. Er an einem Baumstamm sitzend, die schlafende Schönheit gegenüber beobachtend, während die Sonne seiner Haut Wärme schenkte, das Zirpen der Grillen ihn wie eine leise Melodie einlullte und so ein perfekter Moment geschaffen wurde.

Aber nichts an diesem Ort, an dem sich Jörg und Cindy gerade befanden, war perfekt. Kein Betrachter hätte bei dem Anblick je das Gefühl gehabt, eine friedliche Szene vor sich zu sehen. Und das lag nicht nur daran, dass den Raum eine Eiseskälte erfüllte. Auch Jörgs und Cindys blutverschmierte Kleidung und die Wunden an ihren Körpern nahmen dem Bild alles Harmonische. Viele Details sorgten dafür, dass man sich der grausamen Realität schnell bewusst wurde, in der man sich befand. Da gab es zum Beispiel die beiden kleinen Hautlappen, die wie verendete Kaulquappen in der schmierigen Brühe trieben, die den Küchenboden bedeckte. Nach den Laboruntersuchungen würde der Gerichtsmediziner bestätigen, dass es sich dabei um Jörgs Augenlider handelte, die mit einer scharfen Klinge abgetrennt worden waren.

Womöglich hatte der Mörder es als perfekten Moment empfunden, Cindy und Jörg nach begangener Tat einen letzten Augenblick zu betrachten. Die Sorgfalt bei dem Arrangement der toten Körper ließ das zumindest vermuten.

Hauptkommissar Jens Stutter watete durch das knöchelhohe Wasser. Die Plastiküberzieher, die er sich zum Schutz über seine Schuhe gezogen hatte, konnten nicht verhindern, dass die Socken nass wurden. Dafür waren sie auch nicht gedacht. Sie sollten nur dafür sorgen, dass der Tatort von den Ermittlern nicht kontaminiert wurde. Die Spurensicherung war bereits vor Ort, aber irgendwer hatte erfreulicherweise die Anweisung erteilt, vorerst nichts zu verändern, bis die Sonderermittler des BKA ihre Freigabe erteilen würden.

»Was hat das zu bedeuten?«, hörte Stutter neben sich seine Kollegin Jasmin Nau fragen. Natürlich erwartete sie darauf keine Antwort von ihm, dafür war es auch noch viel zu früh.

Sein Blick wanderte zurück zu den Opfern. Ein Gerichtsmediziner stand bereit, um ihm die ersten Fragen zu beantworten. Es handelte sich um einen großen, sportlichen Mann mit makellosem Gesicht, den man eher in einer Klinik für Schönheitschirurgie als in den Kellern der Gerichtsmedizin erwartet hätte.

»Wann sind sie gestorben?«, durchbrach Stutter das Schweigen, das ihn umgab.

Alle Anwesenden schienen ihn zu beobachten, und er fühlte sich wie ein Äffchen im Zoo. Der Endvierziger war für viele kein Unbekannter. Sein Name war erst vor einem Jahr durch die Presse gegangen, als er eine Mordserie in Frankfurt aufgeklärt hatte.

»Gestern Nachmittag, meiner ersten Einschätzung nach zwischen 15 und 17 Uhr. Sie wurden heute Morgen vom Hausmeister gefunden. Dann kam die Anweisung, dass wir den Tatort so belassen sollen, bis Sie und Ihr Team hier eintreffen«, antwortete der Gerichtsmediziner prompt. »Doktor Weller«, stellte er sich bei dieser Gelegenheit vor, damit der Höflichkeit Genüge getan war.

»Wieso steht hier alles unter Wasser?«, fragte Jasmin.

»Weil der, der das getan hat, hier alles niederbrennen wollte. Die Sprinkleranlage war so nett, ihm einen fetten Strich durch die Rechnung zu machen«, folgte eine Erklärung, die jedoch nicht von Doktor Weller kam und keineswegs freundlich ausgesprochen wurde.

Stutter und seine Kollegin drehten sich um. Auch die anderen Beamten wandten den Blick Richtung Tür. Sie schienen sich alle ein wenig unwohl zu fühlen, und Stutter sollte auch sofort den Grund dafür erfahren.

Die Frau, die nun den Raum betrat, hielt sich nicht mit Höflichkeiten auf, sondern kam gleich zur Sache. »Sie sind also die Schlaumeier, die sich meinen Fall unter den Nagel reißen wollen?«

So viel Feindseligkeit war Jasmin nicht gewohnt. Bisher hatten die Kollegen ihre Unterstützung stets erleichtert akzeptiert, aber hier war das scheinbar anders.

Stutter runzelte verärgert die Stirn, sagte aber völlig gelassen: »Wir wurden angefordert. Hauptkommissar Stutter …« Dann deutete er auf Jasmin. »… und das ist meine Kollegin, Kommissarin Nau. Und Sie sind?«

»Hauptkommissarin Carolin Kettler, Stuttgart«, knurrte ihn die Frau an und wirkte keinesfalls versöhnt. »Wer hat Sie angefordert?«, schnauzte sie weiter.

Stutter scannte sein Gegenüber genau. Carolin Kettler hatte ein intelligentes Gesicht, das auf eine ungewöhnliche Weise attraktiv war, zumindest, wenn sie den Mund nicht zusammenkniff, als hätte sie gerade in eine Zitrone gebissen. Ihr Haar hatte sie wie ein Militärangehöriger bis auf wenige Zentimeter gekürzt. Sie schien keinen Wert darauf zu legen, es zu färben, denn es war von einem natürlichen, stählernen Grau. Stutter fand das für eine Frau Mitte vierzig ungewöhnlich.

Jasmin hatte die Hauptkommissarin ebenfalls gemustert und sofort einen Widerwillen gegen die Kollegin entwickelt. Sie kannte solche Typen. Verheiratet mit der Arbeit, verbissen im Job und gegenüber den Geschlechtsgenossinnen gnadenlos. Deshalb ärgerte sie sich darüber, dass Stutter diese Gewitterziege nicht sofort in ihre Schranken wies.

Stattdessen sagte er freundlich: »Klären Sie das mit meinem Vorgesetzten in Wiesbaden, hier ist seine Nummer.« Damit zog er eine Visitenkarte aus der Tasche, reichte sie der Frau und ließ sie stehen.

Er ignorierte das wütende Schnaufen hinter seinem Rücken, das von Carolin Kettler stammte, und bewegte sich vorsichtig zu den beiden Opfern. Er empfand tiefes Mitleid und senkte für eine Sekunde den Blick, dann schob er alle Gefühle beiseite, so wie er es immer tat, verschloss seine Seele und überließ dem Verstand die Führung.

Erneut betrachtete er die beiden Toten. »Können Sie sagen, wer zuerst gestorben ist?«, richtete er nun das Wort an Doktor Weller.

»Nein«, antwortete ihm der Arzt, »vielleicht nach der Obduktion.«

»Man hat ihm die Augenlider abgeschnitten«, stellte Stutter sachlich fest.

Jasmin, die immer noch Schwierigkeiten hatte, die Opfer von Gewaltverbrechen so nüchtern zu betrachten, hörte das Blut in ihren Ohren rauschen und konzentrierte sich schnell auf eine der Wandkacheln.

Stutter kniete nun neben dem männlichen Opfer. Es war ihm gleichgültig, dass dabei der Saum seines Mantels im Wasser hing. »Was sind das für Male am Hals?«

»Verbrennungen«, erklärte ihm Doktor Weller, »stammen vermutlich von einem Elektroschocker.«

»Was ist mit der Frau?« Stutter stand auf und ging auf die zweite Leiche zu. Man hatte Cindy die Kehle aufgeschlitzt, das T-Shirt war hochgeschoben worden.

»Was ist das?«, fragte Stutter überrascht und deutete auf eine Stelle unter der linken Brust. »Ist das eine Naht?«

»Zweifellos«, bestätigte Doktor Weller. »Aber das hat kein Arzt gemacht. Die Wunde wurde mit einem dicken Bindfaden vernäht, das ist nicht die Arbeit eines Mediziners.«

»Sieht frisch aus. Kann das vom Mörder stammen?«, fragte Stutter plötzlich aufgeregt.

Jasmin kannte ihren Chef mittlerweile gut genug, um zu wissen, dass er gerade etwas Entscheidendes entdeckt hatte.

»Hat der Mörder das getan?«, fuhr er den Arzt ungeduldig an.

»Vermutlich schon«, antwortete der etwas verwirrt.

»Er hat die beiden verstümmelt, das ist auch uns einfachen Polizisten nicht entgangen«, mischte sich jetzt Carolin Kettler ein. »Offensichtlich hatte er Spaß daran, an ihnen herumzudoktern. Wir haben selbst schon festgestellt, dass diese Näharbeit vom Täter stammen muss.« Sie stand jetzt neben Stutter und deutete auf die groben Zickzackstiche, mit denen man Cindys Wunde verschlossen hatte.

Stutter überging ihren schnippischen Tonfall, tat

überhaupt so, als hätte sie nichts gesagt, was die Hauptkommissarin dazu provozierte, eine weitere Spitze gegen den Neuankömmling aus Wiesbaden vorzubereiten.

Bevor sie jedoch loslegen konnte, kam Stutter ihr zuvor. »Warum näht er sie wieder zu?«

»Was?«, stammelte Carolin, die sehr zu ihrem Ärger aus dem Konzept gebracht worden war.

»Warum näht er sie wieder zu?«, wiederholte Stutter und überlegte laut. »Er hat ihr die Kehle aufgeschlitzt, aber diese Wunde verschließt er nicht. Beim männlichen Opfer schneidet er die Augenlider ab und tötet ihn mit mehreren Messerstichen. Auch hier kein Hinweis darauf, dass er die Verletzungen mit Nadel und Faden behandeln will. Nur bei der Frau nimmt er sich die Zeit, die Bauchwunde zu nähen.«

»Vielleicht wollte er alle wieder zunähen und wurde gestört«, ließ sich der Gerichtsmediziner zu einer Spekulation hinreißen, die ihm von Carolin Kettler einen bösen Blick einbrachte und von Stutter einen ungeduldigen Kommentar.

»Nein, das ist es nicht.«

Der Sonderermittler des BKA kniff die Augen zusammen, betrachtete erneut die Naht und sagte schließlich: »Machen Sie sie auf.«

»Wie bitte?«, hakte der Gerichtsmediziner ungläubig nach. »Sollten wir damit nicht warten …«

»Los, öffnen Sie die Naht.« Und als der Arzt erneut zögerte, blaffte Stutter: »Sofort.«

Mit wenigen Handgriffen durchtrennte Doktor Weller die dicken Fäden und legte sie ordentlich in eine Beweismitteltüte. Dann schob er die Wundränder auseinander.

»Er hat etwas hinterlassen, nicht wahr?«, fragte Stutter ohne auch nur den leisesten Hauch von Triumph in der Stimme.

Der Arzt nickte, und alle Anwesenden blickten angespannt zu Doktor Weller.

Es dauerte einen Moment, bis der zu fassen bekam, was der Mörder in den Bauch der Toten gestopft hatte.

»Das war es also«, sagte Stutter nachdenklich und starrte, wie alle anderen auch, auf die kleine, blutdurchtränkte Strohpuppe, die jetzt zwischen den Enden von Doktor Wellers chirurgischer Zange klemmte.

* * *

Kapitel 3

Am Abend im Rathaus von Pfetzertal

»Also, was haben Sie herausgefunden?«, fragte Sybille Nahlang mit einer Spur von Ungeduld.

Hauptkommissar Jens Stutter betrachtete die fünfunddreißigjährige Bürgermeisterin hinter dem großen Schreibtisch genauer. Sie war ausgesprochen attraktiv. Und außerdem – das ließ zumindest die Tatsache vermuten, dass sie es geschafft hatte, Stutter hinzuzuziehen – schien sie genau zu wissen, was sie wollte. Augenscheinlich gelang es ihr für gewöhnlich, das auch zu bekommen.

»Wir sind gerade am Anfang der Ermittlungen«, antwortete Stutter zurückhaltend. Er wollte noch etwas anfügen, doch sie fiel ihm ins Wort.

»Mein Vater war in Pfetzertal fast sein ganzes Leben lang Bürgermeister. Er starb in diesem Amtszimmer. Irgendwie war schon damals klar, dass ich eines Tages in seine Fußstapfen treten werde. Die Leute mögen es, wenn sie ihre Volksvertreter kennen, Außenstehende sind in dieser Ecke der Welt nicht sonderlich gefragt. In den letzten Jahren haben wir einiges erreicht. Vielleicht ändert sich sogar bald unser Status, und wir entwachsen der Kleinstadtdefinition. Die Einwohnerzahlen steigen, die Gewerbegebiete dehnen sich aus, und einige vielversprechende Projekte könnten in nächster Zukunft entscheidend dazu beitragen, Pfetzertal voranzubringen.«

Sie stand auf und zog den Rock ihres teuren Kostüms zurecht. Stutter konnte nicht umhin, Sybille Nahlangs schlanke Gestalt zu bewundern. Lässig deutete sie auf ein Gipsmodell in der Ecke, das an eine kleine Stadt erinnerte. »Das geplante Golfplatzprojekt von Pfetzertal. Wir nennen es *Frischegrün*.«

»So wie die Ferienhausanlage, in der die Opfer Cindy Kling und Jörg Meier gefunden wurden?«, hakte Stutter sofort interessiert nach.

»Ja, diese Appartements haben sozusagen den Anfang gemacht. Sind die restlichen Baugenehmigungen erst einmal erteilt, dann folgen Hotels, Bungalows, Wellnesstempel, und das alles inmitten eines Golfplatzes, wie ihn die Welt noch nicht gesehen hat. Das heißt, bald wird sehr viel Geld nach Pfetzertal fließen.« Ihre Tonlage änderte sich, ihre Gesichtszüge wurden hart. »Was denken Sie, wie viele Investoren bereit sind, ihre Millionen an einen Ort zu transferieren, in dem ein irrsinniger Mörder Leute umbringt? In null Komma nichts rennen mir deren Analysten die Bude ein und behaupten, der Standort Pfetzertal sei zu riskant, weil das Verbrechen die Gäste verschrecken könnte. Was dann passiert, ist Ihnen ja sicher klar! Die werden sich zurückziehen, und wir stehen mit leeren Händen da.« Sie seufzte, wechselte wieder zurück zu ihrem einschmeichelnden Tonfall und bot Stutter Kaffee an.

»Verstehe«, antwortete der Hauptkommissar knapp und lehnte den Kaffee ab.

»Tun Sie das wirklich?« Die Bürgermeisterin zog spöttisch eine Augenbraue nach oben.

»Allerdings. Normalerweise werden wir nicht so früh hinzugezogen. Es ergibt eigentlich auch keinen Sinn, die Behörden vor Ort zu übergehen.«

Sie machte eine wegwerfende Handbewegung. »Geschenkt! Mein Vater hat mir beigebracht, dass man nicht darauf warten darf, dass sich etwas von alleine erledigt. Wir haben hier nur eine Polizeiwache mit Streifenpolizisten, keine Kriminalbeamten.«

»Ich dachte, die Stuttgarter Kollegen helfen aus?«

»Tun sie auch. Unsere Leute haben streng nach Vorschrift gehandelt. Man hat sofort in Stuttgart angerufen, und die haben uns jemanden geschickt.«

»Hauptkommissarin Kettler«, ergänzte Stutter.

»Ja, so heißt die Dame wohl. Nichts für ungut, Stuttgart ist keine halbe Stunde entfernt, und offenbar stammen die bedauernswerten Opfer von dort, aber man kennt das ja. Die Beamten sind doch alle überlastet. Wie wahrscheinlich ist es, dass der Fall aufgeklärt wird, wenn die ermittelnde Kommissarin zu Hause einen Schreibtisch voller ungeklärter Morde hat? Diese Frau Kettler wird ihren Bericht erstellen, und das wars. Ich brauche jemand, der sich ganz auf die Morde konzentrieren kann, und vor allem brauche ich eine Verhaftung. Diese Sache muss aufgeklärt werden.«

»Hauptkommissarin Kettler macht mir einen sehr engagierten Eindruck.«

»Dann arbeiten Sie mit ihr zusammen, Ihre Entscheidung. Aber egal wie, klären Sie diesen Fall.«

Stutter war lange genug Polizist, als dass ihm solche Forderungen fremd gewesen wären. Aber noch selten hatte jemand außerhalb des Polizeiapparats ihn so dreist wie einen persönlichen Laufburschen behandelt.

»Ihnen ist schon klar, dass ich dem BKA unterstehe und nicht der Pfetzertaler Gemeindeverwaltung.«

Wenn er erwartet hatte, ihr wäre seine Zurechtweisung peinlich, wurde er schnell eines Besseren belehrt, denn Sybille Nahlang war nicht empört, sondern lachte.

»Anscheinend bin ich wieder einmal über das Ziel hinausgeschossen.« Sie wurde ernst. »Aber haben es die armen Opfer nicht verdient, dass sich ein erfahrener Ermittler um ihren Fall kümmert? Mein Vater hat immer gesagt: ›Hol dir immer gleich den Besten, den du kriegen kannst!‹«

»Sie müssen mir nicht schmeicheln. Die Kollegen in

Stuttgart sind genauso fähig wie meine Leute«, antwortete Stutter ungerührt.

»Das höre ich gerne. Aber Fakt ist nun einmal, dass ich für die Bürger hier nach bestem Wissen und Gewissen handeln muss, deshalb fiel meine Wahl auf Sie. Das verstehen Sie doch sicher.«

Stutter ging nicht weiter darauf ein, sondern stand auf. »Wo können wir unser Büro einrichten?«

»Auf unserer Polizeistation sind schon die notwendigen Vorkehrungen getroffen worden. Computer, Telefon, Internetzugang, alles, was nötig ist. Falls Sie noch etwas brauchen, können Sie sich direkt an mich oder meinen Assistenten wenden. Sie werden unsere volle Unterstützung erhalten.«

»Gut zu wissen«, entgegnete Stutter nüchtern und verabschiedete sich.

Gerade als er die Tür öffnen wollte, trat ein Mann ein. »Sybille, ich …« Als er Stutter bemerkte, zögerte er.

Ohne großes Interesse stellte Sybille Nahlang den Neuankömmling vor: »Mein Mann Heiko, Hauptkommissar Stutter.«

Heiko reichte dem Polizisten die Hand, die Stutter an einen feuchten Lappen erinnerte.

»Ich bin Bauunternehmer«, erklärte sich Heiko Nahlang, »meine Firma hat die Ferienhausanlage gebaut, in der dieses schreckliche Verbrechen stattfand. Also wenn Sie Auskünfte brauchen …«

»Ich werde sicher noch auf Sie zukommen«, erwiderte Stutter freundlich und verließ schließlich den Raum.

»Was sollte die Polizei denn von dir für Auskünfte benötigen?«, blaffte Sybille Nahlang ihren Mann an, als sich die Tür hinter Stutter schloss. »Es sei denn, du willst dem Hauptkommissar von deinen Sauftouren mit breitärschigen Weibern erzählen.«

»Was soll das denn jetzt?«, sagte ihr Mann genervt, und sein blasses, teigiges Gesicht verfärbte sich rosa.

»Du hast recht, diese geschmacklosen Eskapaden würden ihn wohl kaum interessieren. Halte dich in nächster Zeit besser zurück. Zwei Tote sind schon schlimm genug, ich will nicht auch noch einen Skandal, weil mein Mann seinen kleinen Schwanz nicht in der Hose behält.«

»Du bist ordinär!«, begehrte er pikiert auf und warf seiner Frau einen hasserfüllten Blick zu.

Sie lachte gekünstelt. »Dann bin ich ja genau der Typ Frau, auf den du stehst«, entgegnete sie schnippisch. »Also, was willst du? Ich muss zu einer Besprechung.«

Seine Gesichtsfarbe wurde nun noch einen Hauch dunkler. »Weißt du schon etwas wegen des Golfplatzes?«

Ganz offensichtlich genoss sie es, ihn als Bittsteller vor sich zu sehen. »Du meinst, wer den Bauauftrag bekommt? Momentan steht noch in den Sternen, ob überhaupt gebaut wird.«

»Ich dachte, du würdest einmal nachhaken. Ich könnte den Auftrag gut gebrauchen, und immerhin bist du die Bürgermeisterin.«

Jetzt warf sie amüsiert den Kopf in den Nacken und lachte schallend. »Ich soll mich für dich einsetzen? Schon wieder? Langsam bin ich das leid. Ich habe mein eigenes Geld, und du bringst deines doch nur mit irgendwelchen Flittchen durch. Mein Vater hat immer gesagt, jeder kämpft für sich allein. Und jetzt entschuldige mich, ich habe zu tun.«

Zähneknirschend verließ Heiko das Büro seiner Frau, nicht ohne dabei im Stillen sie und ihren gottverdammten Vater aus vollem Herzen zu verfluchen.

* * *

»Und, wie ist es gelaufen?«, fragte Jasmin Nau neugierig ihren Kollegen, als der sich an ihren Tisch setzte. Sie hatten sich in einem Café nahe des Rathauses verabredet.

»Eigentlich gut. Volle Unterstützung, alles, was wir brauchen, und so weiter«, erwiderte Stutter.

»Aber?«, hakte Jasmin automatisch nach, der Stutters unzufriedener Gesichtsausdruck nicht entgangen war.

»Dahinter steckt Eigennutz. Die befürchten *Investoren* zu verlieren, wenn die Morde nicht aufgeklärt werden. Weiß der Teufel, wie diese Nahlang es geschafft hat, uns für den Fall zu bekommen.«

»Wir kennen das doch, irgendwer hat immer einen Gefallen, den er einfordern kann. Na ja, und ob die Frau Bürgermeisterin nun aus Berechnung oder Mitgefühl handelt, kann uns ja egal sein. Solange sie nichts vertuschen will.«

Der Hauptkommissar atmete tief durch. »Du hast recht, vorerst zumindest haben wir freie Hand. Was gibt es sonst Neues?«

»Den vorläufigen Bericht der Gerichtsmedizin. Die beiden Opfer wurden mit einem Elektroschocker außer Gefecht gesetzt, die tödlichen Stiche stammten von einem gewöhnlichen Küchenmesser, nichts, was wir nicht schon wissen.«

»Was ist mit der Strohpuppe?«

»Bisher kein Hinweis, woher die kommt. Es gab kein Etikett oder Ähnliches, aber die Kriminaltechnik ist dran. Die Kollegen in Stuttgart waren sehr hilfsbereit und geschwätzig dazu.«

»Was hast du erfahren?«, fragte Stutter nun interessiert.

»Hauptkommissarin Kettler wäre eigentlich gar nicht für den Fall zuständig gewesen. Sie hat sich offensichtlich freiwillig gemeldet, um nicht zu sagen ihren Vorgesetzten regelrecht genötigt, sie abzustellen. Angeblich, weil sie einen Bezug zu Pfetzertal hat.«

»Lebt ihre Familie hier?«, fragte Stutter, dem das als Erstes in den Sinn kam.

»Nein, nicht dass ich wüsste. Aber sie hat nach der Ausbildung ein knappes Jahr als Streifenpolizistin in Pfetzertal gearbeitet. Was hältst du davon?«

»Gut möglich, dass ihr der Ort deshalb am Herzen liegt. Wir werden es bald erfahren, schließlich werden wir mit ihr zusammenarbeiten.«

Jasmin war davon nicht begeistert, sparte sich jedoch einen Kommentar. Kurz überlegte sie, ob sie Stutter von Gerrys Besuch erzählen sollte, entschied sich dann aber dagegen. Vielleicht war das nicht der richtige Zeitpunkt. Und auch wenn ihr die Begegnung mit ihrem Noch-Ehemann zu schaffen machte und sie sich gerne mit jemandem ausgesprochen hätte, war das Gefühl der Scham doch stärker. Mit manchen Dingen musste sie eben allein klarkommen.

Ferienanlage »Frischegrün« in Pfetzertal

Am nächsten Morgen trafen sich Hauptkommissar Stutter und seine Kollegin Carolin Kettler vor dem Gebäude, in dem Cindy Kling und Jörg Meier den Tod gefunden hatten. Die fünf hübschen Ferienhäuschen, die an Miniaturschlösser erinnerten und deren weiß gestrichene Fassaden keinen Zweifel daran ließen, dass der Bau erst kürzlich abgeschlossen worden war, wirkten einladend und gemütlich. Wäre das Absperrband der Polizei nicht gewesen, hätte es keinen Hinweis auf das schreckliche Verbrechen gegeben, das eben erst hier stattgefunden hatte.

»Sie haben mich hierherbestellt, da bin ich«, begrüßte Carolin Kettler Hauptkommissar Stutter ohne große Herzlichkeit.

»Ich dachte, Sie können mich auf den aktuellen Stand bringen.«

»Was könnte ich Ihnen sagen, was Sie nicht schon längst wissen?«, entgegnete sie patzig.

»Zum Beispiel, was Ihre Ermittlungen bezüglich der beiden Opfer ergeben haben«, hielt Stutter dagegen und blickte sie direkt an. »Sie haben doch bereits in diese Richtung recherchiert?«

Wütend kniff sie den Mund zusammen. »Sie erhalten umgehend eine Kopie aller Protokolle.«

»Die Kurzfassung«, forderte sie Stutter auf.

»Cindy Kling und Jörg Meier waren schon seit acht Jahren ein Paar, lebten zusammen in Stuttgart und wollten ein ruhiges Wochenende auf dem Land verbringen. Keine Einträge in unserer Datenbank. Er war Banker, sie Büroangestellte. Die Angehörigen sind geschockt, haben aber keine Ahnung, wer das getan haben könnte. Es gab weder Feinde noch irgendwelche Streitigkeiten mit Nachbarn, Ex-Partnern oder Arbeitgebern.«

Carolin ratterte die Informationen wie ein Maschinengewehr herunter. Sie war sauer. Unter anderem, weil man ihr Stutter vor die Nase gesetzt hatte, was allerdings nicht dessen schuld war. Sie hatte sich erkundigt – die Urheberin dieses Kompetenzengerangels war die Bürgermeisterin von Pfetzertal. Die hatte es irgendwie geschafft, das BKA davon zu überzeugen, dass man Stutter hier brauchte. Vor allem aber ärgerte sich die Hauptkommissarin über sich selbst. Gestern hatte der Mann bewiesen, was er konnte. Ihr wäre nie im Traum eingefallen, dass sich hinter der Naht, die der Mörder am Bauch des Opfers hinterlassen hatte, etwas verbergen könnte.

Natürlich wäre die Strohpuppe spätestens bei der Obduktion entdeckt worden, aber nichtsdestotrotz hatte sie die Fakten nicht richtig gedeutet. Für sie kam es einem Versagen gleich, die falschen Schlüsse gezogen zu haben, und das gab ihrem Ego einen empfindlichen Dämpfer. Carolin hatte die letzten Jahre hart gearbeitet, ein Privatleben existierte für sie so gut wie gar nicht. Ihre Beziehungen hielten gewöhnlich nicht lange, was auch daran lag, dass sie andere nicht an sich heranließ. An erster Stelle hatte immer ihr Beruf gestanden, und das galt auch weiterhin. Und dann war da ja auch noch die Vergangenheit, die sie so unerwartet eingeholt hatte.

»Ist alles in Ordnung?«, riss sie Hauptkommissar Stutter aus ihren Gedanken, und sie wusste, dass es an der Zeit war, die Karten auf den Tisch zu legen. Ihr war klar, dass sie das schon längst hätte tun sollen.

»Ich muss Ihnen etwas mitteilen«, sagte sie schließlich mit rauer Stimme. »Ich habe gestern versäumt, Informationen an Sie weiterzugeben«, gestand sie und sprach so förmlich, als stände sie bereits vor einem Disziplinarausschuss.

»Ich sehe einen Zusammenhang zu einem Mordfall, der vor fünfundzwanzig Jahren stattgefunden hat.«

Sie begann ihm eine Zusammenfassung der Ereignisse zu geben.

Als sie endete, wiederholte er das eben Gehörte mit eigenen Worten: »Stefanie Hagel und Thomas Braun wurden also vor fünfundzwanzig Jahren in einem Campingbus ermordet. Den Wagen haben der oder die Täter anschließend angezündet. Bei der männlichen Leiche entfernte der Mörder die Augenlider. Das weibliche Opfer wies unter der Brust eine lange Schnittverletzung auf.«

»Korrekt«, antwortete sie knapp.

»Fand man ebenfalls eine Strohpuppe?«

»Nein. Laut Autopsiebericht war da nichts. Und das Feuer hat großen Schaden angerichtet.«

»Verdächtige?«

»Es gab eine groß angelegte Befragung eines Schaustellerbetriebs namens *Baltein & Co.*, aber die gaben sich gegenseitig Alibis. Konkrete Verdachtsmomente fehlten.«

Stutter sah die Kollegin mit ernster Miene an. »Ich will die gesamte Fallakte umgehend auf meinem Schreibtisch. Und dann finden Sie heraus, ob es diese Schaustellertruppe noch gibt und wo sie sich im Moment aufhält.«

»Ich habe gestern schon jemanden darauf angesetzt, wir sollten bald mehr wissen«, entgegnete Carolin Kettler kleinlaut.

»Gut, dann werden wir uns jetzt noch einmal den Tatort ansehen.«

Sie nickte.

»Und noch etwas«, fuhr Stutter fort, »sollten Sie mir noch einmal Informationen vorenthalten, fliegen Sie aus dem Team. Ich hoffe, wir verstehen uns.«

Der Hauptkommissar hatte eigentlich mit einer schnippischen Erwiderung gerechnet, aber die blieb aus.

Stattdessen folgte ein schuldbewusstes »Wird nicht wieder vorkommen«.

Offensichtlich steckte hinter der ruppigen Hülle jemand, der sich der eigenen Fehlbarkeit durchaus bewusst war.

In diesem Moment fuhr der Wagen von Jasmin Nau auf den Parkplatz. Als sie von Weitem die Hauptkommissarin neben ihrem Chef entdeckte, meldete sich automatisch ihr Magen.

»Was macht die denn da?«, entfuhr es ihr ärgerlich. Sie lächelte allerdings zuckersüß, als sie kurz darauf ausstieg und ihre Kollegin begrüßte.

Ohne Erklärung berichtete ihr Stutter von der Verbindung zu den alten Morden, und Carolin Kettlers betretenes Schweigen ließ Jasmin Nau mit einer gewissen Genugtuung vermuten, dass der Hauptkommissar bereits eines seiner reinigenden Gewitter über die Stuttgarter Kollegin hatte niederbrechen lassen. Neugierig sah sie deshalb von einem zum anderen, musste sich aber schließlich damit abfinden, dass sie das Beste wohl verpasst hatte.

Zu dritt betraten sie den Tatort. Die Leichen lagen bereits im Kühlraum der Gerichtsmedizin, und das Wasser der Sprinkleranlage war aus dem Haus gepumpt worden.

Carolin hatte den verdienten Rüffel zwar noch nicht ganz verdaut, versuchte aber trotzdem, unbefangen zu wirken. Jasmin fiel sofort auf, dass ihr Tonfall wesentlich freundlicher war als noch am Vortag.

»Es gab Rückstände von Benzin überall in den Räumen, aber die Vorhänge im Wohnzimmer …« Sie deutete auf die zerrissenen Fetzen. »… hat er wohl als Erstes angezündet. Die Brandschutzanlage ist das Neuste vom Neusten und sehr empfindlich. In den Häusern ist den Urlaubern sogar das Rauchen untersagt. Jedenfalls ging die Sprinkleranlage los, noch bevor das Feuer auf das restliche Mobiliar übergreifen konnte. Leider war die Technik nicht ganz unfehlbar. Bei der Feuerwehr hätte eigentlich ein Alarm eingehen müssen, dann wären die Leichen viel früher gefunden und das Wasser abgestellt worden, bevor die ganze Wohnung überschwemmt gewesen war.«

»Warum ist das nicht geschehen?«, fasste Stutter sofort nach.

»Die Feuerwehr denkt, es handelte sich um eine Fehlfunktion. Die prüfen das noch.«

»Vermutlich keine brauchbaren Fingerabdrücke oder DNA?«, hakte der Hauptkommissar weiter nach und ließ den Blick über das eingeweichte Sofa und die nassen Teppiche schweifen.

»Nein, das Wasser hat den Kriminaltechnikern nicht viel übrig gelassen.«

»Gab es Einbruchspuren an der Tür oder den Fenstern?«, stellte das erste Mal Jasmin Nau eine Frage.

»Die Schlösser sind unversehrt«, antwortete die Stuttgarter Hauptkommissarin.

»Dann wurde der Mörder von den beiden hereingelassen oder er hatte einen Schlüssel. Er betritt die Wohnung, setzt seine Opfer mit dem Elektroschocker außer Gefecht und tötet sie, solange sie ohnmächtig sind«, rekonstruierte Jasmin den Tathergang.

»Und er kann sich Zeit lassen. Die beiden waren die einzigen Gäste in der Anlage, er muss weder damit rechnen, gesehen zu werden, noch, dass ihn jemand stört. An die Sprinkleranlage hat er vermutlich nicht gedacht oder wusste nichts davon«, sponn Stutter den Faden weiter.

»Das heißt aber auch, dass er die Vermietungssituation kannte«, warf Carolin ein.

»Wir sollten mit den Eigentümern sprechen beziehungsweise dem Hausmeister, der die Leichen gefunden hat«, wandte sich Stutter an Hauptkommissarin Kettler.

»Eigentümer der Anlage ist eine Holding mit Sitz in München, ich denke, da kommen wir nicht weiter. Aber der Hausmeister sollte unsere Fragen beantworten können. Gestern war der Mann allerdings kaum vernehmungsfähig, doch sein Hausarzt ruft mich an, sobald wir mit seinem Patienten sprechen können. Außerdem fanden die Kollegen von der Spurensicherung in der Handtasche von Cindy Kling den Kaufvertrag für einen Neuwagen. Datiert auf den Tag vor dem Mord. Abgeschlossen mit dem Autohaus *Wammer & Ting* hier in Pfetzertal.«

»Das Große, gleich beim Ortseingang?«, fragte Jasmin dazwischen, die das Gefühl hatte, sich ebenfalls einbringen zu müssen, da diese Kettler ja ein unerschöpflicher Quell an Informationen zu sein schien.

Die Stuttgarter Hauptkommissarin nickte zustimmend und fuhr fort: »Wir sollten dort vorbeigehen. Wer sich einen Neuwagen zulegt, lässt sich für gewöhnlich Zeit, und die Verkäufer versuchen einen immer in Gespräche zu verwickeln. Ich dachte, womöglich haben die beiden irgendetwas erzählt, das uns helfen könnte. Vielleicht, dass sie das Gefühl hatten, jemand würde in der Ferienanlage herumschleichen, sie beobachten, sich unbefugt dort aufhalten.« Sie sah ein wenig unsicher zu Stutter. »Oder ist das zu weit hergeholt?«

»Nein, das ist ein guter Gedanke, wir werden mit dem

Verkäufer sprechen«, antwortete er freundlich, und Jasmin Nau hatte plötzlich das Gefühl, das fünfte Rad am Wagen zu sein.

Kurze Zeit später befanden sie sich in ihrem provisorisch eingerichteten Büro in der Polizeiwache von Pfetzertal wieder. Dort standen Stutter neben Carolin Kettler noch vier Streifenbeamte zur Verfügung, die im Schichtdienst für die Sicherheit in Pfetzertal sorgten.

»Wir geben alles, was Datenbankrecherchen angeht, an unser Team in Wiesbaden. Ich denke, es wird vorerst nicht nötig sein, noch jemanden herzuholen. Die Stuttgarter Kollegen helfen uns aus. Außerdem ist deren Kriminaltechnik bereits an dem Fall dran.« Er wandte sich an Carolin Kettler: »Sie haben hier ein Jahr gearbeitet?«

»Ja«, antwortete die Frau, »aber das ist lange her.«

»Sie könnten trotzdem versuchen, ein bisschen Klatsch und Tratsch aufzuschnappen, was die Bürgermeisterin und ihren Mann angeht. Finden Sie mehr über dieses Golfplatzprojekt heraus, aber gehen Sie diskret vor.«

»Und inwieweit hilft uns das bei der Aufklärung der Morde?«, fragte sie, und ihr Tonfall ließ keinen Zweifel daran, dass sie das Vorgehen ihres Kollegen für Zeitverschwendung hielt.

Stutter blieb geduldig: »Erstens weiß ich gerne, mit wem ich es zu tun habe, und zweitens erlebt man oft Überraschungen, wenn man irgendwo zu graben beginnt.«

Eigentlich wäre Carolin Kettler viel lieber bei den Befragungen dabei gewesen. Aber froh, vom Fall nicht abgezogen worden zu sein, fügte sie sich, ohne zu murren.

Schließlich wandte sich Stutter an Jasmin: »Hast du es?«

»Ja«, entgegnete die Kommissarin. Sie reichte ihm eine Fotografie, die die Strohpuppe zeigte, die man im Körper von Cindy Kling gefunden hatte.

»Wir wissen immer noch nicht, woher die stammt«, informierte ihn Jasmin.

Der Hauptkommissar betrachtete nachdenklich das Bild. »Vielleicht selbst gemacht.«

»Du meinst, der Mörder hat die extra angefertigt, um sie dann bei seinen Opfern zu platzieren?«

»Warum nicht?«, entgegnete der Hauptkommissar.

»Denkst du, wir sollten nach einer Frau suchen?«

»Wegen der Handarbeit?«, fragte Stutter ein wenig belustigt. »Vergiss nicht, dass viele berühmte Modedesigner Männer sind. Wieso glaubst du, dass ein Mann nicht in der Lage ist, so ein einfaches Püppchen zu flechten?«

Jasmin verzog das Gesicht. »Du hast recht, ein blöder Einwand.«

Ihr Vorgesetzter sah sie schmunzelnd an. »Das habe ich nicht gesagt, ich fand nur deine Argumente zu dünn. Eine Frau als Täter wäre durchaus möglich, aber nicht nur wegen der Handarbeit, sondern vor allem wegen der Wahl des Objekts.«

»Verstehe«, ging Jasmin auf seine Bemerkung ein. »Die Puppe selbst könnte für eine Frau sprechen. Eine Puppe ist etwas typisch Weibliches.«

»Genau, und eine Frau hätte den Tatort ebenso problemlos inszenieren können wie ein Mann. Die Opfer mussten nicht weit transportiert werden. Sie hätte sie mit etwas Anstrengung in die Küche ziehen können, wenn sie nicht sogar erst dort den Elektroschocker eingesetzt hat. Also spricht auch die Machbarkeit nicht gegen einen weiblichen Mörder.«

»Aber die Brutalität schon. Würde eine Frau ihrem Opfer die Augenlider abschneiden?«, hielt Jasmin dagegen.

Carolin, die das Gespräch bisher schweigend verfolgt hatte, mischte sich ein: »Ich denke, was die Grausamkeit angeht, stehen Frauen den Männern in nichts nach. Es kommt nur seltener vor, dass sie auf diese Art die Kontrolle verlieren.« Als sie bemerkte, dass die beiden sie anstarrten, erklärte sie zögernd: »Zumindest hat mir das meine Praxis als Polizistin gezeigt.«

Stutter nickte. »Wir dürfen zu diesem Zeitpunkt nichts ausschließen, deshalb möchte ich auch, dass du noch in eine andere Richtung recherchierst«, sagte er zu Jasmin. »Nimm das Foto und versuche herauszufinden, ob es irgendwelche religiösen Rituale gibt, die mit dem Mord in Verbindung stehen könnten.«

»Christliche?«, hakte Jasmin überrascht nach.

»Nein, nicht ausschließlich. Vielleicht gibt es Sekten oder Geheimkulte, Hexenzirkel, was auch immer.«

»Du denkst, mein abgebrochenes Theologiestudium befähigt mich, das herauszufinden?«, erwiderte Jasmin mit gespielter Überraschung.

Ihre berufliche Vorgeschichte hatte sie damals in Stutters Team geführt.

»Ja, ich bin überzeugt, dass du dafür hervorragend geeignet bist«, gab er deshalb lächelnd zurück.

»Sie vermuten einen religiösen Hintergrund?«, mischte sich Carolin Kettler erstaunt ein.

»Wie gesagt, wir dürfen nichts ausschließen. Und noch etwas, vorerst lassen wir die Strohpuppe unerwähnt, also auch Zurückhaltung bei den Befragungen. Das Letzte, was wir jetzt gebrauchen können, sind wilde Spekulationen in der Presse und haufenweise Anrufe von besorgten Mitbürgern, die irgendeine geflochtene Figur beim ungeliebten Nachbarn gesehen haben. Wir behalten das für uns, bis wir mehr wissen und dann gezielt vorgehen können.«

* * *

Zur gleichen Zeit

Ben hatte mit Engelszungen auf seine Frau eingeredet, und jetzt waren sie hier. Ihn beflügelte das alte Fabrikgebäude, in dem es in jeder Ecke knirschte und knarrte. Er hätte sich gewünscht, plötzlich Schritte zu hören. Der Gedanke, jemand würde unvermittelt im Türrahmen erscheinen und ihm zusehen, wie er gerade seine Frau Lara befriedigte, erregte ihn zusehends.

Lara hingegen fiel es wie immer schwer, sich zu entspannen. Sie lag unbequem mit dem Rücken auf einem alten Holztisch, die Beine gespreizt und bemüht, die Liebkosungen von Ben zu genießen. Sie dachte an das heimische Schlafzimmer, schloss die Augen, um nicht länger die unschönen Wasserflecken an der hohen Hallendecke betrachten zu müssen, und gab leise Seufzer von sich, während sie ihm ihren Unterleib entgegenstreckte.

Ben brachte das richtig in Fahrt, und als sie ihn glauben ließ, den Höhepunkt erreicht zu haben, konnte er es kaum erwarten, sich auf sie zu legen.

Obwohl er sich nichts sehnlicher wünschte als einen fremden Beobachter, entging Ben das Augenpaar am dreckverschmierten Fenster, das schon eine ganze Weile dem Liebesspiel zusah. Auch Lara bemerkte nicht, dass sie jemand äußerst genau musterte.

Die Person vor dem Fenster stellte zufrieden fest, dass sie sich nicht getäuscht hatte. Das Auto vor der Halle gehörte den beiden, die sich auch schon vor zwei Tagen auf dem Waldparkplatz vergnügt hatten.

Wie zur Bestätigung drang Bens lautes Stöhnen aus der Halle nach draußen. Automatisch griffen die behandschuhten Finger der in schwarz gekleideten Gestalt vor der Halle in die Tasche des langen Mantels und umschlossen den Elektroschocker. Es würde ein Kinderspiel werden, aber es gab keinen Grund zur Eile. Warum sie nicht diesen Akt der Liebe beenden lassen, wo es doch ihr letzter sein würde? Es folgte ein Lächeln, das aber hinter einer ungewöhnlichen Maske verborgen blieb. Ein grober Sack, in den man lediglich zwei Löcher für die Augen geschnitten hatte, diente als Gesichtsschutz. Er verbarg die Haare, die Nase, den Mund und sorgte so dafür, dass eine grausame Ähnlichkeit mit der Vogelscheuche auf den nahe gelegenen Feldern entstand, die auf ihrem Holzgerüst das Saatgut verteidigte. Doch die Gestalt vor dem Fenster wollte keine lästigen Raben verscheuchen, sondern verhindern, dass noch mehr *Schuld* entstand – und dafür war es notwendig zu töten. Der Elektroschocker wurde nun fester umklammert, es war an der Zeit. Doch in diesem Moment näherte sich von der anderen Seite ein Fahrzeug.

Ben im Inneren des Gebäudes hörte das Motorengeräusch ebenfalls. Er beschleunigte seine Bewegungen und erreichte mit einem lauten Keuchen den Gipfel der Lust. Schon im nächsten Augenblick stieß ihn Lara von sich.

»Ein Auto«, rief sie hektisch und zerrte den Pullover über ihre nackten Brüste.

Das Fahrzeug kam näher und fuhr langsam an der Fabrikhalle entlang. Lara ignorierte das Taschentuch, das ihr Ben reichte, um die nassen Schenkel abzuwischen, und zog die Jeans hoch.

»Beeil dich«, fuhr sie ihren Mann an, den es nicht drängte, seine Scham zu bedecken. Sie war sich sicher, dass er es darauf anlegte, mit heruntergelassenen Hosen erwischt zu werden.

»Nun mach schon!«

Das Auto war jetzt auf Höhe des Eingangs. Jedoch hielt es nicht an, sondern schlich im Schritttempo daran vorbei und benutzte einen der alten Feldwege, der am hinteren Teil der Halle vorbeiführte.

* * *

»Hast du das gesehen?«, fragte der Mann auf dem Beifahrersitz seinen Kollegen. Die beiden waren Mitarbeiter der Stadtwerke und auf dem Weg zu einer Trafostation.

»Nein, was denn?«

»Da ist was im Gebüsch verschwunden! Sah aus wie die Vogelscheuche, die auf dem Gelände des alten Ehler steht.«

Der andere lachte. »Na, da hat wohl gestern jemand verbotene Substanzen geraucht. Vermutlich ist da irgendein Liebespärchen zugange, vor der Halle stand ein Wagen. Wir hätten nachsehen sollen, vielleicht wären wir auf einen Prominenten gestoßen. Womöglich auf den Mann unserer Frau Bürgermeisterin, der ist ja fürs Fremdvögeln im Freien bekannt.«

»Ja, sicher«, gab der andere grinsend zurück. »Das hätte sich gelohnt.« Aber seine Fröhlichkeit war nur gespielt, denn irgendetwas hatte er gesehen, und das war ganz sicher kein Liebespaar gewesen.

* * *

»Und wie fandest du es?«, fragte Ben seine Frau, während er den Wagen durch den Ort lenkte.

»Ganz okay«, log sie, damit er Ruhe gab.

Hätte sie ihm die Wahrheit sagen sollen? Das hätte dann geklungen wie: »Ich habe gefroren, es hat gestunken, und unbequem war es auch!« Wohl kaum. Dann wäre er nur enttäuscht gewesen, und sie hätte sich die ganze Zeit gefragt, ob er sich nach seiner Ex-Freundin Nicki sehnte. Wenigstens hatte sie sich in der Halle sicherer gefühlt als auf dem Waldparkplatz.

»Wir können wieder dort hingehen, vielleicht Sonntagmorgen?«

»Mal sehen«, wich sie ihm aus.

Sie wusste, warum er diesen Tag vorschlug. Er hoffte auf Spaziergänger, Jogger oder Radfahrer, die am Sonntag ihrem Hobby frönten und dabei die Feldwege um die alte Fabrikanlage benutzten.

»Vielleicht wäre es abends mit ein paar Kerzen auch nicht

schlecht«, machte sie deshalb schnell einen Gegenvorschlag und manövrierte sich ungewollt in eine Falle.

Denn anstatt zu widersprechen, war er sofort hellauf begeistert. »Das ist genial! Hier kontrolliert bestimmt ein Wachdienst das Gelände. Das wird super, ich bin jetzt schon ganz scharf auf dich«, entgegnete er strahlend und ließ seine Hand vom Lenkrad direkt zwischen ihre Schenkel gleiten. »Meine heiße, kleine Frau«, sagte er zärtlich, und sie lächelte zaghaft, während ihr bei der Vorstellung, sich nachts in dieser runtergekommenen Müllhalde aufhalten zu müssen, sterbensschlecht wurde.

* * *

Kapitel 4

Gegen 14.00 Uhr kam der Anruf vom Arzt des Hausmeisters, der den Beamten die Vernehmung gestattete. Da Jasmin Nau kurzfristig einen Termin bei einem Professor für Ethnologie in Stuttgart bekommen hatte, war es nun doch an Carolin Kettler, Hauptkommissar Stutter zu der Befragung zu begleiten.

Die Beamtin fühlte sich ein wenig unsicher in Stutters Gegenwart. Ein eigenartiges Gefühl, das sie selten hatte. Nach den Kämpfen, die sie in ihrem Leben bereits hatte ausfechten müssen, gab es normalerweise keine Probleme mit ihrem Selbstbewusstsein, aber dieser Mann machte sie nervös und das seit ihrer ersten Begegnung. Vielleicht war sie auch deshalb ihm gegenüber übertrieben kratzbürstig gewesen. Sie war dafür bekannt, dass sie Menschen barsch und ungeduldig behandelte. Ihr Spitzname auf dem Revier lautete »Der Feldwebel«. Etwas, das sie gewöhnlich nicht störte, da sie respektiert und nicht gemocht werden wollte. Zu ihrem eigenen Ärger war es ihr jedoch nicht gleichgültig, wie Hauptkommissar Stutter zu ihr stand. Da sie nicht das Talent besaß, sich bei jemandem lieb Kind zu machen, und ihr auch seichter Small Talk wenig lag, blieb ihr nur das Thema Polizeiarbeit, um das Schweigen zu brechen.

Carolin hatte angeboten zu fahren, weil sie die Örtlichkeiten besser kannte, und Stutter saß nun neben ihr, stumm wie ein Fisch.

»Ich habe der Mutter damals ein Versprechen gegeben«, sagte sie nun leise und warf einen kurzen Seitenblick zu ihrem Beifahrer. »Der Mutter von Stefanie Hagel«, erklärte sie weiter und erzählte ihm von den regelmäßigen Besuchen der Frau auf der Polizeiwache und ihrem Gespräch.

»Die Frau starb kurz darauf, aber dieses Versprechen hat mich nie losgelassen. Als ich dann erfuhr, dass sich hier womöglich ein Zusammenhang ergibt, da bin ich etwas blindlings losgestürmt.«

»Es holt uns immer ein, wenn wir falsche Hoffnungen bei den Hinterbliebenen wecken«, antwortete er sachlich.

Carolin Kettler hätte ein Wort des Verständnisses erwartet, und es ärgerte sie, dass er so unverblümt aussprach, was sie selbst längst wusste.

»Ja, so ist das wohl«, erwiderte sie deshalb gereizt und beschloss, künftig keine persönlichen Dinge mehr preiszugeben. Demonstrativ schwieg sie, bis sie das Grundstück des Hausmeisters erreichten.

»Laut Beschreibung der Kollegen muss es hier sein«, sagte sie schließlich und stellte den Motor ab.

Stutter entging die Verärgerung der Kollegin, da er seinen eigenen Gedanken nachhing. Als sie nun anhielten, bestaunte er überrascht das Anwesen. Ein stattlicher Bungalow, umgeben von weitläufigen Feldern, bildete das Heim des Hausmeisters. Es gab eine große Scheune, offensichtlich für die landwirtschaftlichen Maschinen, außerdem einen aufgeschichteten Stapel Holz und ein weiteres Nebengebäude, das vermutlich als Gästehaus diente. Im Sommer war dieser Ort sicher ein Paradies. Auf dem Acker, direkt daneben, stand eine imposante Vogelscheuche, die jedoch nur den Spaziergängern, nicht aber den Meisen Angst einjagen konnte – die hatten sich nämlich in aller Ruhe auf den strohgefüllten Armen niedergelassen.

Hinter den Beamten wurde die Tür geöffnet, und ein Mann trat auf sie zu. Er hatte Stutters Blick Richtung Vogelscheuche bemerkt und sagte: »Letztes Jahr hat sich doch eine dieser Flitzpiepen tatsächlich ihr Nest im Kopf eingerichtet. Wohl die größte Schande, die einer Vogelscheuche widerfahren kann, was?«

Stutter musste grinsen, reichte dem Mann die Hand und stellte sich und Carolin Kettler vor.

Friedhelm Ehler ergriff sie und drückte fest zu. »Sie müssen entschuldigen, aber mein Arzt ist ein Hasenfuß. Dachte wohl, ich gäbe den Löffel vor Aufregung ab, bevor ich seine überhöhten Honorare bezahlt habe.«

»Wir möchten Sie keinesfalls aufregen«, entgegnete Stutter freundlich, »wären aber dankbar, wenn Sie uns einige Fragen beantworten könnten.«

»Natürlich, ich weiß, wie das läuft, kommen Sie herein.«

Auch die Inneneinrichtung war völlig anders, als sie sich der Hauptkommissar vorgestellt hatte. Helle Möbel und Wände, alles modern und freundlich. Eine Fußbodenheizung spendete angenehme Wärme, und es roch nach Kuchen.

Eine Frau Mitte vierzig trat zu ihnen und stellte sich als Ehlers Tochter Ina Pawlak vor, sie bot Kaffee an und führte die Gruppe in ein großes Wohnzimmer, in dem in einem offenen Kamin ein Feuer brannte. Im hinteren Teil des Raumes hatte sich jemand die Mühe gemacht, eine gewaltige Modelleisenbahn aufzubauen.

Stutter ließ es sich nicht nehmen, einen Blick darauf zu werfen. »Das ist ja unglaublich«, sagte er anerkennend. »Wie viele Stunden sitzt man an so etwas?«

Carolin Kettler ging das alles viel zu langsam. Sie hätte ihre Fragen schnell gestellt und wäre schon längst wieder auf dem Rückweg. Stutter jedoch schien, nachdem er im Auto so überaus wortkarg gewesen war, plötzlich zur Plaudertasche zu mutieren. Sie rollte mit den Augen, und es war ihr egal, ob ihr Kollege das mitbekam.

»Da reicht ein Leben nicht«, antwortete Ehler, der sichtlich erfreut war, dass sich jemand für sein Hobby interessierte. Eine Weile schwatzten die Männer wie alte Bekannte, über Gleich- oder Wechselstromsysteme, Spurweiten und analoge Steuerungen.

Dann bemerkte Stutter: »Sie haben es schön hier.«

Ehler verstand den Themawechsel und bot den Polizisten die Sessel an, während er sich selbst auf die Couch fallen ließ.

»Ja, die Früchte meiner Arbeit.«

»Ein traditioneller Familienbetrieb, nehme ich an«, ging der Hauptkommissar darauf ein.

Ehler, der zwar für seine siebzig Jahre noch sehr rüstig war, dem aber offenbar seine Knie zu schaffen machten, seufzte schwer, als er sich auf der Couch zurechtsetzte.

»Wenn Sie so wollen, dann ist es ein Familienbetrieb. Aber mit Tradition hat das nichts zu tun. Ich habe erst 1993 mein Herz für die Landwirtschaft entdeckt, gezwungenermaßen«, fügte er noch an, und für einen Moment verzog sich seine Miene leidvoll.

»Darf ich fragen, was passiert ist?«, hakte Stutter direkt nach, wobei ihm nicht entging, dass seine Kollegin ungeduldig auf ihrem Sessel hin und her rutschte.

»Selbstverständlich, Sie dürfen!«, antwortete der Alte und zwang sich zu einem Lächeln.

In diesem Augenblick betrat Friedhelm Ehlers Tochter das Wohnzimmer und brachte den Kaffee, außerdem stellte sie noch einen Teller mit duftendem Hefezopf auf den Tisch.

»Greifen Sie zu«, forderte sie ihr Gastgeber auf. »Meine Tochter backt nach den Rezepten ihrer verstorbenen Schwiegermutter, die eine großartige Bäckerin gewesen ist.«

»Die Familie meines Mannes stammt aus Polen«, erklärte Ina, »ich habe mir einiges abgeguckt und manches verbessert«, fügte sie stolz an.

Stutter, dessen Magen sofort mit einem hungrigen Knurren auf den Kuchenduft reagierte, griff zu, und es fiel ihm nicht schwer, voll des Lobes zu sein.

Carolin Kettler rührte das Backwerk nicht an und nippte

mit verkniffenem Gesicht an ihrem schwarzen Kaffee. Augenscheinlich hielt sie es für notwendig, das Gespräch voranzutreiben: »Sie wollten uns gerade erzählen, wie Sie zu Ihrem Betrieb gekommen sind …«

Friedhelm Ehler störte sich nicht an ihrem gereizten Tonfall und gab bereitwillig Auskunft: »Das Grundstück war eine Art Abfindung.«

»Eine großzügige Abfindung«, bemerkte die Hauptkommissarin und blickte ihr Gegenüber erwartungsvoll an.

Der alte Mann wiegte den Kopf hin und her und entgegnete: »Das ist wohl Ansichtssache.« Dann sah er auf seine Hände und begann zu erzählen. »Mit acht Jahren wusste ich bereits, dass ich Lokführer werden wollte. Früher nannte man das so, bevor alle Welt von den *Triebfahrzeugführern* sprach.« Er schnalzte missbilligend mit der Zunge. »Jedenfalls habe ich genau das getan. Ich wurde Lokführer und liebte meinen Beruf, bis mir zum vierten Mal ein Selbstmörder vor die Bahn gesprungen ist. Da war es vorbei. Meine Nerven machten das nicht mehr mit. Ich war gerade fünfundvierzig und schon berufsunfähig.«

»Das tut mir leid«, warf Stutter mit echtem Mitgefühl ein.

Ehler nickte. »Ich sehe es in Ihren Augen. Sie wissen, wovon ich spreche.« Sein Blick wanderte automatisch zu Carolin. Er betrachtete sie einen Moment, schwieg jedoch. An seinem Gesicht war abzulesen, dass er der Beamtin nicht zutraute, solche Gefühle nachzuempfinden.

»Jedenfalls musste ich mir überlegen, was ich mit meinem Leben anfangen wollte. Man bot mir einen Bürojob an, aber das wäre einem Begräbnis gleichgekommen. Und irgendwie sah ich dann auch nicht ein, dass ich ein unbefriedigendes Dasein fristen sollte, obwohl ich an keinem der Unglücke die Schuld trug. Ich war damals ein eigensinniger Mann, verbittert und sehr zornig. Meine Frau, Gott hab sie selig, hatte es zu der Zeit nicht gerade leicht mit mir. Aber ich wollte den Kampf und habe mich mit der Gemeinde angelegt, in der der Bahnabschnitt lag, in dem mir das Mädchen vor die Lok gesprungen ist. Ich war der Meinung, die hätten den Zugang zur Gleisstrecke besser absichern müssen, nahm mir einen Anwalt und ließ den eine Klage einreichen.«

Er schwieg und schien sich an lange Diskussionen, schlaflose Nächte und Zukunftsängste zurückzuerinnern.

»Das waren andere Zeiten. Die Menschen schrien vor fünfundzwanzig Jahren noch empört auf, wenn sich irgendwo Ungerechtigkeiten abspielten. Heute sind wir doch längst abgestumpft, aber damals riskierte ein Bürgermeister nur ungern schlechte Presse. Pfetzertal bot mir ein hervorragendes Grundstück mit Wohnhaus, damit ich nicht vor Gericht zog und Stillschweigen bewahrte. Ich willigte ein.«

»Das ist hier in Pfetzertal passiert?«, hakte Stutter überrascht nach.

»Ja, damals gab es noch eine Strecke, die direkt durch den Ort geführt hat. Mittlerweile ist der Bahnverkehr umgeleitet worden. Der damalige Bürgermeister war Sybille Nahlangs Vater. Seine Tochter hat den Job von ihm quasi übernommen wie ein Erbe. Der Alte war ein schlauer Hund. Er hatte große Pläne mit dem Ort, da konnte er keinen Prozess gebrauchen, in dem der Selbstmord einer Sechzehnjährigen namens Petra Lutze die Öffentlichkeit aufscheuchte.«

»Hat es Ihnen denn nichts ausgemacht, ausgerechnet hierher zu ziehen?«, stellte der Hauptkommissar eine weitere Frage.

»Wie gesagt, die Bahnstrecke wurde verlegt, und irgendwie hatte ich auch das Gefühl gehabt, ich würde dadurch meinem Schicksal die Stirn bieten, also nahm ich an und wurde Bauer. So kam dann auch unser Schwiegersohn ins Haus. Er hatte in Polen bereits in der Landwirtschaft gearbeitet und kannte sich aus. Ich machte ihn zu meinem Verwalter und meine Tochter ihn zu ihrem Ehemann. Und so wie es aussieht, können die beiden bald ein angenehmes Leben ohne die harte Arbeit führen.«

»Was meinen Sie damit?«, forderte Stutter ihn auf weiterzuerzählen.

»Ich sagte Ihnen doch, dass der alte Bürgermeister ziemlich clever war. Aber eines hatte er damals nicht voraussehen können.« Er lehnte sich mit einem verschwörerischen Grinsen zurück. »Unser Grundstück liegt genau dort, wo seine Tochter heute den Golfplatz bauen will. Das heißt, die Gemeinde muss das Gelände zurückkaufen, und das wird die ein hübsches Sümmchen kosten. Das Haus und ein, zwei kleine Felder können wir behalten, sozusagen als Familienresidenz, aber der Rest …« Er machte eine Handbewegung, so als wollte er eine Mücke verscheuchen. »Deshalb liegen die meisten Flächen bereits brach. Die Verhandlungen laufen, Vorverträge sind gemacht. Das ist auch der Grund, warum ich diesen Hausmeisterjob angenommen habe.«

Stutter nickte. »Sie suchten nach einer Beschäftigung.«

»Genau, ohne die Landwirtschaft fürchte ich die Langeweile. Meine Tochter war natürlich nicht begeistert, sie versucht mich ständig zu schonen. Ich versicherte ihr, dass es mir Spaß machen würde, Schlüssel an die Feriengäste zu verteilen und die Handwerker anzurufen, wenn etwas nicht in Ordnung ist. Ein harmloser, unterhaltsamer Nebenjob ohne Gesundheitsrisiko. Und jetzt, kaum dass die ersten Gäste da sind, so etwas.«

Ehler schwieg, erinnerte sich an die Opfer, die er in der Küche gefunden hatte, und schüttelte den Kopf. »Es ist, als würde mich der Tod verfolgen.« Er stieß einen schweren Seufzer aus. »Aber daran ist nun nichts mehr zu ändern. Bitte stellen Sie mir Ihre Fragen. Sie haben jetzt lange genug die uninteressante Lebensgeschichte eines alten Mannes anhören müssen.«

* * *

Zur gleichen Zeit brachte Ina ihrem Mann Marek eine Tasse Kaffee in die große Scheune.

»Ist die Polizei noch da?«, fragte der angespannt.

»Ja. Du kennst doch Papa. Wenn der jemanden zum Quatschen hat, dann lässt er ihn nicht so schnell wieder gehen.«

Ihr Mann antwortete darauf nur mit einem undefinierbaren Brummen.

»Was ist los?«, fragte sie deshalb irritiert.

»Mir gefällt das alles nicht. Der Betrieb lief doch gut, warum verkaufen? Vielleicht wird dieser Golfplatz jetzt nach den Morden doch nicht gebaut. Wir sollten darüber nachdenken auszusäen. Sonst fehlt uns am Ende noch eine Ernte.«

»Frau Nahlang hat aber versprochen, dass er gebaut wird«, erwiderte Ina trotzig.

Sie war keine Schönheit, legte aber seit Neustem viel Wert auf geschmackvolle Kleidung und moderne Frisuren.

Marek war natürlich aufgefallen, dass sich seine Frau in den letzten Monaten verändert hatte. Sie kaufte ständig teure Klamotten und richtete sich schon am Morgen her, als wollte sie auf eine Party gehen. Außerdem trug sie Parfum. Auch heute brachte sie einen intensiven Vanilleduft mit in die Scheune.

»Wie soll das werden, wenn der Betrieb nicht mehr existiert?«, fragte er gereizt.

»Ach Marek, das wird bestimmt herrlich. Wir haben endlich einmal Zeit für Reisen und müssen nicht von morgens bis abends im Dreck wühlen.« Sie hatte ihn besänftigen wollen, stattdessen erreichte sie das Gegenteil.

Es ärgerte ihn, dass sie so von seiner Arbeit sprach. »Dieser Dreck ist die Erde, die uns ernährt. Dieser Dreck ist überlebenswichtig«, hielt er ihr deshalb vor. »Es ist nicht recht, so ein Stück fruchtbares Land zu opfern, damit irgendwelche Wichtigtuer Golf spielen können.«

»So habe ich das nicht gemeint«, sagte Ina entschuldigend. »Aber haben wir nicht auch ein bisschen Luxus und Bequemlichkeit verdient? Ich will in guten Restaurants essen und Kreuzfahrten machen. Wenn Papa alles verkauft hat, dann beginnt für uns ein neues Leben. Das wird dir sicher gefallen«, versuchte sie ihn zu überzeugen.

»Rede nicht so«, fuhr Marek sie grob an, »du sprichst immerhin über das Lebenswerk deines Vaters.«

Er wusste, dass das übertrieben war. Schließlich hatte Friedhelm das Grundstück mehr oder weniger der Gemeinde abgepresst. Und ohne Marek hätte er nicht einmal einen einzigen Grashalm zum Wachsen gebracht. Aber ihm passte nicht, wie sich seine Frau veränderte. Die letzten Jahre hatten sie ein glückliches, bodenständiges Leben geführt. Aber seit der Verkauf Thema war, fing Ina an sich zu benehmen, als gehörte sie zu den reichen Leuten. Nichts war ihr mehr gut genug. Am Sonntag gab es kein selbst gemachtes Gulasch mit Spätzle, sondern ein Essen im Gourmetrestaurant. Marek fühlte sich an solchen Orten unwohl, er hasste sie regelrecht. Seine Frau hingegen suchte verzweifelt Kontakt zu den Menschen, die dort verkehrten.

Er wollte so ein Leben nicht führen, und wenn er ehrlich zu sich selbst war, stellte er sein eigenes Glück vor das seiner Frau. Deshalb hatte er auch keine Hemmungen, ihr den Tag zu verderben, indem er sagte: »Du benimmst dich lächerlich. Glaubst du, mit dem Geld, das bei dem Verkauf herausspringt, kannst du dich in die feine Gesellschaft einkaufen? Sie werden dich immer für eine Bäuerin halten. Ich kenne solche Menschen.«

»Aber so ist das doch gar nicht«, entgegnete sie vollkommen verunsichert. »Ich mache mich nicht lächerlich, wie kannst du das sagen?«

Er hatte sie genau da, wo er sie haben wollte, und fügte bösartig an: »Ich habe gesehen, wie sie hinter deinem Rücken gelacht haben.«

Den Tränen nahe entgegnete sie: »Das ist nicht wahr! Du sagst das nur, damit ich Papa doch noch überrede, nicht zu verkaufen!« Um eine feste Stimme bemüht fügte sie schließlich an: »Du bist nicht mehr der Mann, den ich geheiratet habe. Glaube mir, der Verkauf wird stattfinden, auch wenn du dagegen bist.« Sie wandte sich zur Tür und spürte bereits den Berg von Selbstzweifeln, den Marek in ihr hinterlassen hatte.

»Das letzte Wort ist noch nicht gesprochen, verlass dich darauf!«, knurrte Marek verächtlich hinter ihr her.

* * *

Im Haus versuchte Friedhelm Ehler so exakt wie möglich auf Stutters Fragen zu antworten. Er beschrieb sein Erscheinen in der Ferienanlage an dem Morgen, als er Cindy Kling und Jörg Meier fand. Er war dort gewesen, weil er wie gewöhnlich nach dem Rechten sehen wollte, entdeckte die offene Eingangstür, das Wasser und schließlich die Leichen. Er hatte nichts angefasst und sofort die Polizei verständigt.

»Können Sie sich erklären, warum bei der zuständigen Feuerwehr kein Alarm eingegangen ist, als die Sprinkleranlage ansprang?«, fragte ihn der Hauptkommissar schließlich.

»Nun«, begann er zögernd. »Natürlich gibt es noch ein paar Kinderkrankheiten. Die Brandschutzanlage wurde vor Kurzem erst in Betrieb genommen. Bei der Abnahme hat alles funktioniert, aber dieser ganze moderne Kram ist so empfindlich, da ist eine Fehlfunktion nicht ausgeschlossen.«

Stutter sah ihm an, dass es da noch mehr gab. Behutsam tastete er sich weiter vor. »Sie denken aber nicht wirklich, dass das der Grund war, oder?«

Ehler stöhnte auf. »Herrje, bin ich so leicht zu durchschauen?«

»Ich wäre ein schlechter Polizist, wenn mir das nicht gelingen würde«, entgegnete der Hauptkommissar freundlich.

»Alles, was ich Ihnen sagen könnte, wäre reine Spekulation. Im Fernsehen werden Zeugen, die spekulieren, vom Richter ermahnt.« Er sah zu Stutter, und es lag ein Flehen in seinem Blick, ihn nicht weiter zu bedrängen.

»Vor Gericht mag das so sein, aber wir Polizisten begeistern uns für alles. Selbst für die Spekulationen der Zeugen«, ließ der Beamte nicht locker.

»Also schön«, gab Ehler widerwillig nach. »Ich kann es nicht beweisen und würde das nie in der Öffentlichkeit sagen, aber ich glaube, dass der Nahlang beim Bau der Anlage an manchen Stellen gepfuscht hat.«

»Der Bauunternehmer und Mann der Bürgermeisterin?«, fasste Carolin Kettler sofort nach und erinnerte dabei an einen Dackel, der schwanzwedelnd vor einem Mauseloch stand.

»Ja, der«, antwortete Friedhelm Ehler genervt. »Gerüchten zufolge unterbietet er seine Konkurrenten bei der Angebotsabgabe schamlos. Er bekommt den Zuschlag und muss dann, um den Preis zu halten, gewisse Einsparungen vornehmen. Zumindest erzählt man sich das im Dorf. Wenn das stimmt, würde es mich nicht wundern, wenn der ausgebliebene Alarm die Folge einer dieser Sparmaßnahmen war. Pfusch am Bau, wenn Sie so wollen.«

»Was sagt man im Dorf denn noch so über Herrn Nahlang?«

»Chronischer Geldmangel ist wohl eines seiner Probleme«, entgegnete der Zeuge notgedrungen.

»Und das andere?«, bohrte Stutter weiter, dem sein Bauchgefühl sagte, dass da noch mehr war.

Als sein Gegenüber schwieg, fuhr der Hauptkommissar fort: »Wir werden es sowieso erfahren, aber Sie könnten uns etwas Laufarbeit ersparen. Wir sind immerhin hier, um einen Mordfall aufzuklären. Ich bitte Sie deshalb, offen mit uns zu sprechen.«

Der Alte lenkte ein. »Der Kerl ist ein Weiberheld, das

ganze Dorf weiß das. Der hat keinen Funken Anstand im Leib. Bedrängt anständige Frauen und schreckt auch nicht davor zurück, eine Ehe zu zerstören. Nahlang taugt nichts.« Ehler senkte den Kopf, als hätte er etwas Ungeheuerliches ausgesprochen. »Es wäre mir recht, wenn niemand erfährt, was ich Ihnen gesagt habe.« Er sah Stutter nun direkt an.

Der Hauptkommissar lächelte ihm aufmunternd zu. »Wir werden Ihre Informationen vertraulich behandeln, darauf können Sie sich verlassen.«

Der Alte atmete erleichtert aus, und der Hauptkommissar wandte sich mit einer letzten Bitte an den Mann: »Wenn Sie mir jetzt noch sagen könnten, wie viele Schlüssel für die Ferienanlage existieren, wo die aufbewahrt werden und wer alles einen hat.«

Ehler gab die gewünschte Auskunft: »Der Reinigungsfirma wurde einer ausgehändigt und natürlich Nahlang. Der hat einen Generalschlüssel, weil sein Unternehmen auch die Wartungsverträge für die Haustechnik bekommen hat.«

Carolin notierte sich die Firmen, die Zugang zur Ferienanlage hatten, und schließlich führte Ehler die Beamten nach draußen.

Vor der Tür ließ Stutter den Blick über die winterliche Landschaft kreisen. Die Meisen drückten sich immer noch auf den Armen der Vogelscheuche dicht aneinander, um dem kalten Wind zu trotzen. Ehlers Haus lag in einer Senke, ein Stück höher auf einem Hügel konnte man zwei große Villen erkennen.

»In einer wohnen die Wammers, in der anderen die Tings«, gab Ehler ungefragt Auskunft, als er sah, dass Stutter die Anwesen entdeckt hatte.

»Die Namen kommen mir bekannt vor«, erwiderte der Hauptkommissar daraufhin.

»Die Besitzer des Autohauses Wammer & Ting«, half

ihm Carolin auf die Sprünge. »Scheinen gut im Geschäft zu sein.«

Der alte Ehler kicherte. »Wohl wahr. Deren Väter waren schon Partner, die Jungs haben gut geerbt und noch ordentlich was obendrauf gepackt. Wammer ist der geborene Verkäufer, der dreht einem Huhn sogar eine Schachtel Eier an, und Ting ist ein Finanztalent. So heißt es zumindest. Na ja, allerdings sind die zwei auch ein gutes Beispiel dafür, das Geld nicht alles im Leben ist.«

Stutter wollte schon nachhaken, doch da erschien plötzlich Ina mit einer dicken Jacke in der Hand und einem ärgerlichen Runzeln auf der Stirn. »Papa, wie kannst du bei dieser Kälte hier draußen stehen? Du holst dir ja den Tod.«

Sie erreichte die Dreiergruppe und warf ihrem Vater die Jacke über die Schulter. Ein vorwurfsvoller Blick streifte die Polizisten.

»Wir melden uns, wenn es noch Fragen gibt«, sagte Stutter deshalb schnell und ließ Ina ihren Vater ins Haus führen.

Die beiden Beamten setzten sich ins Auto.

Während Carolin die Heizung aufdrehte und den Wagen durch die Einfahrt lenkte, sagte sie: »Ich mache mich gleich daran, diesen ehrenwerten Bauunternehmer und seine Bürgermeistergattin zu überprüfen.«

»Ja, und durchleuchten Sie auch die anderen Firmen, die mit der Ferienanlage zu tun haben. Außerdem möchte ich so viel wie möglich über den Deal zwischen Pfetzertal und Friedhelm Ehler erfahren.«

Sie nickte und fädelte sich in den Verkehr ein. Dieses Mal unterließ sie es, die Sinnhaftigkeit von Stutters Vorgehensweise infrage zu stellen. Denn eines musste die Beamtin schweren Herzens zugeben: Obwohl ihr selbst mehr die Holzhammermethode lag, hatten sie durch Stutters behutsames Auftreten bei der Zeugenbefragung wesentlich mehr erfahren. Offensichtlich war der Mann genau das, was die meisten über ihn sagten – ein hervorragender Polizist. Sie warf einen verstohlenen Blick auf den Beifahrersitz und fragte sich, warum er dazu auch noch ein so attraktiver Mann sein musste.

* * *

Jasmin Nau hatte sich tapfer aus der Stuttgarter Innenstadt zurück zu den überschaubaren Straßen von Pfetzertal gekämpft. Nun stand sie in der dortigen Polizeiwache und erstattete Stutter und Carolin Kettler Bericht. Auf Letztere hätte sie gut und gern verzichten können, aber ihr Chef bestand nun mal darauf, sie im Team zu behalten.

»Ich hätte nicht gedacht, dass es so viel über Strohpuppen im Zusammenhang mit Ritualen gibt. Dieser Professor für Völkerkunde kannte sich wirklich bestens aus. Überraschenderweise gibt es jede Menge unheimliche und für meinen Geschmack auch absurde Bräuche, in denen irgendwelche Figuren eine Rolle spielen. Eine der bekanntesten ist sicher die Voodoo-Puppe. Der Voodoo-Priester sticht eine Nadel hinein und …«

»Jaja«, unterbrach sie Carolin Kettler unwirsch. »Das kennen wir doch alles aus Horrorfilmen. Der Schmerz, den die Puppe erleidet, erleidet auch der Mensch, den sie darstellen soll. Das ist doch Kinderkram.«

Jasmin blitzte die Hauptkommissarin wütend an und wünschte sich für einen Moment nichts sehnlicher als eine Puppe, die Carolin Kettler wie aus dem Gesicht geschnitten wäre und der sie genüsslich sämtliche Gliedmaßen herausreißen könnte.

»Fahr bitte fort«, entschärfte Stutters Einwurf die Situation.

Jasmin wandte sich nun direkt an ihren Vorgesetzten und ignorierte Carolin. »Diese Puppen müssen allerdings nicht zwingend aus Stroh sein und«, fügte sie schnell an, bevor sie erneut unterbrochen werden konnte, »in der Puppe, die wir bei dem Opfer gefunden haben, steckten keine Nadeln.«

Stutter nickte zustimmend. »Was noch?«, bat er sie weiterzusprechen.

»Es gibt ein Ritual mit einer Strohpuppe, das in den ländlichen Gegenden von Indien durchgeführt wird. Ziel ist es, die Dürre zu vertreiben und die Ernte zu sichern. Das Ritual endet, nachdem man die Figur durch die Dorfstraßen geschleift und verbrannt hat.«

Während Carolin Kettler abschätzig brummte, schüttelte Stutter den Kopf. »Gibt es denn irgendein Ritual, bei dem die Figuren unter die Haut genäht werden?«

Bedauernd verneinte Jasmin das. »Der Professor hat mir eine Informationsmappe zusammengestellt, mit allem, was er zu dem Thema hatte. Er versicherte mir, dass ihm so etwas noch nicht untergekommen ist, wird aber noch weiter recherchieren und mit mir in Kontakt bleiben. Bislang glaube ich, dass das Ritual der *Marzanna* dem, was wir suchen, noch am nächsten kommt.«

Gespannt richtete sich Stutter auf.

»Die Puppe mit dem Namen Marzanna ist aus Stroh und wird verbrannt und ertränkt.« Die Kommissarin sprach aufgeregt weiter. »Ich habe mir überlegt, dass das mit der Sprinkleranlage womöglich gar kein Zufall gewesen war. Vielleicht hat der Täter das nämlich genauso geplant«, mutmaßte sie.

»Erzähl uns mehr von diesem Ritual«, forderte sie Stutter interessiert auf.

»Genau genommen handelt es sich um einen slawischen Brauch, der der Wintervertreibung dient. Man bastelt kleine Strohpuppen und ertränkt und verbrennt sie, das war es eigentlich schon. Der Professor sagte mir, dass diese Puppe auch ein Symbol für die Dunkelheit und den Tod darstellt. Verbreitet ist dieser Brauch vor allem in Osteuropa. In Polen gibt es selbst heute noch Umzüge …«

»In Polen?«, ging Stutter dazwischen.

Jasmin nickte. »Ja, die Polen feiern zur Frühjahrstagundnachtgleiche den Abschied vom Winter mit der Verbrennung und Ertränkung dieser Marzanna.« Jasmin sah ihren Chef erwartungsvoll an.

»Der Schwiegersohn von Friedhelm Ehler, Marek Pawlak, ist doch Pole«, mischte sich Carolin ein.

»Und seine Frau backt nach den Rezepten ihrer polnischen Schwiegermutter. Also eine traditionsbewusste Familie. Das ist ein interessanter Zufall«, entgegnete Stutter, »auch wenn wir in der Umgebung vermutlich einige Familien mit slawischen Wurzeln finden, die die alten Bräuche kennen, können wir die Pawlaks nicht übergehen. Die Familie muss überprüft werden, wir brauchen die Alibis.«

Er sah zu Carolin Kettler, die nickte und sagte: »Ich kümmere mich darum.«

»Wir wissen jetzt also, dass Strohpuppen in Ritualen für gewöhnlich verbrannt werden, was sicher dem Material geschuldet ist. Womöglich ahmt der Täter das nach. Die Erklärung, warum man Cindy Kling eine Strohpuppe unter die Haut genäht hat, fehlt allerdings immer noch. Wir müssen befürchten, dass der Mörder seinem eigenen kranken Ritual folgt. Solange wir das jedoch nicht verstehen, werden wir ihm kaum näher kommen. Im Moment gehen wir außerdem davon aus, dass es einen Zusammenhang zwischen den Morden in der Ferienanlage und denen vor fünfundzwanzig Jahren in dem Campingbus gibt. Frau Kettler, Sie kennen den alten Fall am besten. Versuchen Sie weitere Parallelen zu finden. Jasmin und ich werden morgen mit dem Mitarbeiter des Autohauses sprechen, der Cindy Kling kurz vor ihrem Tod einen Neuwagen verkauft hat. Vielleicht hilft uns das weiter.«

* * *

Kapitel 5

Am nächsten Morgen

Anna Ting war im Büro ihres Vaters. Den Rollstuhl hatte sie an die großen Fenster des Obergeschosses bugsiert, um bequem den Parkplatz beobachten zu können. Unten umkreisten die Besucher die neusten Vorführwagen. Anna legte den Kopf leicht schräg, dachte vergnügt an eine Erinnerung, die mit Ameisen und einem dicken, toten Käfer zu tun hatte, und beäugte eine vierköpfige Familie, die sich in den roten Minivan quetschte, auf dessen Dach das Schild *Schnäppchen des Monats* prangte. Ein Mann sprach auf die Familie ein, die gespannt an seinen Lippen hing. Alle vier nickten eifrig mit den Köpfen und waren vermutlich kurz davor, den Kaufvertrag zu unterschreiben.

Anna erinnerte sich an den Mann, ihren Mund umspielte ein Lächeln, und sie murmelte: »Natürlich, das ist der Vater von Nils, er heißt …« Sie grübelte und war erfreut, als ihr der Name wieder einfiel. »Tobias Wammer«, sagte die junge Frau entzückt. Dann verdüsterte sich ihr Gesicht, und leise fragte sie: »Aber wo ist Nils?«

Und dann traf sie völlig unerwartet ein Flashback: *Blut, überall Blut. Schmerzen, die nicht auszuhalten waren, brennende Körper, ein Funkenregen, Schreie, das Gefühl, keine Luft mehr zu bekommen, und Hände, die ein dunkles Lenkrad umklammerten.*

Annas Augen waren weit aufgerissen, sie blinzelte nicht und konnte kaum atmen, als diese ungeheuer intensive Erinnerung über sie hereinbrach:

Sie saß wieder in dem schwarzen Sportwagen, der Motor dröhnte unerträglich laut, und sie glaubte, jeden Kieselstein zu spüren, über den die breiten Reifen mit den polierten Chromfelgen fuhren.

Selbst die Musik, die aus den Lautsprechern der Soundanlage wummerte, konnte den Motor nicht übertönen. Anna hatte ein wenig Angst. Die Bäume, die den Straßenrand säumten, flogen mit irrwitziger Geschwindigkeit an ihr vorbei. Es war fast so, als säße sie in einem Flugzeug, das beschleunigte und jeden Moment den Bodenkontakt verlieren würde. Natürlich hätte sie niemals zugegeben, dass ihr das Tempo Unbehagen bereitete. Nicht ihm gegenüber! Sie sah verstohlen zum Fahrersitz. Wie gut er heute wieder aussah. Nils Wammer, ein athletischer Typ, dem alle Mädchen zu Füßen lagen. Sie würde alles für ihn tun, egal was ihre Mutter sagte. Die verhielt sich in der letzten Zeit richtig gemein. Ständig machte sie Nils schlecht. Behauptete, er wäre unreif und unzuverlässig und viel zu alt für Anna. Dabei war ihre Mutter doch auch jünger als ihr Vater.

Erst gestern hatte es einen gewaltigen Streit gegeben. Ihre Mutter plante für Anna ein Auslandsjahr an einer teuren Privatschule. Angeblich, damit sie ihr Englisch perfektionieren könne. Allerdings hatte Anna das starke Gefühl, diese Verbannung hätte mit Nils zu tun. Jedenfalls würde sie sich nicht so leicht abschieben lassen. Papa hatte da schließlich auch noch ein Wort mitzureden, und der schlug ihr für gewöhnlich keine Bitte ab. Abgesehen davon befürwortete ihr Vater die Freundschaft zwischen ihr und dem Sohn seines Geschäftspartners. Das hatte Anna zufällig gehört, als sie ihre Eltern belauscht hatte.

Sie wurde aus ihren Grübeleien gerissen, als Nils ein Überholmanöver startete. Anna beobachtete, wie seine Hände das Lenkrad fest umklammerten. Der Wagen, an dem sie vorbeischossen, blendete hinter ihnen empört auf, und Nils lachte vergnügt. »Keine Nacht für Fahranfänger!«, rief er und zwinkerte Anna zu.

Ihr Herz machte einen Hüpfer, und sie wünschte sich nichts sehnlicher, als endlich in seinen Armen zu liegen. Leider stand Nils auf rassige, atemberaubende Schönheiten. Wie konnte sie sich da Chancen ausrechnen mit ihrer blassen, durchscheinenden Haut und den hellblonden Haaren, die sie fast schon ungesund zart aussehen ließen? Wenn sich Anna im Spiegel betrachtete, sah sie ein unscheinbares, fades Geschöpf, das vermutlich niemals Nils' Aufmerksamkeit erregen würde. Sie kannten sich seit ihrer Kindheit, waren mehr oder weniger miteinander aufgewachsen und wohnten sogar direkt nebeneinander. Nils schien sie zu mögen, da war sich Anna sicher. Immerhin nahm er sie gelegentlich mit, wenn er heimlich eine Tour mit den Sondermodellen des Autohauses machte, so wie heute Nacht. Dann fühlte sie sich ihm nahe.

Der Dreiundzwanzigjährige grinste vergnügt, als er vor sich ein weiteres Fahrzeug entdeckte. Sie näherten sich einer Kurve, und er fragte: »Lust auf etwas Verrücktes?«

Wie hätte sie da Nein sagen können, ohne dass er sie für langweilig hielte? Wo sie doch sowieso befürchten musste, dass er in ihr nichts weiter als ein siebzehnjähriges, braves Schulmädchen sah.

Die Scheinwerfer erfassten das Auto vor ihnen, das mit knapp neunzig Stundenkilometern durch die Nacht fuhr. Nils drückte auf das Gaspedal und beobachtete fasziniert die Tachonadel, die bereits bei einhundertzwanzig stand. Automatisch klammerte sich Anna an ihren Sitz. Nils lachte und beschleunigte erneut. Sie hatten den PKW zwar überholt, befanden sich jedoch noch auf der Gegenfahrbahn.

Die nächste Sekunde sollte alles verändern. Als würde sie ein Orkan erfassen und von der Straße reißen, flog ihr Fahrzeug durch die Luft. Anna schrie, und Nils riss am Lenkrad. Dann schlug der Wagen wieder auf dem Asphalt auf, überschlug sich und blieb schließlich auf dem Dach liegen. Genau in diesem Moment durchfuhr Anna ein Schmerz, als hätte man ihr einen langen, dünnen Dolch genau in das Rückenmark getrieben. Ihr wurde schwarz vor Augen – aber noch bevor sie in Ohnmacht fiel, holte sie das Feuer, das direkt auf sie zuzukommen schien, zurück in den schrecklichsten Augenblick ihres Lebens.

Sie lag eingequetscht zwischen Dach und Handschuhfach, die Frontscheibe war in tausend Teile zerborsten. Sie konnte das Feuer nicht nur sehen, sondern auch riechen. Es erinnerte sie an die Grillpartys, die ihr Vater im Garten veranstaltete. Alles war unwirklich. Der, der auf sie zukam, brüllte etwas. Erst glaubte sie, seine Rufe würden ihr gelten, aber dann erkannte sie, dass es Schmerzensschreie waren, die dieser Unbekannte ausstieß. Seine Qualen mussten unerträglich sein, denn voller Grauen begriff sie plötzlich, dass er in Flammen stand. Hilflos fuchtelte er mit den brennenden Armen und brach schließlich zusammen. Der Geruch von verkohltem Fleisch drang in ihre Nase; sie glaubte, eine Explosion gehört zu haben, war sich aber nicht sicher. Später würde man ihr erklären, dass Nils mit einem Kleintransporter kollidiert war. Zwar hatte er im letzten Moment das Lenkrad herumgerissen, aber einen Zusammenstoß konnte er dadurch nicht mehr verhindern. Der Transporter war zur Seite gekippt und über den Straßenbelag geschlittert, verfolgt von einem Funkenregen, der schließlich die geladenen Gasflaschen entzündet hatte. Trotz der Explosion gelangte der Fahrer noch nach draußen, aber da umhüllten ihn bereits die orangegelben Flammen, die er vergebens versuchte abzuschütteln, während er bei lebendigem Leib verbrannte.

Anna suchte nach Nils, aber er war nicht da. Sie ahnte, was geschehen war. Wie oft hatte er behauptet, dass Sicherheitsgurte etwas für Weicheier seien und die Bewegungsfreiheit beim Fahren einschränkten. Nie hatte sie ihm widersprochen. Augenblicklich erfasste sie deshalb ein Gefühl von Schuld und Scham. Sie hätte das nicht zulassen dürfen.

Verzweifelt stemmte sie sich gegen das Blech, das ihren gekrümmten Körper wie ein Sarg umschloss. Sie wollte zu ihm, aber sie konnte sich nicht bewegen. Erneut kämpfte sie gegen das Gewicht auf ihren Schultern, und wieder durchfuhr sie ein stechender Schmerz, dann fühlte sie nichts mehr. Die Ohnmacht hatte sie endlich erreicht. Nils lag einige Meter vom Fahrzeug entfernt, sein Körper war bei dem Unfall schrecklich zugerichtet worden, sodass ihm durch den schnell eintretenden Tod ein langes Leiden erspart geblieben war.

Anna riss die Augen auf und schnappte nach Luft. Die Erinnerung war vorbei. Sie sah wieder die Menschen auf dem Parkplatz und entdeckte erneut die Familie, die so interessiert den Minivan umkreist hatte.

Das ist Papas Büro, dachte sie verwirrt.

Hinter sich hörte Anna Papier rascheln. Sie drehte den Rollstuhl und sah ihren Vater am Schreibtisch sitzen.

»Ich möchte zu Nils«, sagte sie bestimmt.

Erik Ting zuckte zusammen, als seine Tochter den Namen aussprach. Sein Gesicht nahm für eine Sekunde einen gequälten Ausdruck an. Nur mit Mühe riss er sich zusammen und antwortete ruppiger als beabsichtigt: »Nils ist nicht da.«

Anna zog einen Schmollmund, so wie sie es auch als kleines Mädchen getan hatte, wenn ihr das zweite Eis verweigert worden war.

Sie jetzt so zu sehen, fügte Erik beinahe körperliche Schmerzen zu. Das Klopfen an der Tür unterbrach diesen traurigen Moment, und er war dankbar dafür. Eine Mitarbeiterin erschien und meldete Beamte von der Polizei. Auf sein Zeichen hin gab sie für Jens Stutter und Jasmin Nau die Tür frei.

Stutter reichte dem Mann, der sich als Erik Ting, Anteilseigner und Geschäftsführer des Autohauses Wammer &

Ting, vorstellte, die Hand. Er mochte Mitte vierzig sein, sah aber älter aus. Die grauen Haare hatten sich bereits gelichtet, und um die Augen lagen tiefe Falten. Stutter hatte schon in zu viele Gesichter gesehen, um nicht zu erkennen, dass er einen gebrochenen Mann vor sich hatte.

Um ein Lächeln bemüht stellte Ting den Beamten seine Tochter Anna vor.

»Polizei?«, fragte die blasse junge Frau im Rollstuhl überrascht und erfreut zugleich. »Dann kommen Sie bestimmt wegen der Vogelscheuche!« Sie senkte die Stimme wie eine Verschwörerin und flüsterte: »Ich habe sie gesehen, in unserem Garten.« Um ihren Worten Nachdruck zu verleihen, nickte sie dabei heftig mit dem Kopf.

Stutter war zwar überrumpelt, ließ sich jedoch nichts anmerken, als er freundlich entgegnete: »Wann war das denn?«

Anna, sichtlich erfreut, dass man auf sie einging, dachte angestrengt nach, bevor sie strahlend antwortete: »Mama weiß es, die war dabei.«

Ehe Stutter erneut reagieren konnte, mischte sich Erik Ting ein. Er stellte sich hinter den Rollstuhl und schob seine Tochter an ihnen vorbei. Dabei sagte er liebevoll: »Schätzchen, du kannst dir draußen die neuen Prospekte ansehen. Mama wird gleich kommen und dich abholen, dann geht ihr Kuchen essen.«

Damit war die Vogelscheuche vergessen, und Anna ließ sich aus dem Raum bringen.

Als Erik Ting mit den Beamten wieder allein war, erschien ein müdes Lächeln auf seinem Gesicht. »Meine Tochter lebt gelegentlich in einer eigenen Welt.«

Stutter hätte in dieser Situation mit einem einfachen »Verstehe« das Thema wechseln können, aber irgendetwas veranlasste ihn, das Gegenteil zu tun. Vielleicht lag es daran, dass er den Eindruck hatte, es wäre Erik Ting ein Bedürfnis, sich zu erklären. Oder aber es war die angeborene Neugier, die ihn für den Beruf des Polizisten qualifizierte, die ihn sagen ließ: »Darf ich fragen, was mit Ihrer Tochter geschehen ist?«

Der Geschäftsführer des Autohauses bot den Beamten Platz an und orderte, ohne nachzufragen, bei seiner Sekretärin drei Kaffee.

»Es ist selten, dass das jemand hören will. Normalerweise belasten sich Menschen lieber nicht mit den Problemen anderer, vor allem, wenn sie dieser Art sind. Die geistige Behinderung meiner Tochter macht die meisten in ihrer Umgebung nervös. Gott, ich will nicht behaupten, dass es mir früher anders ging.«

Der Kaffee wurde gebracht, und das Gespräch verstummte für einen Augenblick.

»Ihre Tochter wurde nicht mit einer Behinderung geboren?«, griff Stutter das Thema wieder auf.

»Nein«, antwortete sein Gegenüber mit rauer Stimme und fuhr sich über das Gesicht. »Ein Autounfall vor knapp einem Jahr. Der Sohn meines Geschäftspartners starb dabei.«

Stutter glaubte, einen bitteren Ausdruck in Erik Tings Augen zu erkennen.

Dann fuhr dieser jedoch mit entspannten, wenn auch traurigen Zügen fort: »Anna erlitt schwere Verletzungen des Rückenmarks. Das Schädelhirntrauma und eine zeitweise Unterversorgung mit Sauerstoff haben ihr Gehirn beeinträchtigt.«

»Irreparabel?«, fragte Stutter, der nicht der Mann war, jetzt einen Rückzieher zu machen, um sich vor dem Rest der unangenehmen Wahrheit zu schützen.

Jasmin Nau hingegen hätte gerne auf dieses Gespräch verzichtet. Sie musste bei der Vorstellung, das eigene Kind ein solches Schicksal erleiden zu sehen, mehrmals schlucken.

»Sagen wir so: Es gibt wenig Hoffnung. Sie wird nie wieder gehen können, allerdings kann sich ihr geistiger Zustand vielleicht noch verbessern. Anna wird keinesfalls in der Lage sein, ein Leben ohne fremde Hilfe zu führen, aber wir hoffen, es gelingt ihr eines Tages, den Alltag einigermaßen selbstständig zu bewältigen. Sie hat Momente, in denen sie völlig klar erscheint, die Erinnerung zurückkehrt, und dann …« Er machte eine Pause und presste die Kiefer zusammen, bevor er resigniert fortfuhr: »Und dann verschlimmert sich wieder alles, und sie taucht ab in ihre Fantasiewelt, hat vergessen, was passiert ist, und benimmt sich wie ein kleines Kind.« Er seufzte. »Auf dem Acker des alten Ehler steht eine Vogelscheuche, die hat es ihr in letzter Zeit angetan.«

Stutter nickte: »Ich kenne das Grundstück Ihres Nachbarn.«

Wieder stieß Erik Ting ein Seufzen aus, dann sagte er: »Wie kann ich Ihnen behilflich sein?«

Als ihm Stutter darlegte, dass es um das ermordete Paar ging, reagierte der Mann geschockt. »Das ist mir gar nicht aufgefallen. Ich hörte zwar von den Morden, aber dass die beiden kurz zuvor einen Wagen bei uns gekauft haben?«

Hilfsbereit eilte er zum Computer und suchte die Unterlagen für die Beamten zusammen.

»Könnten wir mit dem Verkäufer sprechen, der den Vertrag mit Cindy Kling und Jörg Meier abgeschlossen hat?«, bat Stutter schließlich.

Ting warf einen Blick auf die Papiere und entgegnete: »Den Verkauf hat mein Partner, Herr Wammer, abgewickelt.«

Wieder glaubte der Hauptkommissar diesen bitteren Ausdruck wahrzunehmen.

»Wo können wir Herrn Wammer finden?«

Erik sah aus dem großen Panoramafenster, und Stutter folgte seinem Blick. Er entdeckte Anna, neben deren Rollstuhl eine Frau stand, die sich mit einem Mann in dunklem Anzug unterhielt.

»Da unten«, sagte Ting tonlos und deutete mit dem Kinn

in Richtung Parkplatz. »Der Mann, der bei Anna und meiner Frau steht.«

Obwohl der Geschäftsführer des Autohauses um einen neutralen Ton bemüht war, entging den Beamten nicht, dass eine gewisse Feindseligkeit in seiner Stimme mitschwang.

»Wir finden den Weg«, sagte Stutter und bedankte sich für die Hilfe.

Die Beamten erreichten den Parkplatz, und Erik Tings Frau, die bisher mit angespanntem Gesichtsausdruck neben Tobias Wammer gestanden hatte, setzte beim Erscheinen der Polizisten ein gekünsteltes Lächeln auf.

»Was kann ich für Sie tun?«, übernahm es der Mann im Anzug, die Fremden zu begrüßen.

Stutter stellte sich und Jasmin Nau vor und erklärte, worum es ging. Noch bevor Tobias Wammer darauf etwas erwidern konnte, rief plötzlich Anna, die bis eben verträumt an ihren Handschuhen herumgezupft hatte: »Er ist wegen der Vogelscheuche hier. Ich habe sie nämlich gesehen.«

»Anna, du sollst keine Geschichten erfinden«, sagte ihre Mutter tadelnd, auch wenn ihr sanfter Tonfall die Ermahnung abmilderte. »Wir müssen zur Physiotherapie, und danach gibt es Kuchen«, verabschiedete sich die Frau und schob den Rollstuhl ihrer Tochter davon.

Wammer lächelte freundlich, und Jasmin wusste sofort, dass der Mann ein geborener Verkäufer war. Er und Ting hätten gegensätzlicher nicht sein können. Obwohl beide Männer im gleichen Alter waren, sah Wammer jünger aus als vierundvierzig. Auf Jasmin wirkte er wie ein Mann, dem die Frauen reihenweise zu Füßen lagen. Ein bisschen erinnerte er sie an ihren Noch-Ehemann Gerry, der ebenfalls ein so einnehmendes Wesen hatte. Allerdings schien Tobias Wammer ein glücklicheres Händchen in Sachen Geldverdienen zu haben. Unbestritten liefen die Geschäfte gut.

»Wir sollten hineingehen«, sagte Wammer jetzt, und seine Stimme war tief und angenehm.

Während er die Polizisten durch die Verkaufshalle führte, kam Stutter nicht umhin, einen bewundernden Blick auf einen schwarzen SUV zu werfen, dessen Lack durch die perfekt ausgerichteten Scheinwerfer glänzte, als hätte man ihn mit Glitzer bestäubt.

»Ein fantastisches Fahrzeug«, hörte er Wammer neben sich sagen, dem als erstklassiger Verkäufer Stutters Interesse natürlich nicht entgangen war. »Wenn Sie eine Probefahrt machen möchten, kein Problem.«

Tatsächlich ließ sich der Hauptkommissar für einen Moment einlullen und sah sich in Gedanken schon in die edle Karosse steigen. Dann holte ihn das laute Räuspern von Jasmin, das so viel bedeutete wie *Männer und ihre Spielzeuge*, zurück zum Grund ihres Hierseins.

»Vielleicht ein anderes Mal«, entgegnete er mit einem schiefen Grinsen in Richtung seiner Kollegin.

»Natürlich, Sie sind beruflich hier«, antwortete Wammer freundlich und führte sie schließlich in sein Büro.

Auch hier zeigte sich deutlich, wie unterschiedlich die beiden Besitzer des Autohauses waren. Während Ting vor allem auf Funktionalität setzte, waren Wammers Räume mit den Worten »Luxus pur« perfekt beschrieben. Und diesen Eindruck erweckten nicht nur die teuren Designermöbel und der futuristisch anmutende Kaffeevollautomat, sondern auch die riesige Wasserwand, auf der Projektionen der neusten Fahrzeugmodelle zu sehen waren. Wammer bat seine Gäste, Platz zu nehmen, und obwohl die unförmig geschwungenen Sessel nicht sehr bequem aussahen, musste Jasmin zugeben, dass man darin eigentlich ganz gut saß.

»Anna ist ein liebes Mädchen. Sie erzählt nicht absichtlich irgendwelche Lügen, sie weiß nur manchmal nicht, was real ist und was ihrer Fantasie entspringt.«

»Herr Ting hat uns bereits von dem Unfall erzählt«, entgegnete Stutter verständnisvoll.

»Ja, der Unfall«, murmelte Wammer, und ganz automatisch wanderte sein Blick zu einer Fotografie auf dem Schreibtisch.

Sie zeigte einen jungen Mann. Er sah blendend aus und lachte vergnügt, so als wollte er sagen: »Mir gehört die Welt.« Obwohl er blond war und nicht schwarzhaarig wie Tobias Wammer, bestand zwischen den beiden eine starke Ähnlichkeit. Stutter erinnerte sich an Erik Tings Worte. Deshalb ging er davon aus, dass die Fotografie Wammers verstorbenen Sohn zeigte.

Ihr Gesprächspartner kam auf das Anliegen der Polizisten zurück. Es war offensichtlich, dass er nicht das Bedürfnis hatte, über die Vergangenheit zu reden.

»Ja, Cindy Kling und Jörg Meier waren hier.« Er machte ein teilnahmsvolles Gesicht. »So ein nettes Paar und so voller Pläne.«

»Erinnern Sie sich noch, was sie erzählt haben?«, hakte Stutter nach. »Alles wäre wichtig für uns.«

Wammer verzog ein wenig das Gesicht, wie es Menschen taten, wenn sie versuchten, sich etwas ins Gedächtnis zu rufen. »Viel gab es da nicht. Natürlich haben wir vor allem über den Wagen gesprochen«, begann er schließlich mit seiner Aussage. »Allerdings spielten die beiden mit dem Gedanken, sich hier in Pfetzertal niederzulassen. Das war wohl abhängig von einer Beförderung. Dann sollte geheiratet werden. Sie wünschte sich Kinder, und die sollten nicht in der Großstadt aufwachsen. Ja, ich glaube, so ungefähr hat sie sich ausgedrückt.« Er kniff die Augen zusammen. »Außerdem spielte er Golf. Er sagte nämlich: ›Wenn wir hier wohnen, kann ich jeden Tag aufs Grün.‹«

»Wie würden Sie die Stimmung der beiden beschreiben?«, mischte sich Jasmin nun das erste Mal ein.

Als ihr Gegenüber zögerte, fügte sie noch an: »Wirkte das

Paar vergnügt, unbeschwert oder eher gestresst, besorgt, unruhig?«

»Nein, die waren super gelaunt. Die perfekten Käufer, wenn ich das sagen darf. Sehr verliebt, hielten die ganze Zeit Händchen, hatten richtig Spaß am Geldausgeben. Wir haben Kunden, die feilschen um jede Fußmatte, aber die zwei waren total unkompliziert.«

»Sie sagten, die beiden wollten vielleicht nach Pfetzertal umziehen?«

Wammer bejahte das.

»Aber Sie hatten nicht den Eindruck, dass es darum ging, Stuttgart so schnell wie möglich zu verlassen?«

»So kam es mir nicht vor.«

»Fällt Ihnen sonst noch etwas ein?«

Der Geschäftsführer des Autohauses verneinte das mit einem bedauernden Gesichtsausdruck, und die Polizisten verabschiedeten sich schließlich.

* * *

Die nächsten Tage verbrachten die Beamten mit einer groß angelegten Recherche. Carolin Kettler überprüfte die Firmen, die in der Ferienanlage beschäftigt gewesen waren, konnte aber nichts Verdächtiges finden.

Das *Buddeln im Morast*, wie sich die Hauptkommissarin ausdrückte, wurde allerdings an anderer Stelle von Erfolg gekrönt. So gelang es ihr, ein Klatschmaul aufzutreiben, das eng mit Sybille Nahlangs Vater, dem früheren Bürgermeister, zusammengearbeitet hatte. Nach kurzem Geziere, wie es der Anstand verlangte, erfuhr die Beamtin, dass der ehemalige Gemeindechef seine Tochter gedrängt hatte, einen Ehevertrag abzuschließen. Im Falle einer Scheidung würde der Bauunternehmer Heiko Nahlang deshalb ohne einen Cent dastehen. Weitere bösartige Zungen behaupteten, dass der Ehemann der Bürgermeisterin kurz vor der Insolvenz stand und sein bestes Stück nicht in der Hose behalten konnte. Beweise gab es für das Gerede zwar nicht, aber immer wieder hörte die Beamtin den Satz »Wo Rauch ist, da ist auch Feuer«. Scheinbar hielt gerade deshalb die Mehrheit der Einwohner zu Sybille Nahlang, die sie als anständige Frau mit Grips bezeichneten, die wüsste, wie das Geschäft lief, und so einen Trottel von Ehemann nicht verdient hätte.

Außerdem war es den Stuttgarter Kollegen gelungen, eine Adresse bezüglich der Schaustellertruppe Baltein & Co. herauszufinden. Die hatte ihr Winterquartier in der Nähe von Ludwigsburg aufgeschlagen, etwa eine Stunde von Pfetzertal entfernt.

Zudem erhielten sie die Auskunft, dass Baltein & Co. erst letztes Jahr für das Volksfest in Pfetzertal engagiert worden war.

Parallel dazu brütete Stutter über der Akte von Petra Lutze; der Sechzehnjährigen, die sich vor fünfundzwanzig Jahren das Leben genommen hatte. Der Hauptkommissar las die Aussage der Mutter, die im Gespräch mit den Kollegen felsenfest davon überzeugt gewesen war, dass ihr Kind niemals Selbstmord begangen hätte. Es gab einen Auszug aus Petra Lutzes Strafregister, der ahnen ließ, dass das Mädchen ein schwieriger Teenager gewesen war. Davon zeugten die Vermerke über Ladendiebstahl und Schulschwänzen. Mit vierzehn war sie von zu Hause weggelaufen. Die Polizei hatte sie dann am Frankfurter Bahnhof aufgegriffen und das Jugendamt eingeschaltet.

Der Hauptkommissar betrachtete die verblichene Fotografie. Petra Lutze war ein sehr hübsches Mädchen gewesen. Warum hatte sie sich vor Friedhelm Ehlers Zug geworfen?

Er kramte im nächsten Stapel und zog die Vereinbarung zwischen Pfetzertal und dem Lokführer heraus. Alles stimmte mit dem überein, was ihm Ehler erzählt hatte.

Carolin Kettler stellte sich hinter ihn und betrachtete das Bild von Petra Lutze. »So hat sie also ausgesehen?«, sagte sie mit einer Spur von Traurigkeit.

Stutter wandte sich ihr zu und blickte sie fragend an.

»Man hat mir von dem Selbstmord erzählt, als ich damals in Pfetzertal Dienst tat. Genau genommen war es Heidi Hagel, die Mutter unseres weiblichen Opfers aus dem Campingbus.«

Sie sah sich veranlasst, ihrem Kollegen die Worte der Frau wiederzugeben. »Heidi Hagel empfand es als ungerecht, dass ihre Tochter sterben musste, obwohl sie hatte leben wollen, während Petra Lutze freiwillig den Tod gesucht hatte.«

»Hat irgendwer diesen Selbstmord angezweifelt?«, fasste Stutter nach und reichte seiner Kollegin die Aussage von Petra Lutzes Mutter.

Die Stuttgarter Beamtin gab einen mürrischen Laut von sich. »Das habe ich schon öfter erlebt. Bei einem Selbstmord fühlen sich die Angehörigen schuldig, deshalb beginnen sie das Offensichtliche zu leugnen.«

Sie blätterte die Akte durch, dabei stand sie dicht neben Stutter. Er konnte ihren Duft wahrnehmen. Ein Gemisch aus Seife, Morgenluft und Pfefferminz, das er als äußerst angenehm empfand.

»Sehen Sie sich den Werdegang an. Die Kleine war keine Heilige, in der Familie gab es ordentlich Probleme. So traurig das ist, spricht das alles eher für als gegen einen Selbstmord. Haben Sie etwa Zweifel?«

Der Hauptkommissar lenkte seine Aufmerksamkeit wieder auf den Fall. »Ich frage mich nur, ob es nicht einen Auslöser hätte geben müssen. Einen Streit mit der Mutter, einen Schulverweis, Jugendarrest. Irgendetwas, das diese Kurzschlusshandlung provoziert hat.« Er zog ein Protokoll aus der Akte. »Die Mutter sagte aus, dass das Mädchen an dem Abend vergnügt aus dem Haus gegangen sei. Nichts deutet darauf hin, dass Petra Lutze ihren Tod geplant hat. Nicht einmal ein Abschiedsbrief. Ihr Selbstmord geschah aus heiterem Himmel.«

»Aber nur, weil niemand etwas bemerkt hat. Womöglich litt sie an Depressionen?«

Stutter antwortete darauf nicht.

»Denken Sie denn, dass dieser Selbstmord etwas mit unseren Morden zu tun hat?«, fragte Carolin deshalb ungläubig. Da ihr Kollege immer noch schwieg, fasste die Stuttgarter Beamtin nach: »Ist das nicht etwas weit hergeholt?«

Jasmin Nau, die das Gespräch der beiden verfolgt hatte, sah verstohlen zu Stutter und wartete gespannt auf dessen Reaktion. Sie kannte ihn gut genug, um erstens zu wissen, dass ihn die Fantasielosigkeit eines Ermittlers nervte, und er zweitens einen äußerst guten Instinkt für Zusammenhänge hatte.

»Drei Wochen nach dem Selbstmord wurden die Opfer im Campingbus getötet, und alle Vorfälle geschehen in einem Dorf, das zumindest damals auf keiner Landkarte zu finden gewesen war. Weit hergeholt? Vielleicht«, gab er ein wenig gereizt zurück, »aber deshalb auch schon ausgeschlossen?«

Jasmin Nau beobachtete zufrieden, wie Carolins Gesicht bei der versteckten Rüge rot anlief.

»Bitte, wenn Sie meinen«, antwortete die Stuttgarterin knapp und verschwand Richtung Kaffeeautomat, wo sie geräuschvoll das Milchschaumkännchen befüllte und wütend den Wassertank in Position brachte.

Jasmin glaubte, Carolin würde ein gedämpftes »Klugscheißer« murmeln, das Stutter, sollte er es ebenfalls vernommen haben, jedoch ignorierte.

* * *

Kapitel 6

Einige Tage später

Lara und Ben Herold waren erneut unterwegs zu der Fabrikhalle. Es war dunkel und kalt. Aber dieses Mal graute es Lara nicht vor der Kälte oder der ungemütlichen Umgebung, denn sie wusste, dass das für eine lange Zeit das letzte Mal war, dass sie ihrem Mann nachgab. Künftig würde der seine sexuellen Fantasien wieder im heimischen Schlafzimmer ausleben müssen. Sie hatte nicht den geringsten Zweifel an seiner Zustimmung, wenn sie ihm erst einmal die freudige Neuigkeit mitteilen würde.

Ben war genauso vergnügt wie seine Frau, allerdings aus völlig anderen Gründen. Er konnte es gar nicht erwarten, über Lara herzufallen, als gäbe es kein Morgen.

Und die Tatsache, dass seine Frau heute nicht wie gewöhnlich mit mürrischem Gesicht neben ihm hockte, ließ ihn zur Höchstform auflaufen. Er überschüttete sie mit Komplimenten, und für einen Augenblick überlegte Lara, ob sie ihm nicht auf der Stelle die Wahrheit sagen sollte, aber dann hielt sie an ihrem ursprünglichen Plan fest. *Danach* wäre es besser.

Sie erreichten das Gebäude gegen zwanzig Uhr. Ein prächtiger Vollmond schob sich gemächlich hinter einer Wolke hervor, sodass sie zumindest einigermaßen sicher über den steinigen Boden der Auffahrt gehen konnten. Das Licht des Himmelskörpers erreichte sogar das Innere der Fabrikanlage und überzog die mit Graffiti verschmierten Wände und den aufgeschlagenen Betonfußboden mit einem silbrigen Schein.

Wenn Lara heute auch entspannter war als an den Tagen zuvor, wollte sie dennoch nicht mehr Zeit als notwendig in diesen ungemütlichen Räumen verbringen. Schnell stellte sie deshalb die mitgebrachten Kerzen auf, deren helle Flammen es jedoch nicht vermochten, eine gemütliche Atmosphäre zu schaffen. Sie breitete gerade die Wolldecke auf dem alten Holztisch aus, der ihr bereits das letzte Mal als Unterlage gedient hatte, als sie auch schon Bens Hände auf ihren Brüsten spürte. Er war bereits sehr erregt, das konnte sie fühlen, als er seinen Unterleib fest an ihren Hintern presste.

»Das ist toll«, hauchte er ihr ins Ohr und begann mit der Zunge ihren Hals zu liebkosen.

In diesem Augenblick verschwand der Mond wieder hinter einer Wolke, und plötzlich wurde es sehr dunkel. Lara versuchte nicht daran zu denken, wie es wohl wäre, wenn die Zugluft die aufgestellten Kerzen ausblasen würde. Die Flammen flackerten bereits gefährlich.

Ben störte sich nicht daran, und die Berührungen seiner kalten Finger ließen sie erschaudern. Er deutete diese Reaktion als sexuelles Verlangen. Seine Hände wanderten gierig unter den dicken Wollrock, für den sich Lara aus praktischen Gründen entschlossen hatte. Sie trug kein Höschen, was es ihm erleichterte, sofort damit zu beginnen, sie in Stimmung zu bringen.

Dabei konzentrierte er sich auch auf die Umgebungsgeräusche. Was anderen einen Schrecken einjagen würde, versetzte ihn in Ekstase. Es knackte, und er stellte sich vor, ein Wachmann würde sie jetzt beobachten. Ein wohliger Schauer überlief ihn bei der Vorstellung, Schritte zu hören.

So gut war es noch nie, dachte er bei sich.

Das Gefühl, nicht allein mit Lara zu sein, verstärkte sich, und seine leidenschaftlichen Berührungen ließen seine Frau leise aufstöhnen. Ben beglückwünschte sich zur eigenen Fantasie, die ihm gerade einen fantastischen Sex versprach. Eine Hand immer noch zwischen Laras Schenkeln, schob er mit der anderen die eigene Hose nach unten. Völlig von der Vorstellung besessen, beobachtet zu werden, ignorierte er das leise, schabende Geräusch, das ihn eigentlich hätte alarmieren müssen.

In der nächsten Sekunde verkrampfte sich sein Körper, er zuckte zusammen und presste seine Finger in Laras Fleisch. Sie schrie auf, und für einen kurzen Augenblick lockerte sich Bens Griff. Er wollte sich umdrehen, verlor jedoch sofort wieder die Kontrolle über seine Gliedmaßen, denn erneut hatte man den Elektroschocker gegen ihn eingesetzt. Dieses Mal wurde er direkt auf die nackte Haut seines Oberschenkels gedrückt. Ben stürzte zu Boden, krümmte sich, als hätte er einen schweren Anfall, hörte noch Laras angsterfülltes Wimmern und blieb schließlich bewusstlos liegen.

Der Angriff dauerte nur Sekunden. Völlig wehrlos stürzte auch Lara auf die Knie, als die 500.000 Volt ihren Körper durchdrangen. Der Messerstich, der ihr daraufhin in Höhe der linken Niere zugefügt wurde, raubte ihr fast den Atem. Sie keuchte schwer, dann wurde ihr schwarz vor Augen. Jemand drehte sie auf den Rücken und richtete sie auf, bis sie in fast sitzender Position gegen die eiskalte Steinwand lehnte. Das bemerkte Lara jedoch nicht. Ihr blieb auch erspart, mit anzusehen, wie Ben das Messer ins Herz getrieben wurde und sich auf seinem Pullover langsam ein dunkler Fleck bildete. Man hatte ihn ebenfalls an die Wand gelehnt. Sein Kopf war vornübergekippt und seine Atmung sehr flach. Das Messer wurde ruckartig zurückgerissen, und das Blut schoss nun so schnell aus der Wunde, dass seine Kleidung sofort davon durchtränkt war. Ein letzter verzweifelter Versuch zu überleben folgte. Er röchelte, um die Lungen mit Luft zu füllen, aber sein Organismus verweigerte den Gehorsam, der Tod trat ein und beendete vorzeitig all seine Qualen.

Jemand zerrte an den Haaren des Toten und rief ärgerlich: »Du sollst sie dir ansehen!« Grob wurde Bens Kopf nach hinten gerissen. »Los, sieh sie dir an!«, tönte es durch das alte Produktionsgebäude, und ein gespenstisches Echo hallte von den Mauern wider. Die behandschuhten Finger zogen an Bens rechtem Augenlid.

»Ich werde dir dabei helfen«, erklang die fremde Stimme nun voller Eifer.

Die Handgriffe, die folgten, um beide Augenlider zu entfernen, zeugten von einer gewissen Übung, auch wenn die Geschicklichkeit eines Mediziners fehlte. Die abgetrennte Haut wurde achtlos auf den Betonboden geworfen. Ben schien nun mit trübem Blick und weit aufgerissenen Augen direkt zu Lara zu starren und zu beobachten, wie ihr das Messer an die Kehle gehalten wurde. Das flackernde Kerzenlicht brach sich in der Klinge.

In diesem Augenblick erlangte Lara noch einmal das Bewusstsein. Sie spürte kalten Stahl an ihrem Hals und sah in unheilvolle, fremde Augen. Es waren die gleichen Augen, mit denen sich ihre Blicke auch schon auf dem Waldparkplatz gekreuzt hatten.

Warum nur habe ich geschwiegen?, ging es Lara durch den Kopf.

Mit der Klinge wollte man ihr die Kehle aufschlitzen. Das Blut würde dann unaufhaltsam aus der Wunde strömen, bis ihr Körper den Kampf aufgeben musste. Sie hätte niemals schweigen dürfen.

Nachdem sie den Plan von der Familie mit Kind längst aufgegeben hatten, bestätigte ihr der Frauenarzt vor zwei Tagen eine Schwangerschaft. Lara hatte es Ben heute sagen wollen, nach alldem hier. Er wäre überglücklich gewesen und hätte sie als werdende Mutter gewiss nicht mehr zu sexuellen Eskapaden im Freien gedrängt. Warum hatte sie nur geschwiegen? Hätte sie es ihm vorher gesagt, wären sie niemals zu der alten Fabrikhalle gefahren. Das hier war ihre Schuld.

Die Klinge drückte gegen Laras Kehlkopf. Tränen liefen über ihr Gesicht, und plötzlich wollte sie nicht mehr schweigen.

Sie krächzte verzweifelt: »Bitte nicht, ich bin schwanger …« Sie schluchzte, wusste, wie sinnlos der Versuch war, an die Barmherzigkeit eines blutrünstigen Mörders zu appellieren, dennoch rief sie erneut: »Ich erwarte ein Kind!«

Das Messer wurde zurückgezogen. Einen Moment lang hörte man nur leises Schluchzen. Die fremde Gestalt ging vor ihr in die Knie.

Lara entwickelte neuen Lebenswillen, dachte an das ungeborene Kind in ihrem Bauch und hob abwehrend die Arme. Mit den Händen versuchte sie nach dem Gesicht ihres Gegenübers zu schlagen, aber letzten Endes fehlte ihr die Kraft, etwas auszurichten. Sie streifte lediglich das raue Material, das verbergen sollte, wer ihr nach dem Leben trachtete. Sie zerrte an der provisorischen Maske, wollte zumindest wissen, welches Monster ihr das antat, und ignorierte dabei den brennenden Schmerz, den ihre Verletzung verursachte.

»Warum tun Sie das?«, hauchte sie verzweifelt, da wurde erneut der Elektroschocker angesetzt. Lara verlor das Bewusstsein.

»Hast du gewusst, dass sie schwanger ist?«, richtete sich die nächste Frage der maskierten Gestalt an Laras toten Mann.

»Warum freust du dich nicht?«, setzte sich die einseitige Unterhaltung fort. »Man freut sich doch bei solchen Nachrichten, oder etwa nicht?«

Falls es bei der Ermordung von Lara und Ben Herold bisher einen Plan gegeben hatte, dann war der ab diesem Moment in Vergessenheit geraten. Was nun folgen sollte, war jedenfalls weit entfernt von besonnenem Handeln. Um Bens Gesicht legten sich fremde Hände, die begannen, am Mund des Toten zu zerren. »Warum freust du dich nicht? Lächle wenigstens«, hallte ein lautes Kreischen durch die Nacht, wie es nur ein Mensch ausstoßen konnte, den der Irrsinn antrieb. »Ich will ein strahlendes Lächeln sehen! Du kannst dich glücklich schätzen, dass ich hier bin. Ich werde dir jetzt nämlich zeigen, wie man sich freut!« Das Messer wurde erneut benutzt. So kurz nach Eintritt des Todes floss noch Blut aus der Wunde, als nun Bens Lippen abgetrennt wurden. Die Entfernung der Haut erfolgte fast schon akribisch, und erst als alle Zähne frei lagen, endete die Verstümmelung. Was einst der Mund des Mannes gewesen war, landete nun achtlos auf der Erde, wie ein Brocken, den man für den verfressenen Nachbardackel hinwarf, um ihn vom Kläffen abzuhalten.

»So ist es besser. Jetzt siehst du aus wie ein Mann, der sich freut!«

* * *

»Sie lebt noch!«, rief einer der Feuerwehrleute. Der Wachdienst hatte den Brand entdeckt; geschockt saßen die beiden Mitarbeiter der Sicherheitsfirma vor der alten Fabrikhalle. Sie hatten wie gewöhnlich ihre Runde abgefahren. Das alte Gebäude stand so abgelegen, dass normalerweise niemand hierherkam. Gelegentlich ein paar Sprayer oder Obdachlose, aber im Winter geschah das selten. Sie hatten den Wagen vor der Halle entdeckt und Witze über ein Liebespärchen gerissen, dann erst war ihnen der helle Schein aufgefallen.

»Feuer!«, hatte einer der beiden gebrüllt und Polizei und Feuerwehr verständigt, während der andere mit dem Feuerlöscher ins Gebäude gerannt war.

Für den brennenden Körper in der Ecke hatte er nichts

mehr tun können, aber immerhin war es ihm gelungen, die verletzte Frau ins Freie zu ziehen.

Der Notarzt, der kurz darauf eintraf, versorgte, so gut es ihm möglich war, die tiefe Wunde an Laras Rücken. Sie hatte sehr viel Blut verloren, und es war fraglich, ob sie überhaupt den Transport ins Krankenhaus überstehen würde.

»Was hält sie da in der Hand?«, fragte einer der Sanitäter, der behutsam half, die Frau auf die Bahre zu betten.

Vorsichtig schob er ihr die Finger auseinander.

»Vielleicht ein Talisman«, sagte der Notarzt. »Sie wird ihn brauchen«, fügte er mit wenig Zuversicht an.

Der Sanitäter nickte und drückte Laras Finger wieder zusammen, sodass das kleine Strohpüppchen auch weiterhin sicher in der Faust der Verletzten liegen konnte.

* * *

Jasmin Nau war als Erste im Krankenhaus. Sie eilte durch die Gänge, musste gefühlte tausend Mal nach dem Weg fragen und hätte sich mit dem behandelnden Arzt am liebsten geprügelt, als der ihr den Zugang zum Opfer verwehrte.

»Wir ermitteln in einem Mordfall, es gibt bereits mehrere Tote. Wenn diese Frau etwas gesehen hat, dann muss ich das wissen«, schnauzte sie ungehalten.

»Ich weiß nicht, ob sie durchkommt. Sie braucht Ruhe. Oder wollen Sie, dass die Patientin stirbt?«, gab der Arzt nicht minder ungehalten zurück.

Die Kommissarin wünschte sich, Stutter wäre hier. Sie schnaufte geräuschvoll und versuchte einen anderen Weg. »Hören Sie, ich will mehr als jeder andere, dass diese Frau überlebt. Aber wenn sie etwas weiß und es nicht schafft, dann habe ich unsere einzige Chance vertan, den Mörder aufzuhalten. Lassen Sie mich einfach zu ihr. Wenn sie spricht, bin ich da, und wenn sie stirbt, dann auch. Niemand sollte allein sterben«, wiederholte sie am Ende etwas, das Stutter einmal zu ihr gesagt hatte.

»Also schön«, lenkte der Mediziner schließlich ein, »aber Sie werden meine Patientin nicht bedrängen.«

Kurze Zeit später saß Jasmin an Laras Bett und wartete darauf, dass die Patientin das Bewusstsein wiedererlangte. Tatsächlich schlug die kurz darauf die Augen auf. Ihr Blick war unstet, als sie flüsterte: »Wo bin ich?«

Jasmin beugte sich sofort zu Lara und sagte ruhig: »Sie sind im Krankenhaus, alles wird gut.«

Im gleichen Augenblick ging die Tür auf, und der behandelnde Arzt trat ein. Jasmin nahm an, dass einer der zahlreichen Apparate ein Signal weitergeleitet hatte, als die Frau zu sich gekommen war.

Der Arzt drängte Jasmin zur Seite, um die Patientin zu untersuchen.

»Mein Mann, er ist tot«, hörte sie Lara nun mit erstickter Stimme sagen.

Der Mediziner ging nicht darauf ein, sondern stellte stattdessen eine Frage: »Wie ist Ihr Name?«

»Lara, Lara Herold«, flüsterte die Frau.

Jasmin räusperte sich, und obwohl sie der Mann im weißen Kittel wütend anblickte, gestattete er der Polizistin mit einem Nicken, ihren Job zu erledigen.

Die Kommissarin trat erneut ans Bett und versuchte deutlich und unaufgeregt zu klingen, als sie sich vorstellte.

»Wissen Sie, wer Ihnen das angetan hat?«

Lara begann zu weinen, und Jasmin befürchtete schon, der Arzt würde die Befragung abbrechen. Sie griff nach der Hand ihrer Zeugin, um sie zu beruhigen. »Erinnern Sie sich an irgendetwas?«

»Es war kalt. Da waren diese Augen, ich hatte Angst.«

»Welche Farbe hatten die Augen?«, hakte Jasmin sofort nach.

»Sie waren … unheilvoll«, stöhnte Lara.

»Und das Gesicht?«, wechselte Jasmin das Thema, in der Hoffnung, so mehr zu erfahren.

»Kein Gesicht, nur Augen.«

Jasmin wollte schon fragen, was das zu bedeuten hatte, als ihr klar wurde, dass sie so nur Zeit verschwenden würde.

»Trug die Person, die Sie angegriffen hat, eine Maske?«, folgerte die Kommissarin schnell.

Lara nickte kaum merklich.

»Eine Skimaske vielleicht?«

»Nein, hell und kratzig. Ein dunkler Mantel … Handschuhe, es roch nach Leder. Diese Puppe …«, stammelte sie.

Jasmin fasste nach: »Die kleine Strohpuppe?«

»Ja, sie war in meiner Hand.«

»Wer hat sie Ihnen gegeben?«, fragte Jasmin aufgeregt, »ein Mann oder eine Frau?«

Lara stöhnte. »Wo ist Ben? Ich muss ihm etwas sagen, unser Baby.«

Jasmin riss die Augen auf. Von einem Baby hatte man ihr nichts gesagt. Sie sah zu dem Arzt. Der senkte den Blick und schüttelte den Kopf.

»Wie geht es Ben?«, rief Lara jetzt fordernd, so als würde sie gleich in Panik geraten.

Der Mediziner trat besorgt an ihr Bett. Die Patientin wollte aufstehen und wehrte sich gegen den sanften Druck, den die Schwestern ausübten, um sie daran zu hindern.

Lara begann immer verzweifelter nach Ben zu rufen. Ihr Zustand verschlechterte sich. Die Apparate piepsten gefährlich schrill, und als man Jasmin bat, das Zimmer zu verlassen, zögerte sie nicht.

Im Flur traf die Kommissarin auf Stutter, der ihr ansah, dass es nicht gut stand.

Als noch weitere Schwestern in das Zimmer der Patientin eilten, befürchteten die Beamten bereits das Schlimmste. Wenige Minuten später trat der Arzt zu ihnen auf den Gang.

Er wirkte betroffen, als er sagte: »Tut mir sehr leid. Die Stichverletzung war tief, der hohe Blutverlust, der Schock. Deswegen haben wir auch das Kind nicht retten können. Die Patientin war im dritten Monat schwanger gewesen.«

* * *

Vom Krankenhaus aus fuhren Stutter und Jasmin Nau direkt zu der alten Fabrikhalle, wo sie auf Carolin Kettler trafen. Die Hauptkommissarin überwachte die Arbeit der Kriminaltechnik und hatte mit dem Team der Gerichtsmedizin vor Ort gesprochen. So konnte sie ihren Kollegen bereits eine erste Zusammenfassung geben.

»Man hat dem männlichen Opfer dieses Mal nicht nur die Augenlider, sondern auch die Lippen abgetrennt. Die Gewebereste befanden sich unweit der Leiche, wurden jedoch vom Feuer verschont. Das Opfer heißt Ben Herold, das Auto vor der Tür gehört ihm. Dort entdeckten wir auch die Handtasche der Frau, Lara Herold.«

Die drei warfen einen Blick auf Bens Leiche. Der Körper hatte sich durch die Hitze zusammengezogen und wies die bei Brandopfern typische Haltung auf, die gewöhnlich als Fechterstellung bezeichnet wurde. Den Schädel überzog nur noch verkohlte Haut. Zur eindeutigen Identifizierung würde man einen Abgleich mit den Zahnunterlagen des Opfers vornehmen, lediglich eine Formsache.

»Spuren?«, fragte Stutter mit angespannter Miene.

»Die Kriminaltechnik hat einiges Material sichergestellt. Vielleicht ist etwas Brauchbares dabei«, gab ihm Carolin Auskunft. »Aus irgendeinem Grund hat er dieses Mal die Frau verschont. Das Benzin wurde nur über den Ehemann gekippt.«

»Womöglich wurde er unterbrochen«, spekulierte Jasmin. »Könnte es nicht sein, dass ihn etwas aufgeschreckt hat und er den Tatort eilig verlassen musste?«

Stutter schien mit dieser Theorie nicht einverstanden. Er schüttelte den Kopf. »Passt nicht. Immerhin hat er noch Zeit gefunden, Lara Herold die Strohpuppe in die Hand zu legen. Sie zu töten, hätte nicht länger gedauert. Er hat bewusst eine Zeugin riskiert.«

»Er hat ihm die Lippen abgeschnitten«, überlegte Jasmin laut. »Womöglich ändert er seine Vorgehensweise.«

»Was, wenn er noch herumexperimentiert?«, mischte sich Carolin ein. »Wenn es ihm darum geht, ins Rampenlicht zu geraten? Vor fünfundzwanzig Jahren wird seiner Tat keine große Aufmerksamkeit geschenkt. Bei seinem nächsten Doppelmord, dem Pärchen im Ferienhaus, näht er deshalb Cindy Kling eine Puppe unter die Haut, in der Hoffnung, dass das mehr Beachtung findet. Und jetzt lässt er sogar eine Überlebende zurück.«

»Aber er versucht die Tatorte zu zerstören«, warf Jasmin ein.

»Und doch gab es eine Augenzeugin. Für mich erweckt das den Eindruck, dass er unsere Aufmerksamkeit sucht«, konterte Carolin.

»Das wäre eine Möglichkeit«, stimmte Stutter der Kollegin zu.

»Und jetzt folgt das Aber«, sagte die daraufhin resigniert, und ausnahmsweise schenkte sie ihm ein angedeutetes Lächeln, was sie ausgesprochen sympathisch machte.

Stutter hob bedauernd die Hände: »Tut mir leid«, begann er verständnisvoll, »aber Ihre Theorie hat sogar zwei Aber verdient. Erstens, wenn der Täter Aufmerksamkeit will, warum wartet er dann fünfundzwanzig Jahre, bis er wieder zuschlägt? Und zweitens, warum verletzt er Lara Herold so schwer, wenn sie für ihn die Augenzeugin spielen soll?«

Ganz so schnell wollte Carolin ihre Theorie nun doch nicht verwerfen. »Vielleicht war ihm nicht klar, wie schwer ihre Verletzung war.«

»Wenn er von vornherein gewollt hätte, dass Lara Herold überlebt, dann hätte er sie doch einfach nur fesseln müssen, nachdem er sie mit dem Elektroschocker überwältigt hatte. Die Autopsie ist noch nicht durchgeführt, aber der behandelnde Arzt in der Klinik hat uns mitgeteilt, dass es Brandmarken an Lara Herolds Körper gab«, hielt Stutter dagegen.

»Er sticht also zu, bringt es dann aber nicht zu Ende. Hat er es sich spontan anders überlegt?«, mischte sich Jasmin ein, die nicht länger nur die Zuhörerin spielen wollte.

Stutter drehte sich zu ihr um. »Ich glaube tatsächlich, dass es so war. Was, wenn es etwas mit der Schwangerschaft der Frau zu tun hatte? Wenn sie um ihr Leben und das des Kindes gefleht hat? Das wäre doch nur natürlich gewesen.«

Auf Carolins fragenden Blick hin teilte er ihr mit, was der Arzt im Krankenhaus über den Zustand des Opfers gesagt hatte.

»Sie meinen, die Puppe symbolisiert ein Baby? Ein Kind, das die Frauen unter dem Herzen tragen sollen?« Ihre Stimme klang entsetzt.

»Wäre doch möglich. Das würde zumindest erklären, warum er bei Lara sein Ritual nicht zu Ende gebracht hat. Nachdem er von deren Schwangerschaft erfuhr, machte das keinen Sinn mehr für ihn. Außerdem frage ich mich, wie er auf die beiden gestoßen ist. Hatten sich die drei gekannt, war das eine Verabredung oder Zufall?«

Stutter deutete auf die Wolldecke und die Kerzenreste. »Wir sollten herausfinden, was hier vor sich gegangen ist.«

* * *

**Am späten Vormittag
im Haus von Jana und Tobias Wammer**

Jana Wammer stand am Fenster und sah über ihr eigenes Grundstück hinunter zu den Feldern von Friedhelm Ehler. Der Mantel der Vogelscheuche flatterte wie gewöhnlich im

Wind, und sie dachte nicht das erste Mal, wie deprimierend diese Aussicht doch eigentlich war. Natürlich änderte sich der Eindruck spätestens im Frühling, wenn die Angestellten der Gartenbaufirma ihr Rasenstück in einen zauberhaften Park verwandelten. Aber während der kalten Jahreszeit musste sie sich mit kahlen Bäumen und leeren Blumenbeeten zufriedengeben. Früher hatte sie ihr Zuhause nie so empfunden, aber früher hatte es auch noch Nils gegeben. Nils, der Sinn ihres Lebens.

Die Schwangerschaft war nicht geplant gewesen. Sie erinnerte sich daran, wie sie Tobias unter Tränen gestanden hatte, dass sie ein Kind erwartete. Was hatte sie doch Angst vor seiner Reaktion gehabt, immerhin war sie damals erst achtzehn und er neunzehn gewesen. Doch ihre Bedenken hatten sich als unbegründet herausgestellt, Tobias war nämlich sofort bereit gewesen, sie zu heiraten.

Sie hatte zu der Zeit immer befürchtet, dass er sich heimlich noch mit anderen traf, aber offensichtlich war das ein Irrtum gewesen.

Anfangs lief ihre Ehe gut, aber das war lange her. Irgendwann hatten sie sich auseinandergelebt. Jana vermutete, dass Tobias hin und wieder Affären gehabt hatte, aber er war dabei stets diskret gewesen, schon allein um Nils' willen.

Einen Moment lang betrachtete sie ihr Spiegelbild in der Fensterscheibe. Sich selbst gegenüber empfand Jana Wammer völlige Gleichgültigkeit. Es scherte sie längst nicht mehr, dass der dunkle Ansatz ihrer blond gefärbten Haare zu sehen war, dass ihr Gesicht fahl und grau wirkte und sich um die Augen tiefe Falten in die Haut fraßen. Sie hatte keine Lust mehr, zum Frisör zu gehen und tonnenweise Cremes zu verwenden. Jana war dreiundvierzig und glaubte, dass ihr Leben vorbei war.

»Was tust du da?«, hörte sie hinter sich die Stimme von Tobias.

Sie wusste, dass er sie missbilligend betrachtete. Er hätte

sie lieber in teuren Designerkleidern gesehen, aber sie gab der Leggins mit dem Schlabbershirt den Vorzug.

»Ich beobachte die Vögel«, antwortete sie ihm schnippisch, ohne sich umzudrehen.

Tobias Wammer trat auf seine Frau zu und legte ihr vorsichtig die Hände auf die Oberarme. »Vielleicht sollten wir verreisen?«

»Jetzt?«, stieß sie genervt aus. »Bei dieser Kälte?«

»Wir könnten in die Sonne fliegen«, versuchte er es erneut.

Sie leerte das Glas, das sie die ganze Zeit in der Hand gehalten hatte, auf einen Zug. »Die Sonne schadet meiner Haut«, antwortete sie grob.

»Ach, und der Wodka ist ein Schönheitselixier?«, gab er sarkastisch zurück und deutete auf das leere Glas, das sie fest umklammerte.

Jana zuckte lediglich mit den Schultern, ging zum Tisch und schenkte sich erneut von dem hochprozentigen Getränk ein.

»Es ist erst elf Uhr morgens«, sagte Tobias Wammer vorwurfsvoll.

Seine Frau sah durch ihn hindurch und entgegnete gelangweilt: »Es ist Sonntag. Was solls?«

Noch bevor er darauf etwas erwidern konnte, wechselte sie das Thema und sagte voller Abscheu: »Anna war gestern wieder in unserem Garten. Sag Erik und Olivia, sie sollen ihre Brut an die Leine nehmen, sonst drehe ich der Kleinen, wenn ich sie noch einmal auf meinem Grundstück erwische, eigenhändig den Hals um.«

»Jana!«, ermahnte Tobias seine Frau. »Hör auf, so zu reden!«

»Warum?«, schnauzte sie zurück, »weil du und ihre Mutter so gute Freunde seid?«

»Was soll das?«, entgegnete Tobias nicht minder scharf. Obwohl er wusste, wohin das führen würde, war er heute nicht in der Lage, dem Streit aus dem Weg zu gehen.

»Denkst du, ich weiß nicht, dass ihr hinter meinem Rücken die Köpfe zusammensteckt? Du hast dich mit Olivia gegen mich verschworen, gegen mich und deinen eigenen Sohn!« Sie begann zu schreien. »Anna hat an allem schuld!«

»Herrgott, es ist niemandes Schuld, es war ein Unfall«, hielt ihr Mann wütend dagegen.

»Es ist die Schuld dieses kleinen Flittchens. Sie hat Nils dazu gebracht, in dieser Nacht den Wagen zu nehmen. Sie hat ihn überredet. Unser Junge war leicht zu beeinflussen, er war ein Kindskopf, aber diese Anna war und ist ein hinterhältiges Biest, eine Schlampe, genau wie ihre Mutter. Macht allen weis, dass sie sich an nichts mehr erinnern kann. Wie praktisch, wo es doch ihre Schuld ist!«

Janas Gesicht verzog sich zu einer hässlichen Fratze, als sie die Anschuldigungen schrill hervorbrachte. Jetzt trank sie gierig den Inhalt ihres Glases.

»Es war ein Unfall«, schleuderte ihr Tobias erneut entgegen. »All die bösen Worte, wohin soll das führen? Er wird nicht wieder zu uns zurückkommen.«

»Nein, das wird er nicht. Aber dir ist das sowieso völlig egal, denn du hast ihn nie geliebt.«

Tobias erwiderte nichts, sondern starrte seine Frau voller Feindseligkeit an. Sie wich automatisch einen Schritt zurück. Dieses Mal war sie zu weit gegangen, aber sie sollte nicht die Chance bekommen, es wiedergutzumachen – im nächsten Moment griff ihr Mann nach der Wodkaflasche und warf sie mit solch einer Wucht gegen die große Scheibe, dass diese in tausend Stücke zerbarst. Der Lärm war ohrenbetäubend; instinktiv drehte sich Jana zur Seite und schützte sich vor den Splittern. Tobias stand unbeweglich da und schloss nicht einmal die Augen, als die Scherben um ihn herum zu Boden prasselten. Er wirkte wie ein Mann, der aufrecht einem Schneegestöber trotzte. Dann war es vorbei. Eisiger Wind drang in den Raum, ließ die Vorhänge flattern und die Zeitschriften auf dem Tisch rascheln.

Keiner sagte ein Wort. Tobias drehte sich langsam um,

warf seiner Frau einen letzten, kalten Blick zu und verließ schließlich mit schnellen Schritten den Raum.

* * *

»Was war denn das für ein Lärm?«, fragte Olivia Ting, die im Nachbarhaus ins Wohnzimmer eilte.

Ihr Mann Erik kam gerade von der Terrasse herein. »Drüben«, sagte er kurz angebunden.

»Klang, als wäre eine Scheibe eingeschlagen worden. Sollten wir nicht die Polizei rufen?«, hakte Olivia besorgt nach.

»Warum? Das geht uns doch nichts an.«

»Und wenn etwas passiert ist?«, ließ Eriks Frau nicht locker.

»Dann soll es mir recht sein«, schleuderte der ihr entgegen.

Mit einem gezwungenen Lächeln trat Olivia nun auf ihn zu. »Erik, du musst damit aufhören.«

»Wieso?«, zeigte er sich wie gewöhnlich uneinsichtig.

»Weil es für uns alle das Beste wäre, zu einer gewissen Normalität zurückzufinden. Du musst auch an Anna denken. Dieses Zerwürfnis zwischen dir und Tobias ist für das Kind beunruhigend.«

»Als würde sie das bemerken«, gab er giftig zurück und drehte seiner Frau den Rücken zu. Sein Blick wanderte über den abschüssigen Garten und blieb an Ehlers Vogelscheuche hängen.

»Was redest du denn da?«, hielt Olivia dagegen. »Die Ärzte sagen, dass sie durchaus in der Lage ist, die Empfindungen in ihrer Umgebung wahrzunehmen. Du solltest dich wirklich mit Tobias aussprechen.«

»Wie bitte?« Erik fuhr wütend herum. »Ich soll mich mit dem Mann versöhnen, der an allem schuld ist?«

»Es war ein Unfall!«, entgegnete seine Frau, bemüht, nicht die Beherrschung zu verlieren. Sie wusste, was jetzt folgen würde.

»Ein Unfall, den sein Sohn verursacht hat. Nils hat rücksichtslos das Leben unserer Tochter aufs Spiel gesetzt.«

Olivia wollte nicht streiten, sie sehnte sich nur nach Ruhe. Die ewigen Schuldzuweisungen machten sie krank. Jana Wammer ertränkte ihren Kummer im Alkohol, Tobias versuchte verzweifelt weiterzumachen, und Erik konnte die Vergangenheit nicht hinter sich lassen.

»Ihr solltet miteinander reden«, schlug sie erneut vor.

»Ich weiß, dass dir das keine Probleme bereitet. Ich habe euch neulich gesehen, auf dem Parkplatz. Du und Tobias scheint euch ja bestens zu verstehen.«

»Wir verhalten uns lediglich wie Erwachsene, das solltest du auch einmal probieren.« Olivia verlor die Geduld. »Es muss irgendwie weitergehen, wir haben das doch besprochen. Du kannst dich nicht von Tobias auszahlen lassen, das Geld würde nicht ausreichen, Annas Zukunft abzusichern, du kennst den Gesellschaftsvertrag besser als jeder andere. Aber wenn du Teilhaber bleibst, dann können wir Annas kostspielige Behandlungen finanzieren. Außerdem müssen wir dafür sorgen, dass man sich um unsere Tochter kümmert, wenn wir es eines Tages nicht mehr können. Also reiß dich endlich zusammen!« Den letzten Satz hatte sie ihm regelrecht entgegengeschleudert, und sie machte keinen Hehl mehr aus ihrem Ärger.

»Du weißt ja immer, was richtig und was falsch ist«, warf er ihr daraufhin mit einem sarkastischen Unterton vor.

»Und was bedeutet das nun wieder?«, gab sie gereizt zurück.

»Mir ist schon klar, warum du Tobias in Schutz nimmst.« Er sah sie lauernd an.

Olivia schluckte heftig und antwortete verunsichert: »Was soll das heißen?« Ihre Stimme klang rau, aber das bemerkte Erik nicht.

»Glaubst du, ich weiß nicht, dass du mir die Schuld an allem gibst?«, sagte er schließlich und ließ sich erschöpft auf einen Sessel fallen. Er schlug die Hände vors Gesicht und schluchzte.

»Du denkst, ich gebe dir die Schuld?«, stammelte Olivia, die mit allem, nur nicht damit gerechnet hatte. Fast erleichtert rief sie: »Aber das ist doch Unsinn, das habe ich nie getan.«

Langsam hob Erik den Kopf und sah sie durchdringend an. »Du wolltest Anna ins Ausland schicken, du hast ständig gesagt, dass du nicht möchtest, dass die beiden ein Paar werden. Ich habe mich gegen dich gestellt, wollte, dass Anna hierbleibt, und ja«, fuhr er leise fort, »ich hätte eine Verbindung der beiden begrüßt. Das Autohaus hätte in der Familie bleiben können, und die Freundschaft zwischen Tobias und mir wäre durch eine Ehe unserer Kinder nur noch gefestigt worden. Ich trage die Schuld.«

Olivia eilte zu ihrem Mann und kniete sich neben den Sessel. Sachte griff sie nach seiner Hand. »Niemand hätte das vorhersehen können. Du bist nicht dafür verantwortlich. Unsere Anna lebt, und nur das zählt.«

»Du hast Nils abgelehnt. Ich hätte deinem Instinkt vertrauen müssen«, ignorierte Erik ihre Versuche, ihn zu beruhigen.

Ja, es stimmte, sie hätte Nils niemals an Annas Seite geduldet, und dafür hatte sie ihre Gründe gehabt. Sein Tod war eine gewisse Erleichterung für sie gewesen, doch das konnte sie natürlich niemandem sagen. Jeder würde sie dann für ein Monster halten, aber das war sie nicht. Sie war lediglich eine Mutter, die das Beste für sich und ihr Kind gewollt hatte. Von alldem sollte Erik jedoch niemals etwas erfahren.

Sie seufzte. »Es ist nicht so, dass ich etwas gegen den Jungen hatte. Ich fand nur, dass er und Anna nicht zueinanderpassten. Und als ich bemerkte, dass unsere Tochter anfing, für ihn zu schwärmen, wollte ich sie einfach davor bewahren, enttäuscht zu werden. Sie war zu jung, zu unreif, und Nils … Nun, du weißt, wie er war.« Es folgte eine Pause, bevor sie eindringlich fortfuhr: »Was passiert ist, war schrecklich, aber es war ein Unfall. Denkst du nicht, es wird Zeit, das zu akzeptieren?«

* * *

Kapitel 7

Am nächsten Tag

Wie so oft bei der Aufklärung eines Verbrechens konnten die Beamten keine Rücksicht auf die Privatsphäre der Opfer nehmen. Gerade bei einer Mordermittlung musste das Unterste und oft auch Peinlichste nach oben gekehrt werden. In der Wohnung von Lara und Ben Herold fanden die Kriminaltechniker einige Antworten. Laras Tagebuch gab Aufschluss über die sexuellen Vorlieben des Paares und erklärte den Aufenthalt der beiden in dem alten Fabrikgebäude; ein Gespräch mit Laras Frauenarzt half ebenfalls weiter.

»Wie hat unser Mörder die beiden gefunden?«, zerbrach sich Stutter den Kopf.

»Womöglich spioniert er seine Opfer aus«, schlug Jasmin vor.

»Laut der Familie gibt es keinen Hinweis auf einen Stalker oder Ähnliches, aber das muss natürlich nichts heißen. Die Kollegen sprechen in den nächsten Tagen noch mit den Freunden und Arbeitgebern«, antwortete der Hauptkommissar. »Wenn unser Mörder seine Opfer jedoch nicht gestalkt hat, woher hätte er dann wissen können, dass die beiden in der alten Fabrikhalle waren?«

»Womöglich hat er den Wagen zufällig gesehen?«, führte Jasmin den Gedanken weiter. Sie öffnete auf dem Rechner einige Bilder, die den Tatort und die Umgebung aus der Vogelperspektive zeigten. »Siehst du, man hat von vielen Stellen in Pfetzertal aus freie Sicht auf den Parkplatz vor dem Fabrikgelände. Vielleicht waren die beiden nicht das erste Mal dort. Wir versuchen das noch herauszufinden. Jedenfalls könnte er den Wagen bemerkt und sich entschlossen haben zuzuschlagen.«

Stutter konnte sich mit der Theorie anfreunden. »Das wäre eine Möglichkeit«, sagte er deshalb. »Er sieht den Wagen der zwei, vielleicht nicht das erste Mal. Er ist neugierig, will wissen, was da vor sich geht, und nähert sich der Fabrikhalle. Hat die Kriminaltechnik fremde Schuhabdrücke gefunden?«, unterbrach er seine Ausführungen.

Jasmin suchte nach dem ersten vorläufigen Bericht. »Nein, nichts Brauchbares. Die Befragungen im Ort laufen noch. Könnte doch sein, dass jemand einen zweiten Wagen bemerkt hat.«

Stutter brummte nachdenklich. »Bei dem ersten Doppelmord in der Ferienanlage, da dachten wir, der Täter ist dem Paar aus Stuttgart hierher gefolgt. Jetzt sieht es fast so aus, als würde er in Pfetzertal auf seine Opfer warten.«

»Du befürchtest, der Mörder ist ein Einheimischer?«

Der Hauptkommissar nickte langsam. »Ich möchte nichts ausschließen, aber ich habe immer mehr das Gefühl, dass wir die Antworten, die wir so dringend suchen, hier finden könnten.«

In diesem Augenblick klingelte Stutters Handy. Der Hauptkommissar lauschte interessiert Carolin Kettlers Bericht, die der Autopsie von Lara Herold beigewohnt hatte. Als das Telefonat beendet war, wandte er sich an Jasmin. »Unter den Fingernägeln von Lara Herold gab es Spuren von Hessian.«

Sie machte ein fragendes Gesicht, und der Hauptkommissar erklärte: »Jute oder auch Sackleinen. An den Fasern befanden sich zudem Rückstände von *Solanum tuberosum,* auf Deutsch Rückstände von Kartoffeln.«

»Sackleinen und Kartoffeln? Lara Herold hatte also Kontakt mit einem Kartoffelsack?«, fasste Jasmin im ersten Moment ein wenig ratlos zusammen.

Dann kam ihr eine Idee. »Natürlich, das hatte der Mörder über dem Kopf. Er hat sich aus einem Kartoffelsack eine Maske gemacht.«

Sie kramte hektisch in ihren Unterlagen und fand die Notizen, die von der Befragung im Krankenhaus stammten. »Das passt«, sagte sie schließlich. »Lara beschrieb die Maske als hell und kratzig, das könnte ein Sack gewesen sein. Außerdem trug der Täter einen dunklen Mantel und Handschuhe.«

Der Hauptkommissar kniff die Augen zusammen. »Ich glaube, wir sollten uns dringend mit Anna Ting unterhalten.«

»Der jungen Frau im Rollstuhl? Die, die uns von der herumspazierenden Vogelscheuche erzählt hat?«, fragte Jasmin überrascht.

»Genau die. Während wir und ihre Eltern annahmen, die Fantasie würde dem Mädchen einen Streich spielen, hat Anna Ting vielleicht tatsächlich den Mörder gesehen. Sehr raffiniert«, fügte Stutter noch an.

»Du denkst, der Täter verkleidet sich bewusst so?«

Stutter nickte. »Warum nicht? Wenn er so bei Dämmerung in den Feldern steht, hält ihn doch automatisch jeder für eine Vogelscheuche, ähnlich der in Ehlers Acker, die jeder hier im Dorf kennt. Vielleicht wundert sich der ein oder andere, dass das Ding an einem neuen Platz steht, aber sicher wird niemand glauben, dass es lebendig ist.«

»Richtig, selbst wenn zufällig jemand das Gefühl hätte, die angebliche Vogelscheuche würde sich bewegen, dann hielte er das doch automatisch für Einbildung. Als Zeuge würde sich deshalb sicher niemand melden.«

»Nein, niemand außer Anna Ting.«

* * *

Zur gleichen Zeit im Winterquartier der Schaustellertruppe Baltein & Co.

Der Schlag war hart und brutal, und nicht einmal ein ausgewachsener Ochse hätte sich danach auf den Füßen halten können. Der dürre Eddi stürzte deshalb auch sofort zu Boden. Es entstand ein unangenehmes Geräusch, als sein Gesicht auf dem Kies aufprallte. Blut rann ihm über die Lippe, und einer seiner Backenzähne lag jetzt zwischen den grauweißen Steinen, von denen er sich durch einen vom Nikotin verursachten Gelbton abhob.

»Ich bringe dich um«, schrie Kalli Baltein, und einige der Umstehenden hatten keinen Zweifel daran, dass das längst geschehen war, zumindest wenn man Eddis regungslose Gestalt betrachtete.

Hinter der kleinen Zuschauerschar hörte man die Stimme von Joachim Baltein, den alle nur Jo nannten und dem der Schaustellerbetrieb zusammen mit Kalli gehörte. Jo drängte sich an seinen Angestellten vorbei und sah fassungslos auf das Bild, das sich ihm bot.

Er schüttelte den Kopf und warf seinem Bruder Kalli, der immer noch die Faust geballt hatte, einen vorwurfsvollen Blick zu.

»Holt Rosi«, gab er schließlich Anweisung, »die soll sich um Eddi kümmern. Wenn nötig, bringt ihn zum Arzt, sagt dann aber, er sei gestürzt.«

Kalli widersprach und rief ungehalten: »Der Typ braucht keinen Arzt, sondern einen Sarg!« Dabei plusterte er sich auf wie ein balzender Tauberich.

Jo rollte mit den Augen, schnappte sich den Arm seines Bruders und zog ihn mit sich.

»Das wird Rosi nicht gefallen«, sagte der alte Fred kichernd, der mit den anderen zurückblieb. Er hatte schon unter dem Vater der Brüder Baltein den Losstand betrieben. Sein schrumpeliges Gesicht verzog sich zu einem breiten

Grinsen. »Die Weiber sind der Untergang der Männer«, philosophierte er vergnügt, was ihm einen schmerzhaften Rempler seiner Frau einbrachte.

In diesem Moment tauchte Rosi auf und ging neben dem stöhnenden Eddi in die Knie. »Was ist passiert? Wer war das?«

»Na, dreimal darfst du raten!«, gab ihr einer der Umstehenden Auskunft.

Irgendwer murmelte »Dusslige Kuh«, und ein anderer spuckte geräuschvoll auf den Boden.

Rosi reckte trotzig das Kinn nach vorne und blaffte: »Los, helft ihm hoch und bringt ihn in meinen Wohnwagen!«

Währenddessen stellte Jo seinen Bruder Kalli zur Rede, was für die Geschwister typischerweise mit wenigen klaren Worten geschah: »Spinnst du?«

Kalli ließ sich in dem acht Meter langen Wohnwagen, der auch als Büro diente, auf die Eckbank fallen. »Schmeiß das Arschloch endlich raus!«

»Vergiss es. Eddi ist der beste Techniker, den wir je hatten. Ich brauche ihn für den Hexensturz und die Achterbahn. Wir können nicht auf ihn verzichten, bloß weil du deine Alte nicht im Griff hast. Vergiss die fette Kuh und suche dir eine andere.«

Die Sprüche der Brüder hatten sich in den letzten fünfundzwanzig Jahren nicht verändert, die Männer selbst jedoch schon. Mit fünfzig glichen sie kaum noch ihrem jüngeren Spiegelbild. Zwar wirkten sie beide auf den ersten Blick muskulös, aber beim zweiten Hinsehen erkannte man die Schmerbäuche unter den ausgeleierten Sweatshirts. Die lockige Mähne von damals war einer Halbglatze gewichen, und die Gesichter zeigten deutlich die Spuren eines ausschweifenden Lebenswandels. Vor fünfundzwanzig Jahren am Autoscooter, da waren die Brüder die Könige der Schaustellerwelt gewesen. Die jungen Frauen und Mädchen hatten Schlange bei ihnen gestanden – aber heute interessierte sich kein Schwein mehr für den Autoscooter oder die abgehalfterten Schausteller. Jo kam damit klar. Er war immer schon der Klügere der beiden gewesen und hatte es sogar geschafft, aus dem mittelprächtigen Betrieb seines Vaters ein lukratives Unternehmen zu machen. Die Investitionen in die spektakulären Fahrgeschäfte hatten sich gelohnt, und so verzeichneten sie, im Gegensatz zu ihren Konkurrenten, gute Gewinne.

Jo hatte sich vor zwanzig Jahren eine ruhige, unauffällige Frau gesucht, die jeden seiner Rülpser für das Wort Gottes hielt und seine drei Söhne liebevoll bemutterte.

»Ich habe dir doch schon oft genug erklärt, was das Prinzip einer funktionierenden Ehe ist. Man heiratet keine Schlampen, man vergnügt sich lediglich mit ihnen.«

»Red nicht so über Rosi!« Auch wenn Kalli jetzt wütend zu seinem Bruder starrte, hätte er nie gegen ihn die Hand erhoben. Die beiden waren schon seit ihrer Kindheit unzertrennlich gewesen und konnten sich deshalb auch unangenehme Wahrheiten sagen.

»Sie hat sich für Eddi entschieden, lass es endlich gut sein«, setzte Jo nach. »Wie lange willst du noch wegen diesem elenden Weib am Rad drehen?« Er verkniff es sich, darauf hinzuweisen, dass Rosi weder in der Vergangenheit und erst recht nicht in der Gegenwart das Prädikat »schön« oder »hübsch« verdient hätte. Sie war immer schon eine aufgetakelte Schreckschraube gewesen. Mit ihren blondierten Haaren, den klauenartigen, rot lackierten Fingernägeln und der Vorliebe für alles mit Leopardenoptik, an der sich auch heute nichts geändert hatte, wirkte sie stets wie die Karikatur einer Puffmutter. Dazu war sie faul, versoffen und ein hinterhältiges Miststück. Aber aus irgendeinem unerfindlichen Grund hatte Kalli an ihr einen Narren gefressen und sie geheiratet. Seit dem Tag ihrer ersten Begegnung lebten die beiden in einer Art Rosenkrieg. Es gab haufenweise

Geschichten über bizarre und auch handgreifliche Auseinandersetzungen. Aber seit letztem Jahr war es schlimmer denn je. Rosi hatte sich tatsächlich von Kalli getrennt, um mit Eddi zusammenzukommen. Das Ganze war beim Volksfest in Pfetzertal passiert.

»Scheißpfetzertal!«, hörte Jo seinen Bruder sagen, als hätten sie den gleichen Gedanken. »Der Ort ist verflucht. Wären wir bloß nicht dorthin zurückgekehrt. Vor fünfundzwanzig Jahren dieses Theater mit der Polizei wegen den beiden toten Teenagern, und kaum tauchen wir nach all der Zeit wieder dort auf, geht meine Ehe vor die Hunde.« Kalli schlug die Hände vors Gesicht, bereit, sich in einer großen Portion Selbstmitleid zu suhlen.

Jo öffnete den Kühlschrank, holte eine Flasche Bier heraus und reichte sie seinem Bruder. Der löste den Kronkorken mit den Zähnen – etwas, das die Mädchen früher schwer beeindruckt hatte, heute nur noch gelangweiltes Kopfschütteln auslöste.

»Du musst damit aufhören. Rosi ist doch nicht die einzige Frau auf der Welt«, bemühte sich Jo vorsichtig auf seinen Bruder einzuwirken.

»Ich kann nicht«, jammerte der plötzlich und musste tatsächlich gegen Tränen ankämpfen. »Ich liebe sie.«

Herr im Himmel, dachte Jo genervt, hütete sich aber, die Gefühle seines Bruders ins Lächerliche zu ziehen.

Und wie um alles noch zu verschlimmern, hämmerte in dem Moment Rosi wütend gegen die Tür des Wohnwagens.

»Komm sofort raus, du brutaler Psychopath!«, schrie sie mit ihrer unangenehm schrillen Stimme.

»Ich regle das«, sagte Jo bestimmt und machte deutlich, dass er keine weitere Auseinandersetzung dulden würde.

Er riss die Tür auf, und Rosi stand vor ihm. Wie gewohnt wurden ihre Pfunde von Klamotten umspannt, die zwei Nummern zu klein waren. Und da die Frau offensichtlich nicht einmal bei den winterlichen Temperaturen fror, hatte

Jo freien Blick auf einen kräftigen Oberarm, dessen Fleisch noch vom heftigen Anklopfen vibrierte, und ein üppiges Dekolleté, das drohte, jeden Moment aus der Bluse im Leopardenmuster zu hüpfen.

»Das kannst du nicht zulassen«, kreischte sie ungehalten.

»Wir gehen ein paar Schritte«, entgegnete Jo, anstatt auf ihre Worte einzugehen, und packte sie am Arm.

Rosi ließ sich zwar davonschieben, war aber längst nicht versöhnt. Ihre rot geschminkten Lippen standen die nächsten Minuten nicht mehr still. »So kann er Eddi nicht behandeln, ich werde die Polizei rufen«, endete schließlich ihre Schimpftirade.

»Soso, die Polizei«, sagte Jo ruhig und bot Rosi eine Zigarette an, die sie gierig entgegennahm und mit einem Feuerzeug, das sie aus ihrem BH fummelte, anzündete. Dabei bekam Jo freie Sicht auf ihre Brüste.

»Ist Eddi damit einverstanden, dass du die Bullen rufen willst? Jeder hier weiß, wie Eddi zu den Cops steht, und vor allem, wie die zu ihm. Ich denke nicht, dass das eine gute Idee wäre.«

Rosi wackelte mit dem Oberkörper, um sich zur vollen Größe aufzurichten, dann streckte sie ihm ihren Zeigefinger entgegen und verfiel in einen bedrohlichen Tonfall. »Und jeder weiß, dass du Eddi für die Fahrgeschäfte brauchst. Wenn du nicht dafür sorgst, dass er gut behandelt wird, dann kündigt er. Was dann? Und verlass dich darauf, Eddi hört auf mich«, zischte sie hinterhältig.

Beim Anblick ihres fiesen Grinsens fragte sich Jo, warum sein Bruder ihr nicht schon längst eins übergebraten hatte. Nur zu gerne wäre er bereit gewesen, Kalli dabei zu helfen, ihre Leiche im Wald zu verscharren.

Aber da ein Mord schlecht fürs Geschäft wäre, musste er die Angelegenheit anders regeln. »Eddi hört also auf dich«, erwiderte er scheinbar gelassen. »Hört er auch noch auf dich, wenn ich ihm sage, in welchen Wohnwagen du in den letzten Monaten überall die Beine breit gemacht hast?« Es war ein Schuss ins Blaue, aber die Gefahr, danebenzuzielen, erschien Jo gering. Eine Frau wie Rosi ließ sich erfahrungsgemäß ständig etwas zuschulden kommen.

Da sie ihn geschockt anblickte, wusste er, dass er direkt ins Schwarze getroffen hatte.

»Er wird dir nicht glauben«, versuchte sie, das Gesicht zu wahren.

»Wir werden sehen«, blieb Jo unbeeindruckt.

Rosi wurde zusehends nervös. »Also gut, ich werde ihn beruhigen und dafür sorgen, dass er nichts unternimmt.«

»Gute Entscheidung!«

»Du bist doch der Kopf der Truppe«, fuhr sie nun in einschmeichelndem Tonfall fort.

Was auch immer sie hinter Eddis Rücken getrieben hatte, musste so schlimm gewesen sein, dass es ihr plötzlich ein Bedürfnis war, sich mit Jo gut zu stellen. Sie trat näher an ihn heran. »Wir beide haben uns doch stets gut verstanden, oder?« Sie schenkte ihm einen schmachtenden Blick und blinzelte mit den türkis bemalten Augenlidern. Und noch ehe Jo sichs versah, griff sie mit einer Hand zwischen seine Beine, umschloss seine Hoden und fing an sie wie Therapiebälle, mit denen man eine Arthrose bekämpfte, sanft zu kneten.

Keine Frage, Rosi wusste, was sie tat, und Jo spürte, wie ihm das Blut in den Unterleib schoss.

»Du kannst doch ein Geheimnis für dich behalten, oder? Immerhin habe ich vor fünfundzwanzig Jahren deinem Bruder ein Alibi gegeben, nur weil du mich darum gebeten hast«, schnurrte sie.

Alarmiert stieß er Rosi weg und zischte: »Du solltest besser deine Fresse halten. Du weißt genau, wie die Bullen auf ein fehlendes Alibi reagiert hätten. Die waren doch damals ganz versessen darauf, einen von uns wegen diesem Doppelmord im Campingbus zu verhaften.« Er blitzte sie bedrohlich an.

»Ist ja schon gut«, lenkte sie ein und wollte erneut zwischen seine Beine greifen.

Jo war froh, dass er nichts getrunken hatte. Ansonsten wäre er ihren Streicheleinheiten vermutlich sehr zugetan gewesen. So aber schob er sie erneut von sich und sagte halbherzig: »Lass das!«

Sie zog einen Schmollmund.

»Kümmere dich besser um Eddi und sorge dafür, dass er sich künftig von Kalli fernhält.«

Sie nickte und stapfte mit wippenden Hüften davon.

»Was für eine ...«, murmelte Jo grinsend und spürte noch immer die kreisenden Bewegungen ihrer Finger an seinem besten Stück.

»Jo! Jo!«, rissen ihn aufgeregte Rufe aus seinen schlüpfrigen Gedanken.

Ein völlig aufgelöster Fred stolperte in seine Richtung. »Er ist weg, einfach weg«, stammelte der Losverkäufer abgehetzt, als er endlich vor seinem Boss stand.

»Wer?«, fragte Jo geduldig, der Fred gut genug kannte, um zu wissen, dass der Alte dazu neigte, aus einer Mücke einen Elefanten zu machen.

»Der ganze Karton. Ich sollte doch Inventur machen. Du hast gesagt, ich soll zählen, was noch da ist, und mit der Liste vom Vorjahr abgleichen ...«

»Ich weiß, was ich gesagt habe. Also?«, unterbrach ihn Jo ungeduldig.

»Der letzte Karton mit den Strohpuppen, komplett weg«, seufzte Fred unglücklich, als hätte er seinem Chef gestanden, dass die Wohnwagen abgebrannt wären.

»Wir hatten doch sowieso beschlossen, diese kindischen Dinger nicht mehr zu benutzen. Ich nahm an, die würden längst auf dem Müll liegen. Wir hatten doch darüber gesprochen.«

»Ja, natürlich. Aber ich dachte, wir könnten sie noch

vollends aufbrauchen. In Pfetzertal habe ich den Stand neu eingeräumt, wie du gesagt hast. Ich wollte den Karton mit den Strohpuppen einlagern, deshalb stellte ich die Schachtel hinter dem Stand ab. Die Tüten mit den Feuerzeugen und Kugelschreibern habe ich dann nach vorne gebracht. Beim Zählen vorhin ist mir eingefallen, dass die Strohpuppen noch im Lager sein müssten. Ich habe alles danach abgesucht, aber ich kann sie einfach nicht mehr finden.«

Jo stöhnte innerlich auf. Es sprach natürlich für Freds Ehrlichkeit, dass er den Verlust seinem Boss meldete. Jeder andere der Truppe hätte das sicher verschwiegen. Allerdings ging es hier um einen Karton Müll ohne Wert, und dafür hatte Jo eigentlich überhaupt keine Zeit. Trotzdem sagte er freundlich: »Es war viel los in Pfetzertal, vermutlich hast du den Karton einfach vergessen, das macht doch nichts. Die Stadtreinigung wird ihn entsorgt haben.«

Fred machte ein beleidigtes Gesicht. »Ich bin kein vergesslicher Opa!«, empörte er sich, und der Leiter der Schaustellertruppe hatte das Gefühl, eine Diva zu betreuen.

»Das hat ja auch keiner gesagt. Du bist doch mein bester Mann. Was wäre der Losstand ohne Fred?«, beruhigte Jo den Alten und legte ihm den Arm um die Schulter. »Wer weiß? Vielleicht taucht die Kiste eines Tages wieder auf. Womöglich ist sie nur verlegt worden. Und wenn nicht, ist es auch egal. Die Dinger waren doch sowieso nur Mist.«

»Ich will nicht, dass du denkst, ich mache meine Arbeit nicht ordentlich. Ich habe nämlich von Carmen gehört, dass Rosi ihr erzählt hat, dass Günter von der Geisterbahn behauptet, ich sei senil und …«

»Dummes Geschwätz, auf das du nicht hören solltest! Jetzt vergiss die Strohpuppen und Günter und beende die Inventur, damit ich die Bestellungen machen kann.«

»Alles klar, Boss«, sagte Fred besänftigt und trottete davon, während Jo die Winterpause verfluchte, in der augenscheinlich Dinge aus der Vergangenheit ausgegraben wurden, die man besser ruhen lassen sollte.

* * *

Am Nachmittag

Die Erinnerung an die Strohpuppe, um die sich zarte Finger geschlossen und zur Faust geballt hatten, schmerzte genauso wie der Gedanke an die letzten Worte, den zerfetzten Körper und das erloschene Leben. Erst hatte es so ausgesehen, als würde das Schicksal mit sich handeln lassen, aber das war ein Irrtum gewesen. Denn wie bei jedem Geschäft, das zu gut klang, um wahr zu sein, hatte es einen Haken gegeben.

Die unheilvollen Augen, die Lara Herold in der Nacht ihres Todes so viel Angst bereitet hatten, blickten nun müde auf die Maske. Der typische Geruch eines Kartoffelsacks haftete ihr noch immer an. Es war eine einfache Verkleidung, aber sie erfüllte ihren Zweck. Nur die Morde, die hatten bisher nicht geholfen, die Schuld zu tilgen. Vielleicht war es doch ein Fehler gewesen, es erneut auf diese Art zu versuchen – doch vor fünfundzwanzig Jahren hatte es funktioniert. Warum dem Schicksal deshalb nicht einen weiteren Deal anbieten?

Etwas entfernt hörte man Motorengeräusche, irgendwo rief eine Mutter nach ihrem Kind. Leise plätscherndes Wasser hatte einen beruhigenden Einfluss auf die Person, die die Maske in der Hand hielt und gerade dabei war, zu rekapitulieren, wieso das alles passiert war. Dabei schwappte eine weitere Erinnerung in das Bewusstsein dieser traurig wirkenden Gestalt …

Menschen hatten sich vergnügt zwischen den Jahrmarktständen hindurchbewegt. Sie hatten strahlende Gesichter, verspeisten Zuckerwatte und Bratwürste, tranken Bier und genossen die Fahrgeschäfte. Der Jahrmarkt war früher jedes Jahr nach Pfetzertal gekommen, aber nach den Morden an dem Paar in dem Campingbus vor fünfundzwanzig Jahren, da hatten die Betreiber die Gegend gemieden. Letztes Jahr jedoch hatte es ein Comeback gegeben. Pfetzertal hatte eine neue Ära eingeleitet, so weit die Pressemeldungen.

Es war nicht einfach gewesen, die Stände abzulaufen, die Gerüche und Geräusche wahrzunehmen, die schließlich eine längst vergangene Zeit heraufbeschworen. Warum so eine Anziehungskraft von dem Ort ausgegangen war, ließ sich nicht sagen, aber am Ende gab es kein Zurück mehr. Zu eindeutig waren die Zeichen gewesen. Die Schausteller hatten längst ihre Fahrgeschäfte abgebaut, die Wohnwagen angehängt und waren verschwunden. Aber etwas hatten sie zurückgelassen.

Ein Seufzen erklang, und die Erinnerung war vorbei. Sorgfältig wurde die Maske in das Versteck gelegt, in dem sich auch die Pappschachtel mit den kleinen Strohpüppchen befand. Ein liebevoller Blick streifte den Karton.

»Sie haben euch einfach vergessen, das konnte ich doch nicht zulassen. Ich werde dafür sorgen, dass ihr alle einen guten Platz findet, das verspreche ich euch!«

Doch zuvor musste in ein anderes Leben zurückgekehrt werden. Ein Leben, in dem der Schmerz geleugnet und die Schuld totgeschwiegen wurde.

* * *

Im Laufe des Tages hatte sich die Presse in Pfetzertal eingefunden, Übertragungswagen der Fernsehanstalten bezogen vor dem Rathaus Posten, und eine gereizte Sybille Nahlang hatte die Beamten zu sich zitiert.

»Ich habe Sie eingeschaltet, damit so etwas nicht passiert«, schnauzte sie Jens Stutter an, der mühsam beherrscht die Vorwürfe über sich ergehen ließ.

Carolin Kettler hielt den Blick geradeaus, und Jasmin glaubte, eine gewisse Genugtuung darin zu sehen.

Falsche Schlange, dachte die Kommissarin über die ranghöhere Kollegin. *Vermutlich glaubst du, der Fall wird dir nun übertragen.*

Sollte sich Hauptkommissarin Kettler tatsächlich Hoffnungen auf die Übernahme der Ermittlungsleitung gemacht haben, wurden die durch die folgenden Worte von Sybille Nahlang sofort zerstört.

»Und Sie?«, blaffte diese jetzt in Carolins Richtung. »Sie sollen Stutters Team doch unterstützen. Was machen Sie denn die ganze Zeit? Schönheitsschlaf?« Die Bürgermeisterin schnaubte wie ein wilder Eber, während Carolin Kettler rot anlief und so aussah, als würde sie sich gleich auf ihr Gegenüber stürzen.

»Frau Bürgermeisterin«, schaltete sich nun Stutter ein. »Ich verstehe Ihre Sorge, doch so funktioniert das nicht. Wir versuchen den Täter zu fassen, aber dazu benötigen wir Zeit.« Noch klang er ruhig.

»Sie haben keine Zeit«, gab die Gemeindevorsteherin empört zurück. »Wir haben verunsicherte Investoren, Verträge müssen unterzeichnet und Finanzierungen auf den Weg gebracht werden. Der Golfplatz ...« Weiter kam sie nicht.

Als Stutters Stimme erklang und er Sybille Nahlang ein lautes »Scheißdreck!« entgegenschleuderte, schloss Jasmin die Augen und hoffte, dass der verbale Schlag ihres Chefs nicht zu hart werden würde. Immerhin wollte sie noch lange mit ihm zusammenarbeiten.

»Ja«, fuhr Stutter fort, »Sie haben richtig gehört, Frau Bürgermeisterin. Glauben Sie im Ernst, ich bin hier, weil mich Ihr Golfplatzprojekt interessiert? Wir haben bereits vier Leichen und noch zwei weitere Opfer, die man vor fünfundzwanzig Jahren umgebracht hat. Ob es Ihnen passt oder nicht, es geht *nur* darum, einen gefährlichen Mörder zu ergreifen, und das kostet Zeit!«

Jasmin Nau war gespannt, wie die Nahlang darauf reagieren würde. Eines stellte die Kommissarin sofort fest: So leicht ließ sich die Bürgermeisterin nicht aus der Fassung bringen.

Sie lächelte sogar, als sie nun in völlig ruhigem Tonfall fortfuhr: »Dass Sie das so sehen, ehrt Sie. Und ehrlich gesagt habe ich von einem Mann wie Ihnen auch nichts anderes erwartet. Nichtsdestotrotz geht es hier um weit mehr als nur um die Aufklärung der Morde. Wir sprechen auch von der Existenz einer ganzen Gemeinde.«

Stutter hob die Augenbrauen und lächelte kalt. Es war ihm anzusehen, dass er das für übertrieben hielt.

Sybille Nahlang, der das nicht entgangen war, ruderte ein wenig zurück: »Natürlich wird man die Folgen nicht sofort bemerken, aber über die Jahre werden alle Anwohner von dem Golfplatzprojekt profitieren. Sie verstehen doch, dass ich meinen Mitbürgern verpflichtet bin.«

»Sicher«, antwortete ihr der Hauptkommissar.

»Mann, dann geben Sie mir irgendetwas, um die Meute zu beruhigen!«, wurde sie nun sehr direkt. »Gibt es denn keinen Verdächtigen?«

»Wir stehen am Anfang unserer Ermittlungen. Sie können mir glauben, dass unser Interesse, den Schuldigen zu finden, mindestens genauso groß ist wie das Ihre.«

»Nun gut, meine Pressestelle wird sich etwas einfallen lassen, um die Wogen zu glätten.« Sie seufzte. »Und ich werde unsere Investoren beruhigen.«

Sie sah die drei Beamten ein wenig von oben herab an und verkündete wie eine Königin, die gerade die Audienz beendet hatte: »Sie können jetzt gehen.«

Carolin und Jasmin drehten sich gehorsam um, aber Stutter blieb wie angewurzelt stehen und fragte: »Wer hat letztes Jahr die Schaustellertruppe für das Dorffest ausgewählt?«

Für eine Sekunde lag ein erschrockener Ausdruck auf dem Gesicht der Bürgermeisterin, dann hatte sie sich wieder unter Kontrolle. Sie zuckte mit den Schultern, griff zu einer Unterschriftsmappe auf ihrem Schreibtisch und sagte wie nebenbei: »Vermutlich das Gremium für die öffentlichen Veranstaltungen. Baltein & Co. war wohl der Betrieb mit den interessantesten Fahrgeschäften.«

»Sie erinnern sich noch an den Namen? Beeindruckend!«

»Ich habe ein gutes Gedächtnis«, gab sie zurück und ließ sich nicht aus der Reserve locken.

»Dann wissen Sie sicher auch, dass die gleiche Truppe bereits vor fünfundzwanzig Jahren hier gewesen war, und zwar zu der Zeit, als der erste Doppelmord begangen wurde.«

»Na und?«, antwortete sie schnippisch. »Sie sagen es ja selbst, das liegt doch alles Jahre zurück.«

»Man hat gegen die Schausteller ermittelt«, fügte er ruhig an.

»Und diese Ermittlungen haben nichts ergeben. Wenn ich mich recht entsinne, heißt es immer noch: im Zweifelsfall für den Angeklagten.«

»Ich finde, dass das ein interessanter Zufall ist«, ließ Stutter nicht locker. »Und da Sie doch eine Frau mit großer Umsicht zu sein scheinen, wundert es mich umso mehr.«

»Ich habe zwar keine Ahnung, wohin das führen soll, aber wenn ich mich recht erinnere, hat es letztes Jahr, als die Leute von Baltein & Co. hier waren, keinen Mord gegeben. Ich sagte Ihnen bereits, die Truppe wurde ausgewählt, weil deren Angebot an Ständen und Fahrgeschäften für uns interessant war.«

Stutter sah sie eindringlich an, ließ es dann aber dabei bewenden und verabschiedete sich.

Auf dem Weg zum Parkplatz fragte Carolin neugierig: »Haben Sie einen Verdacht gegen Sybille Nahlang?«

Stutter antwortete ihr wahrheitsgemäß: »Nichts Konkretes. Womöglich ist das Auftauchen dieser Schaustellertruppe nur Zufall, aber es schadet nicht, ein wenig auf den

Busch zu klopfen. Für gewöhnlich erlebt man dabei hilfreiche Überraschungen.«

* * *

Heiko Nahlang hatte in dem angrenzenden kleinen Privatbüro seiner Frau an der Tür gelauscht und jedes Wort verstanden. Ein hinterhältiges Grinsen erschien auf seinem Gesicht. Sowie er hörte, dass die Polizisten gegangen waren, riss er die Tür auf und trat in das Amtszimmer.

»Was hast du hier zu suchen?«, schnauzte seine Frau ihn an. »Ich habe dir schon tausendmal gesagt, dass du dich wie alle anderen bei meinem Assistenten anmelden sollst. Wenn du dich nicht daran hältst, erteile ich dir Hausverbot.«

Sie war erschrocken über sein plötzliches Auftauchen und nahm sich fest vor, künftig den Zugang zu ihrem Privatbüro abzuschließen.

»Ich war zufällig in der Nähe, meine Liebe«, ignorierte Heiko ihre Anfeindungen. »Ich wollte dich lediglich nicht stören, als ich hörte, dass die Polizei im Haus ist. Was wollten die denn von dir?«

»Vergiss nicht, dass ich die Bürgermeisterin bin. Ich habe die Herrschaften einbestellt. Warum, sollte ja selbst einem Idioten wie dir klar sein.«

Wieder ließ er sich nicht provozieren. »Du meinst die Morde?«

»Ja, ich meine die Morde«, äffte sie seinen Tonfall nach und fragte dann ungeduldig: »Also, was willst du?«

»Ich brauche endlich den Zuschlag für den Golfplatz und die Wellnessanlage.«

»Und ich brauche Investoren«, gab sie gereizt zurück.

»Sybille, hör damit auf. Ich weiß, dass du mir den Auftrag verschaffen kannst, also tu endlich etwas. Die Firma läuft im Moment nicht gut.«

»Das ist ja wohl deine eigene Schuld«, antwortete sie,

ohne den Kopf zu heben, und widmete sich ihrer Unterschriftsmappe.

Heiko trat an den Schreibtisch seiner Frau und schlug mit der Faust wütend auf das polierte Holz. »Du wirst mir jetzt gefälligst zuhören!«

Im ersten Augenblick fuhr Sybille erschrocken hoch, dann blickte sie ihn voller Zorn an und zischte: »Hast du jetzt total den Verstand verloren?«

»Ich will, dass du mir diesen Auftrag beschaffst, sonst ...« Er sprach seine Drohung nicht aus.

»Sonst was?«, ging Sybille darauf ein, war allerdings keinesfalls verängstigt.

»Sonst«, fauchte Heiko und genoss den Moment, sich überlegen zu fühlen, »sonst erzähle ich der Polizei, aus welchem Grund die Schaustellertruppe Baltein & Co. wirklich den Zuschlag bekommen hat.«

Die Augen der Bürgermeisterin verengten sich zu kleinen Schlitzen. Eigentlich hatte er geglaubt, sie würde jetzt vor Wut schäumen, aber stattdessen fing sie an zu lachen, als hätte er einen brillanten Scherz gemacht. »Du willst mich erpressen. Da scheint ja jemand erwachsen geworden zu sein. Aber trotzdem solltest du dich nicht gleich übernehmen.« Sie wurde wieder ernst. »Du willst dich mit mir anlegen? Dann sei sehr vorsichtig.« Sie widmete sich wieder ihren Papieren.

»Ich brauche den Auftrag, Sybille, bitte«, versuchte er es erneut, und dieses Mal lag echte Verzweiflung in seiner Stimme. »Das wäre doch eine Chance für uns.«

Sie hob den Kopf und sagte kalt und völlig ruhig: »Uns? Es gibt schon lange kein Uns mehr.«

»Was ist nur schiefgelaufen?«, wandte er sich nun kläglich an seine Frau.

»Deine Seitensprünge fallen mir als Erstes ein«, erwiderte sie ruhig. Sie hatte sich längst wieder gefasst und erweckte den Anschein, das Gespräch würde sie langweilen.

»Die hatten doch nichts zu bedeuten«, versuchte Heiko sich zu erklären.

»Das glaube ich dir sogar«, antwortete sie und sah ihn mit einem schmalen Lächeln an. »Aber das spielt alles keine Rolle mehr. Du bist nur noch mein Mann, weil mein Team mir bisher von einer Scheidung abgeraten hat. Die Menschen mögen ihre Bürgermeisterin, die so schlecht vom eigenen Ehemann behandelt wird. Wenn du willst, kannst du die Scheidung einreichen, das kann mir nur recht sein. Wenn meine Leute deine Rolle eines Tages anders sehen, dann bin ich sowieso diejenige, die einen Schlussstrich zieht. Und nur dass du es weißt«, fügte sie mit sichtbarem Vergnügen an, »ich werde alles daransetzen, dass du nicht einmal den Auftrag für die Toilettenhäuschen bekommst!«

»Du elende …« Die Beschimpfung wurde vom Klopfen an der Tür unterbrochen.

Sybilles Assistent trat ein. Als er Heiko entdeckte, stockte er, aber die Bürgermeisterin winkte ihn zu sich. »Mein Mann möchte gerade gehen!«

Mit wutverzerrtem Gesicht fügte sich Heiko und stapfte durch die Tür.

Als er außer Hörweite war, sagte Sybille Nahlang zu ihrem Mitarbeiter: »Geben Sie unten an der Pforte Bescheid. Mein Mann wird ohne Termin künftig nicht mehr ins Gebäude gelassen.«

* * *

Kapitel 8

Jasmin Nau kam müde in der Unterkunft an. Für die Zeit der Ermittlungen hatten Stutter und sie Zimmer in einem Pfetzertaler Hotel gebucht. Das Haus war luxuriös und erst vor Kurzem renoviert worden, außerdem stand der Anbau vor der Fertigstellung. Wie ihnen der Inhaber anvertraut hatte, investierte er in Erwartung der steigenden Gästezahlen, die der neue Golfplatz bringen würde.

Die Kommissarin betrat ihr Zimmer. Der Tag war lang und anstrengend gewesen. Nach dem Appell bei der Bürgermeisterin war sie zusammen mit Stutter zu Anna Ting gefahren. Sie hatten einen schlechten Tag erwischt, das Mädchen konnte sich kaum an den eigenen Namen erinnern.

Die Mutter hatte bedauernd den Kopf geschüttelt. »Es tut mir leid, aber man kann ihren Zustand nicht vorhersehen.« Sie begleitete die Beamten nach draußen. Beim Nachbarhaus stand ein Fahrzeug der Fensterbaufirma, und sie trafen auf Tobias Wammer, der mit den Arbeitern sprach.

Er kam auf sie zu, begrüßte die Beamten höflich und wandte sich dann an Olivia: »Alles in Ordnung?«

»Ja«, sagte diese um Haltung bemüht. »Die Polizei wollte Anna sprechen.«

»Geht es um die Morde?«, fragte Tobias Wammer daraufhin überrascht.

Stutter wollte ausweichend antworten, aber Olivia kam ihm zuvor: »Die Polizei glaubt, dass Anna Fantasie und Realität vermischt hat, als sie über die Vogelscheuche in unserem Garten sprach, und tatsächlich etwas gesehen hat. Aber heute ist sie nicht in der Lage, Fragen zu beantworten.«

»Das tut mir leid«, sagte Wammer mitfühlend.

Jasmin war währenddessen nicht entgangen, dass man sie beobachtete. Vor der Tür des Nachbarhauses stand eine Frau. Von Weitem konnte die Kommissarin zumindest erkennen, dass sie ein Glas in der Hand hielt und mürrisch in ihre Richtung blickte. Die Polizistin nahm an, dass das Jana Wammer war, die allerdings keine Anstalten machte, die kleine Gruppe zu begrüßen.

Schließlich hatten sich die Beamten von Tobias und Olivia verabschiedet und waren zurück zur Polizeiwache gefahren.

Stutter hatte noch mit Carolin einige Akten durchgehen wollen und Jasmin, die dafür sehr dankbar gewesen war, nach Hause geschickt.

Nach einem leckeren Abendessen im Hotelrestaurant hatte sie sich sofort auf ihr Zimmer zurückgezogen. Mittlerweile war es zwanzig Uhr. Jasmin kam gerade aus der Dusche, als ihr Handy klingelte.

Zweieinhalb Stunden später in Frankfurt

Gerry Nau spürte die warmen Blutstropfen, die wie Tränen seine Wangen entlangliefen. Der Kopf tat ihm weh, der Schlag auf den Schädel war heftig, aber nicht tödlich gewesen – etwas, das Gerry noch bedauern sollte. Er schrie auf, als ihm die rechte Hand verdreht wurde, bis das Gelenk knirschte und ihm dunkle Schleier vor die Augen zogen. Der nächste Schlag, der ihn traf, zertrümmerte ihm die Nase. Beim Brechen des Knochens hatte er das Gefühl, man würde ihm das Nasenbein direkt nach oben in die Stirn schieben. Das Blut tropfte längst nicht mehr, sondern schoss wie eine Fontäne aus den Nasenlöchern, und sein Mund füllte sich mit der metallisch schmeckenden Flüssigkeit.

Ein brutaler Hieb zertrümmerte ihm die linke Kniescheibe, dann traf das eiserne Rohrstück das Schienbein und zerschmetterte anschließend den rechten Oberschenkelknochen.

Finger zogen an seinem Ohr, Lippen näherten sich und flüsterten: »Glaubst du, du kannst mich verarschen? Du hast meine Geduld lange genug strapaziert.«

Gerry stöhnte auf, als jetzt brutal an seiner Ohrmuschel gezerrt wurde, so als wollte man sie ihm ausreißen. Er versuchte, etwas zu sagen, stammelte eine Entschuldigung, setzte zu einer Erklärung an, aber noch ehe er den Satz beendet hatte, traf ihn das Rohr mitten im Gesicht. Die Schneidezähne zerbröselten unter dem heftigen Schlag wie Zwieback. Vom Eckzahn löste sich ein Stück und rutschte in Gerrys Speiseröhre. Die Lippen platzten auf, der Unterkiefer brach.

Es folgten wüste Beschimpfungen, und Gerry, der auf einem Stuhl gefesselt unfähig war, sich zu wehren, glaubte, das Jüngste Gericht bräche über ihn herein und würde ihn für all die begangenen Sünden in seinem Leben bestrafen.

Er spürte Reue und Angst. Der nächste Hieb folgte, und dann waren die Schmerzen vorbei. Kurz bevor er starb, flüsterte er »Jasmin«. Dann erlosch sein Leben.

Mit dem Rohr wurde noch mehrere Male in wilder Raserei auf ihn eingeprügelt, bis die Zahl der gebrochenen Knochen die der intakten überstieg, dann landete das Mordwerkzeug achtlos auf dem Boden.

»Du hast mich das letzte Mal verarscht!«, rief ihm die Stimme zum Abschied zu, bevor das Licht gelöscht und die Wohnungstür geschlossen wurde.

* * *

Am nächsten Morgen

Stutter saß mit Jasmin Nau gerade in dem Frühstückszimmer des Hotels, als eine Abordnung uniformierter Beamter, angeführt von einem hageren Mann Mitte fünfzig, den Raum betrat. Fasziniert stellte Stutter fest, dass dessen Gesicht eine fast schon unnatürliche Ähnlichkeit mit einem Habicht hatte. Selbst die große Nase war dem Schnabel des Raubvogels nicht unähnlich. Der Hauptkommissar erhob sich automatisch. Es war offensichtlich, dass der Besuch ihm und Jasmin galt. Niemand sonst befand sich augenblicklich im Zimmer, und der Habichtgesichtige kam direkt auf sie zu.

Stutter wollte gerade zu einer Begrüßung ansetzen, als er jäh zur Seite geschoben wurde.

»Jasmin Nau?«, sprach der Fremde überraschenderweise die Kommissarin an.

Die Kollegin nickte und sah irritiert zwischen den Männern hin und her. Zögernd stand auch sie auf und warf einen fragenden Blick in die Runde.

»Mein Name ist Hauptkommissar Rene Mandol. Ich nehme Sie fest wegen des Verdachts, Ihren Ehemann Gerry Nau ermordet zu haben.«

»Was?«, riefen Jasmin und Stutter gleichzeitig.

Einem Beobachter wäre es schwergefallen zu erkennen, wer von den beiden geschockter war.

»Gerry ist tot?« Die Kommissarin erweckte den Eindruck, völlig fassungslos zu sein.

»Ich belehre Sie, dass Sie nicht verpflichtet sind, eine Aussage zu machen, außerdem haben Sie das Recht auf einen Anwalt. Sollten Sie sich keinen Rechtsbeistand leisten können, wird Ihnen vom Staat ein Anwalt zur Verfügung gestellt.«

»Moment«, schaltete sich Stutter ein. »Frau Nau ist Polizistin, das muss ein Irrtum sein.«

»Kein Irrtum, nur umso bedauerlicher«, antwortete ihm das Habichtgesicht kalt.

»Aber das ist unmöglich«, fuhr der Hauptkommissar fort, »wann soll das überhaupt passiert sein? Wir arbeiten hier an einem Fall.«

»Auf Waffen durchsuchen und dann abführen«, gab der andere knappe Befehle und schien Stutter zu ignorieren.

»Jasmin?«, wandte sich der an seine Kollegin, die ungewöhnlich fügsam das Prozedere über sich ergehen ließ.

»Ich habe das nicht getan«, stammelte sie schließlich, »das muss ein Missverständnis sein.«

Stutter entging nicht, dass ihm der fremde Kollege einen mitleidigen Blick zuwarf. Jedoch verschloss sich dessen Gesicht sofort wieder.

In den nächsten Stunden überschlugen sich die Ereignisse. Stutter bat Hauptkommissarin Carolin Kettler in Pfetzertal zu übernehmen. Er hatte für Jasmin, die man nach Frankfurt verfrachtet hatte, einen Anwalt besorgt, außerdem war er selbst in die Rhein-Main-Metropole aufgebrochen.

Die Verhöre liefen, und das untätige Herumsitzen, ohne zu wissen, was eigentlich passiert war, zerrte an Stutters Nerven.

Irgendwann erschien Rene Mandol. Als er jetzt systematisch den Flur nach Stutter absuchte, glich er mehr denn je einem Raubvogel, der die Umgebung Zentimeter für Zentimeter mit scharfen Augen nach Beute durchforstete.

Er entdeckte den Hauptkommissar und gab ihm ein knappes Zeichen, ihm zu folgen.

Schweigend stiegen die Männer eine Treppe hinab und standen schließlich in einem Hinterhof. Mandol holte eine Schachtel Zigarillos aus der Tasche und zündete sich einen an. Stutter, der längst mit dem Rauchen aufgehört hatte, kämpfte mit sich, nicht zuzugreifen, als ihm der Kollege die Packung hinhielt.

Ohne Einleitung kam der Frankfurter zur Sache: »Sieht nicht gut aus. Wir haben Handydaten, die belegen, dass Kommissarin Nau gestern Abend gegen zwanzig Uhr einen Anruf von ihrem Ehemann bekam. Der Todeszeitpunkt liegt zwischen zweiundzwanzig Uhr und ein Uhr morgens. Die Fahrzeit von Pfetzertal nach Frankfurt beträgt ungefähr zweieinhalb Stunden. Sie hätte genug Zeit gehabt, nach Frankfurt zu fahren, ihren Mann zu ermorden und heute Morgen, als wäre nichts gewesen, in ihrem Hotelbett in Pfetzertal zu liegen.«

»Gibt es dafür Beweise?«, hakte Stutter sofort gereizt nach.

»Danach gefragt, behauptet sie, nicht dort gewesen zu sein«, gab ihm Mandol Auskunft.

»Na bitte, da haben Sie es.«

Der Frankfurter hob die Augenbrauen, kommentierte Stutters Antwort jedoch nicht. »Gerry Nau hatte eine kleine Wohnung in einem heruntergekommenen Wohnblock bezogen. Die Kriminalität ist dort hoch, deshalb sah man sich genötigt, auf dem Gelände einige Überwachungskameras aufzustellen. Um zweiundzwanzig Uhr dreiundvierzig fährt ein Wagen an einer der Kameras vorbei. Wir konnten das Fahrzeug von Frau Nau eindeutig identifizieren.«

Stutter hätte gerne etwas zur Verteidigung seiner Kollegin gesagt, aber bei dieser Information blieben ihm die Worte im Hals stecken.

»Seit wir ihr die Bilder gezeigt haben, streitet sie zwar nicht mehr ab, dort gewesen zu sein, behauptet aber, die Wohnung ihres Ehemannes nicht betreten zu haben, da er auf ihr Klingeln angeblich nicht reagiert hat und sein Handy ausgeschaltet war.«

»Und was sagen Ihre Kameras dazu?«, fragte Stutter ungehalten.

»Man sieht nur, wie sie kommt. Die Ausfahrt wird nicht überwacht.«

»Dann spricht nichts gegen die Aussage von Kommissarin

Nau«, entgegnete Stutter zufrieden. Er betonte absichtlich Jasmins Rang, um deutlich zu machen, wie absurd die Verdächtigungen gegen sie waren.

»Sie war dort«, ließ sich Mandol nicht beirren.

»Spuren am Tatort? DNA, Fingerabdrücke?«, fasste Stutter deshalb nach und fühlte sich, als wäre er festgekettet.

»Die Auswertungen laufen noch. Keine Fingerabdrücke auf der Mordwaffe. Der Täter trug Handschuhe, etwas, das man von einer Polizistin erwarten würde, die ein Verbrechen begehen will. Und bevor Sie fragen, man hat den Mann mit einem Eisenrohr erschlagen. Das Tatwerkzeug stammte aus der Wohnung, dort wurden Arbeiten im Bad vorgenommen. Die Handwerker hatten ihren Kram über Nacht stehen lassen, konnten uns aber bereits bestätigen, dass das Rohr von ihnen stammte. Das Opfer wurde an einen Stuhl gefesselt und dann mit mehreren brutalen Schlägen zu Tode geprügelt. Gebrochene Knochen, schwere Schädelverletzungen, das ganze Programm. In seinem Magen fanden die Gerichtsmediziner Reste seiner Zähne, die er verschluckte, als man ihm den Kiefer zertrümmert hat. Das war eine Hinrichtung, kein Totschlag, kein Unfall und kein Mord im Affekt. Und kommen Sie mir jetzt nicht damit, dass Frau Nau nicht in der Lage gewesen wäre, ihren Mann zu überwältigen. Eine ausgebildete Polizistin kann sich auch gegen einen stärkeren untrainierten Gegner zur Wehr setzen, zumal wenn er alkoholisiert ist. Gerry Nau hatte einen erhöhten Blutalkoholspiegel. Sie hätte erst ein Glas mit ihm trinken können und dann …« Mandol ließ den Rest offen.

»Sie hatte keinen Grund, so etwas zu tun«, hielt Stutter dagegen und sog tief den blauen Dunst ein, den Mandols Zigarillo verströmte.

Der Frankfurter schüttelte den Kopf. »Wir haben bereits jetzt Zeugen, die bestätigen, dass die Trennung des Ehepaars Nau alles andere als freundschaftlich vonstattenging.

In der Vergangenheit hat es bereits einen tätlichen Angriff gegeben.«

»Sie hat ihm eine Ohrfeige verpasst, als er sie abserviert hat«, brauste Stutter auf, der die Geschichte kannte. »Das ist Monate her. Um Himmels willen, die beiden waren getrennt und hatten keinen Kontakt mehr.«

Das zweite Mal an diesem Tag erschien auf Mandols Gesicht dieser mitleidige Blick, mit dem man für gewöhnlich Menschen bedachte, die sich etwas vormachten.

»Frau Nau hat Ihnen also nicht erzählt, dass ihr Mann sie erst vor Kurzem in ihrer Wohnung aufgesucht hat?«

Stutters Gesicht sprach Bände, und der Frankfurter Kollege fuhr freudlos fort: »Die Nachbarin hat ausgesagt, dass sie einen heftigen Streit zwischen den beiden gehört hat.«

»Und jetzt glauben Sie, dass Jasmin eine kaltblütige Mörderin ist«, blaffte Stutter ungehalten.

»Es spielt keine Rolle, was ich glaube«, erwiderte Mandol ruhig, »die Indizienkette ist erdrückend. Sie hatte ein Motiv, und sie war zur Tatzeit vor Ort. Dem Haftrichter hat das gereicht!«

Stutter fuhr sich mit beiden Händen durch die Haare.

Mandol zog an seinem Zigarillo und stieß kräftig den Rauch aus. »Ich weiß nicht, was ihr der Anwalt rät. Aber meiner Meinung nach täte sie gut daran, ein Geständnis abzulegen, das würde sich zumindest positiv auf das Strafmaß auswirken.«

»Ach, so ist das«, entgegnete Stutter aufgebracht. »Für Sie ist der Fall also längst gelaufen?«

Auch wenn Mandol die Wut seines Gegenübers verstehen konnte, ärgerte er sich über dessen versteckten Vorwurf, nicht gründlich zu ermitteln. Er reckte ein wenig den Kopf und zischte: »Ich erzähle Ihnen das alles nur, weil man mich darum gebeten hat. Wir haben gemeinsame Freunde bei der Frankfurter Polizei. Nur deshalb stehen wir jetzt hier und ich riskiere meine Karriere. Ich weiß genau, wer Sie sind, und kenne einige Ihrer Fälle. Machen Sie mir also nicht weis, dass Sie an meiner Stelle keine Verhaftung vorgenommen hätten. Natürlich ermitteln wir weiter in alle Richtungen. Und mir ist nicht entgangen, dass das Opfer ein äußerst zwielichtiger Zeitgenosse war. Abgesehen davon kann ich die Beweislage nicht ignorieren, bloß weil die Hauptverdächtige eine Polizistin ist.«

Stutter wusste, dass er zu weit gegangen war, und es tat ihm leid, so scharf gegenüber dem Kollegen reagiert zu haben. Aber das Gefühl, machtlos zu sein, machte es ihm schwer, klar zu denken. Fieberhaft suchte er einen Ausweg. »Wer hat ihn gefunden?«

»Der Hausmeister des Gebäudes. Er sagt, Gerry wäre bei ihm aufgetaucht und hätte nach einer Schlafmöglichkeit gefragt. Da gerade eine Einzimmerwohnung frei geworden war, ließ ihn der Mann dort einziehen. Die beiden waren offenbar alte Schulfreunde.«

»Das wundert mich«, knurrte Stutter, und als ihn Mandol wieder mit seinem Raubvogelblick fixierte, fuhr er fort: »Gerry Nau war nicht der Mann, der Freunde hatte. Für gewöhnlich hat er alle in seiner Umgebung über den Tisch gezogen. So ein Charakterzug gibt übrigens einer Menge Menschen im Umfeld von Gerry ein Motiv. Ich vermute, er hat die Falschen betrogen.«

»Das hat uns Jasmin Nau ebenfalls berichtet. Laut ihrer Aussage steckte er in Schwierigkeiten. Sie war bereit, sich mit ihm zu treffen und ihm mit tausend Euro kurzfristig auszuhelfen. Dafür sollte er alle Unterhaltsforderungen gegen sie fallen lassen und dafür sorgen, dass die Scheidung ohne weitere Verzögerung durchgezogen werden konnte. Das Geld haben wir tatsächlich im Hotelzimmer Ihrer Kommissarin sichergestellt und konnten auch die Abbuchungen an zwei Bankautomaten nachvollziehen, die sie nach dem Telefonat noch getätigt hat. Das will aber nichts heißen. Womöglich hat Frau Nau kurzfristig eine bessere und billigere Lösung gefunden, ihre Scheidung zu beschleunigen.«

»Das ist doch Unsinn. Gerry Nau hatte Kontakte zum kriminellen Milieu. Sein Mörder ist sicher dort zu finden«, hielt Stutter dagegen.

»Ich sage Ihnen nun das Gleiche wie Frau Nau: Falls sich das Opfer mit Kriminellen eingelassen und die um ihr Geld betrogen hat, dann wäre er garantiert noch am Leben. Die würden ihn nämlich erst dann umbringen, wenn er seine Schulden bezahlt hätte. Im Zweifel müsste er sie abarbeiten. Und glauben Sie mir, das wäre dann kein Akt der Gnade von denen.«

»Vielleicht hat man an ihm eine Art Exempel statuiert, um andere abzuschrecken«, versuchte es Stutter erneut.

»Sie lassen wohl nie locker«, brummte Mandol, warf die Reste seines Zigarillos in eine Pfütze und beobachtete, wie die Glut zischend erlosch.

»Ich kann nicht zulassen, dass Jasmin unschuldig im Gefängnis sitzt. Sie hat ihren Ehemann nicht ermordet. Wir müssen den wahren Täter finden, sonst …«

»Moment!«, unterbrach ihn Mandol und trat einen Schritt auf Stutter zu. »Wir?« Nur mühsam konnte er seine Stimme unter Kontrolle halten. »Sind Sie irre? *Wir* …« Er dehnte das Wort beim Sprechen. »… *wir* machen gar nichts. Ich bin der leitende Ermittler, und Sie dürften nicht einmal hier sein. Wenn irgendwer von unserem netten kleinen Gespräch erfährt, dann sind wir erledigt. Dann sieht es nämlich so aus, als wollten wir etwas vertuschen. Also, wenn Sie Ihrer Kollegin wirklich helfen wollen, dann verschwinden Sie jetzt.«

Stutter setzte an, etwas zu erwidern. Er konnte doch schließlich nicht die Hände in den Schoß legen.

»Man hat mir schon gesagt, dass Sie ein sturer Brocken sind, aber ich bitte Sie, vernünftig zu sein«, ließ ihn Mandol nicht zu Wort kommen. »Ich habe den Fall noch nicht abgeschlossen, also lassen Sie mich meine Arbeit tun. Wir kriegen den, der das getan hat. Sollte sich jedoch herausstellen, dass Frau Nau schuldig ist, dann landet sie für eine sehr lange Zeit hinter Gittern.« Sein Blick wurde eindringlich. »Aber Sie müssen jetzt gehen. Ich melde mich wieder.«

* * *

Kapitel 9

Am gleichen Tag, gegen 13.00 Uhr

Anna Ting zog ihre Jacke enger um die Schultern. Sie fröstelte ein wenig, hatte aber längst noch keine Lust, nach Hause zurückzukehren. Ihre Mutter sah es nicht gerne, wenn sie allein ins Freie ging, doch das hielt die junge Frau trotzdem nicht davon ab. Umständlich bewegte sie ihren Rollstuhl den zum Teil gefrorenen Weg entlang.

Ihr Kopf war heute Morgen seltsam leer, so als hätte eine große Welle eine Vielzahl von Erinnerungen weggespült. Sie wusste nicht mehr, was am Vortag geschehen war. Die schemenhaften Bilder in ihren Gedanken halfen kaum weiter. Jemand hatte sie etwas gefragt. Aber wer das gewesen war, hatte sie vergessen.

Mühsam lavierte sie das unhandliche Gefährt an ein paar großen, aufgeschichteten Steinen vorbei. Links neben ihr verlief ein steiler Hang, was unter anderem der Grund für das »Durchgang verboten«-Schild war. Von hier oben hatte sie einen wunderschönen Rundumblick, aber das interessierte Anna nicht. Ihre Aufmerksamkeit galt den Vögeln.

Das moderne Fernglas mit der hohen Auflösung, das sie letztes Weihnachten geschenkt bekommen hatte, lag auf ihren Knien. Sie griff danach, hielt es gegen die Augen und begann die Vogelscheuche in Ehlers Feld zu fokussieren. Als sie bemerkte, dass eine der Meisen an dem gefüllten Sack, der den Kopf darstellen sollte, leidenschaftlich zerrte, schlüpfte ein vergnügtes Kichern aus ihrer Kehle. Der kleine Vogel setzte seine Arbeit unermüdlich fort, bis er endlich einen langen Strohhalm zu fassen bekam und zwischen dem Sackleinen herauszog. Seine Flügel begannen zu schlagen, und schon war er aus Annas Blickfeld verschwunden. Sie war nicht schnell genug, seine Flugbahn mit dem Fernglas zu verfolgen. Sie wollte es erneut ansetzen, um den nächsten Tunichtgut auf den Armen der Vogelscheuche zu beobachten, als sie ein Knirschen vernahm und erschrocken zusammenfuhr. Ihr Kopf schnellte herum, aber sie konnte sich aufgrund ihrer Rückenverletzung nicht weit genug drehen, um zu sehen, wer sich ihr von hinten näherte. Hektisch versuchte sie, über die andere Schulter zu blicken, aber auch da war ihr Sichtfeld eingeschränkt.

In Panik ließ sie das Fernglas fallen und rief: »Wer ist da?«

Gleichzeitig fasste sie an die Räder, um den Rollstuhl ein Stück zurückzusetzen, doch das wollte ihr nicht gelingen. Es war, als hätten sich die Reifen tief in die Erde gegraben, denn ihr Gefährt rollte keinen Meter zurück. Und dann, im nächsten Augenblick, begann sich der Rollstuhl gegen Annas Willen nach vorne zu bewegen. Sie schrie auf, als der steile Abgrund immer näher kam. Dem Rollstuhl wurde schließlich ein heftiger Stoß versetzt, und plötzlich schwebte Anna in der Luft.

Einen kurzen Moment lang hatte sie das absurde Gefühl, sie wäre frei und beweglich und die Schmerzen und Beeinträchtigungen hätte es nie gegeben. Sie war überzeugt, dass sich ein Vogel genauso fühlen musste.

Aber der Schock, der ihr Gehirn bis eben vor der grausamen Realität geschützt hatte, hielt nicht an. Was sie gerade noch als schwerelos empfunden hatte, fühlte sich auf einmal so an, als hätte sie die Kontrolle verloren. Und zwar nicht nur über die Beine, sondern über ihren gesamten Körper.

Erinnerungsfetzen tauchten vor dem geistigen Auge des Mädchens auf. Da war Nils auf dem Fahrersitz, ihre Eltern, die die Arme nach ihr ausstreckten, böse Blicke und Beschimpfungen, und dann endete es. Anna schlug auf dem gefrorenen Ackerboden auf. Die Schmerzen blieben ihr erspart, denn was der Tod vor knapp einem Jahr bei dem Unfall nicht geschafft hatte, holte er jetzt in Sekundenbruchteilen nach. Das Genick der jungen Frau brach. Sie spürte nicht, wie sich die Knochensplitter ihren Weg durch die Haut suchten, wie das geprellte Gewebe vom Blut unterspült wurde oder die obersten Hautschichten aufplatzten und so unzählige Abschürfungen entstanden. Unbeweglich, mit gebrochenen Gliedern, blieb sie liegen. Ihr hellblondes Haar wirkte jetzt wie ein seidenes Tuch, das großzügig um den Kopf geschlungen worden war. Fast hätte sie einer schlafenden Nymphe geglichen, wäre da nicht das dunkle Blut gewesen, das sich langsam über dem blassen Gesicht verteilte und so ein Bild schuf, das keinen Zweifel an der Grausamkeit der eben begangenen Tat ließ.

Trotzdem das Wohnhaus und die Felder von Friedhelm Ehler nicht weit entfernt lagen, schien niemand etwas bemerkt zu haben. Einzig die Meisen auf der Vogelscheuche schreckten auf, flogen einmal über den Unglücksort, so als würde sie die Neugier plagen, und ließen sich, nachdem diese gestillt war, wieder auf ihrem strohgefüllten Stammplatz nieder.

* * *

Der Anruf erreichte Stutter auf der Fahrt von Frankfurt nach Pfetzertal. Es war früher Nachmittag. Der Hauptkommissar hatte einen Parkplatz angesteuert und stand nun neben seinem Wagen. Bei der Kälte hielt hier nur, wer unbedingt eine Pause einlegen musste. Ansonsten gab es keinen Grund, dieses ungemütliche Stückchen Erde anzufahren. Der Wind trieb geräuschvoll eine alte Plastikflasche vorbei. Überhaupt hatte der Beamte das Gefühl, hier mitten auf einer Müllkippe zu stehen.

Es war nicht das erste Klingeln, seit er Frankfurt verlassen hatte. Auf dem Display tauchte in regelmäßigen Abständen Carolin Kettlers Name auf. Was für einen Sinn machte es, das Gespräch noch länger hinauszuzögern? Vermutlich wollte sie ihm mitteilen, dass sie ab jetzt übernehmen würde. Immerhin hatte er einen direkten Befehl seines Vorgesetzten vom BKA missachtet, der ihn sofort nach Jasmins Verhaftung kontaktiert und angewiesen hatte, sich aus dem Fall Gerry Nau herauszuhalten. Carolin Kettler wusste, dass er dieser Order nicht Folge geleistet hatte.

»Stutter«, ging er um einen neutralen Tonfall bemüht nun endlich ans Telefon.

»Verdammt, wo stecken Sie?«, schleuderte ihm Carolin wütend entgegen. Sie klang dabei wie eine eifersüchtige Ehefrau, und irgendwie hatte diese Beschimpfung etwas Tröstliches für den Hauptkommissar.

»Die sind hier alle am Rotieren. Die Verhaftung von Frau Nau schlägt mächtige Wellen. Die Bürgermeisterin sitzt mir im Nacken wie eine Klette, und die Presse lungert überall herum. Ständig will jemand wissen, wo Sie sind. Die vielen Lügen, die ich heute erzählt habe, werden mich sicher direkt in die Hölle befördern. Bewegen Sie endlich Ihren Hintern hierher!«, blaffte sie ungehalten.

»Die wissen nicht, dass ich in Frankfurt war?«, entgegnete Stutter entgeistert.

»Sie halten mich wohl für ein hinterhältiges Weibsbild, was?«, schnauzte Carolin immer noch zornig. »Glauben Sie ernsthaft, dass ich mir auf diese Weise den Fall zurückholen will?«

»Nein, so war das nicht gemeint«, stammelte der Hauptkommissar verlegen, der nicht wissen konnte, dass Carolin am anderen Ende der Leitung amüsiert lächelte, weil sie den Kollegen das erste Mal aus dem Konzept gebracht hatte.

»Sehen Sie zu, dass Sie schleunigst hierherkommen. Olivia und Erik Ting haben eben ihre Tochter Anna als vermisst gemeldet.«

* * *

Zur gleichen Zeit

Jasmin Nau saß auf der Pritsche der kleinen Zelle und hatte das Gefühl, in einem Albtraum festzustecken. Sollte das ihre Bestimmung sein? Immer wenn sie glaubte, es ginge ein Stück voran und alles würde gut werden, brach erneut die Welt über ihrem Kopf zusammen.

Währenddessen las Hauptkommissar Rene Mandol erneut die Protokolle. Es war ihm keinesfalls leichtgefallen, die Kollegin zu verhaften, trotzdem war er bis eben überzeugt gewesen, seine Schuldige zu haben. Im Stillen verfluchte er Jens Stutter dafür, dass der bei ihm Zweifel gesät hatte. Jetzt blieb ihm keine andere Wahl, als noch einmal alles durchzugehen.

Die Bilder aus der Gerichtsmedizin ließen selbst einen so hart gesottenen Ermittler wie Mandol schaudern. Keine Frage, bei der Tat hatte Wut eine große Rolle gespielt. Selbst Gerry Naus Mutter würde den eigenen Sohn so nicht wiedererkennen. Das Gesicht war zu Brei zerschlagen und der Rest des Körpers überzogen mit Wunden und Blutergüssen. Es hatte gedauert, bis der Tod endlich eingetreten war.

Seit dem Leichenfund hatte Mandol einiges zusammentragen können. Außer Frage stand, dass Jasmin Nau mit ihrem Ehemann einen miserablen Fang gemacht hatte.

»Was sehen Sie sich da an, Chef?«, riss ihn sein Kommissar aus den Grübeleien.

Ein junger Mann, frisch von der Hochschule, engagiert und vollgestopft mit Wissen, aber ohne den Hauch von Intuition. Mandol mochte den Kollegen dennoch, er würde das Team gut ergänzen.

»Eindeutige Sache, oder?«, fragte der nun seinen Vorgesetzten.

Mandol betrachtete sein Gegenüber mit jenem Raubvogelblick, der seinen Mitmenschen für gewöhnlich Unbehagen bereitete.

»Wieso glauben Sie das?«, fragte er schließlich den Kommissar.

Der richtete sich ein wenig auf, bevor er wie ein Prüfling zu referieren begann. Offensichtlich erfüllte es ihn mit Stolz, dass der Chef die Meinung des jüngsten Teammitglieds hören wollte. »Die Frau war stinksauer und ist ausgerastet. Ist ja kein Wunder. Der Typ hat wohl jeden vor den Kopf gestoßen. Sämtliche Aussagen belegen das. Wer ihn kannte, fühlte sich von ihm ausgenutzt und betrogen. Selbst die Ex-Freundin lässt kein gutes Haar an ihm. Und das ist selten. Normalerweise halten sich die Zeugen doch eher zurück, wenn es um Mord geht. Auch die einzige lebende Verwandte, seine ältere Schwester, beschreibt ihn als …« Er kramte zwischen den Unterlagen und überflog die Aussage noch einmal, bevor er fortfuhr: »Sie sagt, er hätte die Menschen betrogen, wäre ein Egoist gewesen.«

»Da sprechen Sie einen interessanten Punkt an«, unterbrach Mandol ihn nachdenklich. Er erinnerte sich erneut an das Gespräch mit Stutter.

Schließlich reichte er seinem Kollegen eine Notiz und sagte: »Veranlassen Sie eine Überprüfung der Vermögensverhältnisse!«

Überrascht las der Kommissar den Namen, der auf dem Zettel stand, und ihm entschlüpfte ein »Warum?«, bevor ihm bewusst wurde, wie unangebracht es war, die Vorgehensweise des Chefs infrage zu stellen. Verlegen errötete er und beeilte sich zu sagen: »Wird sofort erledigt.«

Mandol sah dem jungen Mann mit einem müden Lächeln hinterher und fragte sich, ob er selbst früher auch so eine Nervensäge gewesen war.

* * *

Polizeiwache Pfetzertal

»Was ist passiert?«, fragte Stutter statt einer Begrüßung seine Kollegin Carolin Kettler.

Die sah ihn müde an, und er hatte das Gefühl, dass diese Frau weit mehr war als nur jemand, der, ohne nach rechts und links zu schauen, die Karriereleiter nach oben steigen wollte.

»Wir haben keine Ahnung«, begann sie zusammenzufassen. »Das Mädchen sollte eigentlich in seinem Zimmer sein. Olivia Ting sagt aus, dass sie höchstens fünfzehn Minuten weg war. Als sie nach Hause kam, war ihre Tochter verschwunden. Da die Jacke und das Fernglas fehlten, vermutete die Mutter, dass Anna das Haus verlassen hatte, um Vögel zu beobachten.« Sie kramte in ihren Notizen. »Die Eltern bestätigen, dass Anna gelegentlich alleine hinausgeht. Olivia Ting akzeptiert das schweren Herzens, weil die Ärzte ihr dazu geraten haben. Auf diese Weise soll wohl die Selbstständigkeit des Mädchens gefördert werden.«

»Ist das nicht gefährlich? Was, wenn sie sich verläuft oder nicht mehr nach Hause findet?«, warf Stutter mit leichtem Entsetzen bei der Vorstellung ein.

»Die gehen wohl davon aus, dass sie mit dem Rollstuhl nicht allzu weit kommt.«

»Das sieht man ja jetzt«, blaffte der Hauptkommissar ungehalten. »So ein Leichtsinn! Was, wenn sie einen ihrer Schübe hat und nicht mehr weiß, wo sie ist? Hat sie wenigstens ein Handy dabei, dann könnten wir sie orten.«

Carolin schüttelte den Kopf.

»Wie lange ist das jetzt her?«

»Die Mutter kam kurz nach ein Uhr von ihren Erledigungen zurück. Als sie feststellte, dass Anna nicht da war, hat sie ungefähr eine halbe Stunde gewartet und dann den Weg abgesucht, den ihre Tochter üblicherweise nimmt. Als sie nirgends eine Spur von ihr fand, hat sie erst ihren Ehemann und dann uns verständigt.« Carolin sah Stutter eindringlich an. »Sie machen den Eltern Vorwürfe?«, fragte sie schließlich vorsichtig.

Stutter verlor gegen seine Gewohnheit die Kontrolle und trat wütend gegen einen der grauen Büromülleimer. Der Behälter rollte daraufhin geräuschvoll über den Boden. »Scheiße, nein, ich mache mir Vorwürfe. Was, wenn ich das Mädchen in Gefahr gebracht habe? Bisher war es nur eine Theorie, dass sie womöglich etwas gesehen hat – aber was, wenn wir richtiglagen? Und was, wenn der Mörder die gleichen Schlüsse gezogen hat?«

»Sie denken, Anna ist einem Verbrechen zum Opfer gefallen«, erwiderte Carolin sachlich.

»Sie etwa nicht?«, schnauzte Stutter. Er schnaubte ungehalten, während er hin und her tigerte.

»Vielleicht sollten wir alles noch einmal durchgehen«, versuchte ihn Carolin gerade zu beruhigen, als die Tür aufgerissen wurde und einer der Uniformierten atemlos hereinstürzte.

»Sie haben das Mädchen gefunden«, rief er aufgeregt.

Als er jedoch die Erleichterung auf den Gesichtern der beiden Kriminalbeamten bemerkte, senkte er automatisch die Stimme und fügte an: »Sie ist tot.«

Einen Moment herrschte betretenes Schweigen.

»Was genau ist passiert?«, durchbrach Stutter schließlich die Stille.

Der Streifenbeamte räusperte sich, bevor er mit belegter Stimme antwortete: »Das sollten Sie sich lieber selbst ansehen.«

* * *

Etwa zur gleichen Zeit in Frankfurt, Dienststelle von Hauptkommissar Rene Mandol

Der Hausmeister Jürgen Kalper betrat ein wenig zögerlich den Verhörraum.

»Nur herein«, begrüßte ihn Hauptkommissar Rene Mandol. »Wir haben lediglich ein paar abschließende Fragen an Sie. Ich denke, das wird nicht lange dauern«, erklärte der Beamte.

Jürgen Kalper entspannte sich bei den freundlichen Worten und setzte sich, als ihm Platz angeboten wurde. »Der Tag heute hat es wirklich in sich«, sagte er dabei und wirkte wie ein begossener Pudel.

»Das war sicher ein Schock, den toten Herrn Nau so zugerichtet aufzufinden«, entgegnete Mandol verständnisvoll.

Der andere nickte und schloss für einen Moment die Augen, so als wollte er damit das schreckliche Bild von Gerrys Leichnam verdrängen.

Mandol begann mit den üblichen Belehrungen und stellte seine erste Frage: »Sie sind also der Hausmeister der Wohnanlage, in der man Herrn Nau ermordet hat.«

»Ja«, antwortete Kalper wahrheitsgemäß.

»Und Herr Nau hat sich bei Ihnen gemeldet, weil er eine Wohnung gesucht hat«, fuhr Mandol fort.

»Ja«, bestätigte der Zeuge und fügte an, »aber das wissen Sie doch schon alles. Warum müssen wir das noch einmal durchgehen?« Man bemerkte, dass dem Hausmeister die Befragung anfing zu missfallen.

Mandols Gesichtsausdruck änderte sich, und für einen winzigen Augenblick sah es so aus, als wollte er einem Haifisch gleich den Mund aufreißen und sein Gegenüber mit Haut und Haar verschlingen, aber dann entwickelten sich seine Züge plötzlich in eine andere Richtung, und er lächelte.

Dem jungen Kommissar, der neben Mandol saß, lief bei dem Anblick ein Schauer über den Rücken.

»Herr Kalper, wir sind nun einmal eine Behörde, und Behörden funktionieren auf diese Weise. Man macht Notizen, nimmt Protokolle auf, fängt wieder von vorne an und so weiter. Gehört alles zum üblichen Prozedere.«

»Also schön«, lenkte Kalper ungeduldig ein.

Der Hauptkommissar betrachtete den unscheinbaren Mann einen Moment intensiv. Vermutlich war der sein Leben lang ein kleines Licht gewesen. Nie der Anführer einer Clique, aber stets ein wohlgelittenes Mitglied. Weder der Clown noch der Loser, einfach ein durchschnittlicher Typ ohne Ambitionen und große Ansprüche. Jemand, der wie Millionen andere Menschen auf der Welt einfach sein Leben in Ruhe leben wollte.

»Haben Sie Familie?«, fragte Mandol für den Zeugen völlig unvermittelt.

Der stutzte und fuhr sich mit der Zunge über die Lippen, so als wäre es schwer, diese Frage zu beantworten. »Meine Frau und ich haben uns vorübergehend getrennt. Sie lebt mit unseren beiden Söhnen bei ihren Eltern.«

»Bedauerlich«, zeigte sich Mandol mitfühlend. »Sie sind gelernter Maurer?«, fuhr er fort, und sein Gegenüber nickte. »Aber Sie arbeiten als Hausmeister.«

»Mein Rücken, Bandscheibenvorfall, ich musste mir etwas anderes suchen.«

»Weniger Verdienst, oder?«

»Ja, aber das interessiert die beim Amt nicht«, erwiderte Kalper unbeherrscht. »Warum interessiert *Sie* das?«

Mandol gab dem Mann keine Antwort, sondern legte ihm einen Computerausdruck vor die Nase. Es war offensichtlich, dass der Hausmeister erkannte, worum es sich dabei handelte.

»Sind das Ihre Kontoauszüge?«

Kalper überlegte, ob er die Frage beantworten oder besser schweigen sollte, und entschied sich für Letzteres.

»Sie sagten, Sie waren ein Freund von Gerry Nau. Laut

Ihrer Aussage hat er Sie vor einer Woche aufgesucht und um einen Schlafplatz gebeten. Sie haben ihm diese Einzimmerwohnung überlassen. Wann hatten Sie Ihren Freund davor zuletzt gesehen?«

»Das weiß ich nicht mehr.«

»Sehen Sie sich die Bankauszüge an«, bat ihn Mandol höflich. »Sie haben vor ungefähr einem halben Jahr eine Überweisung von zwanzigtausend Euro getätigt. Als Empfänger wurde die damalige Investmentfirma von Gerry Nau angegeben.«

Jürgen Kalper fuhr sich mit der Hand über das Kinn. Eine Bewegung, die er mindestens ein dutzend Mal wiederholte und die ein Ausdruck seiner Nervosität war.

»Darf ich fragen, wo sich das Geld jetzt befindet?«

Kalper unterbrach seine Bewegungen und starrte den Hauptkommissar zornig an.

»Gehe ich recht in der Annahme, dass es weg ist?«

Der Befragte senkte den Blick.

»Wie ist das abgelaufen?«, ließ Mandol nicht locker. »Sie sitzen in einem Café oder in Ihrer Stammkneipe, und plötzlich läuft Ihnen Gerry Nau über den Weg. Man kommt ins Gespräch, quatscht über die alten Zeiten, und Gerry erzählt, wie erfolgreich er ist. Vielleicht zeigt er Ihnen seine teure Uhr, wedelt mit Geldscheinen, lädt sie zu einem Bier ein, und irgendwann verspricht er Ihnen ein todsicheres Geschäft mit fantastischer Rendite.«

»Hören Sie auf!«, schnauzte Kalper.

»Wo sind die zwanzigtausend jetzt?«, bohrte der Hauptkommissar weiter und erntete dafür einen hasserfüllten Blick des Hausmeisters. »Was sagt Ihre Frau dazu? Gehört ihr nicht die Hälfte des Geldes?«

Kalper sprang auf. Fast sah es so aus, als wollte er den Beamten schlagen, aber stattdessen atmete er nur heftig wie ein Tier nach einer endlosen Hatz und wirkte auch genauso verängstigt.

Einer der anwesenden Beamten legte Jürgen Kalper die Hand auf die Schulter und übte leichten Druck aus. Fügsam setzte sich der Mann wieder hin.

Mandol war nun sehr ernst: »Fürs Protokoll: Herr Kalper, ich belehre Sie darüber, dass Sie nicht mehr länger als Zeuge, sondern als Beschuldigter befragt werden. Sie stehen unter dem Verdacht, Herrn Gerry Nau ermordet zu haben. Da es sich hierbei um eine Straftat handelt, weise ich Sie darauf hin, dass Sie nicht gezwungen sind, auf die Vorwürfe zu antworten, und sich nicht selbst mit Ihren Aussagen belasten müssen. Sie haben jederzeit das Recht auf einen Verteidiger …«

Jürgen Kalper ließ mit gesenktem Blick die Belehrungen über sich ergehen. Als Mandol schließlich endete und ihn fragte, ob er denn verstanden hätte, antwortete der Mann mit einem gequälten »Ja«.

»Möchten Sie eine Aussage machen?«, fasste der Hauptkommissar nach.

Der Kopf des Mannes sank auf seine verschränkten Arme, die auf der Tischplatte lagen, und das Beben seiner Schultern zeugte davon, dass ihn ein heftiger Weinkrampf schüttelte. Es dauerte eine Weile, bis sich Jürgen Kalper beruhigte und er zu sprechen begann: »Er hat mein Leben zerstört, dieses miese Schwein hat mein Leben zerstört! Er hat mir alles genommen, was ich hatte. Diese zwanzigtausend waren unsere Ersparnisse gewesen und sollten für unsere Kinder sein. Ich dachte, wenn ich das Geld vermehren könnte und meiner Familie damit beweise, dass ich noch zu etwas nütze bin, würde meine Frau wieder zu mir zurückkommen. Als ich meinen Job aufgeben musste, wurde es immer schwerer für uns. Wir hatten noch Kredite für die Autos und die Möbel laufen. Das Hausmeistergehalt hat kaum gereicht, wir stritten uns ständig, und irgendwann zog sie mit den Jungs aus. Dann bin ich Gerry auf den Leim gegangen. Vor einer Woche stand er schließlich vor meiner

Tür und wollte einen Unterschlupf. Angeblich hätte er sich gerade von seiner Frau getrennt und wüsste nicht, wohin. Und dann habe ich ihn nach dem Geld gefragt. Eigentlich hätte ich nach sechs Monaten die ersten Zinseinnahmen bekommen müssen. ›So ist die Branche, es gibt Hochs und Tiefs‹, hat er mir weismachen wollen.« Kalper lachte heiser auf. »Wissen Sie, was er gesagt hat?« Fassungslos schüttelte der Hausmeister den Kopf. »Er wollte, dass ich ihm noch mehr Geld gebe! Angeblich wäre die Marktlage ideal zum Investieren. Versprach mir dreimal so hohe Gewinne. Als ich ihm sagte, dass ich pleite bin, wollte er mich sogar dazu überreden, meinen Dispo voll auszuschöpfen. Ich gebe zu, dass ich ihm da immer noch geglaubt habe. Bis ich gestern Abend zufällig ein Gespräch mit angehört habe. Er hat mit seiner Frau telefoniert und gebettelt. Sie sollte ihm Geld bringen, weil er völlig pleite sei und untertauchen müsse.«

Mandol nickte. Was er da erfuhr, bestätigte die Aussage von Jasmin Nau. »Und wie ging es dann weiter?«, fragte der Hauptkommissar behutsam.

»Ich habe ihn zur Rede gestellt und … bin ausgerastet. Ich konnte nicht anders, als ihm sein falsches Grinsen aus dem Gesicht zu schlagen, und ich habe jede einzelne Sekunde davon genossen. Ja, ich habe Gerry Nau getötet, und ich würde es wieder tun!« Er geiferte mit zusammengekniffenen Augen und vorgerecktem Kinn. Sein Geständnis beendete er schließlich mit den Worten: »Glauben Sie mir, dieses Schwein ist noch zu gut davongekommen!«

* * *

Kapitel 10

Zur gleichen Zeit in Pfetzertal

Die Beamten erreichten das Grundstück von Friedhelm Ehler zeitgleich mit Anna Tings Eltern. Auf dem Gelände wimmelte es von Kamerateams und Schaulustigen. Die angeforderte Polizeiverstärkung aus den Nachbargemeinden hatte nicht schnell genug vor Ort sein können, um diesen kriminaltechnischen Albtraum zu verhindern. Sollte es jemals Hinweise auf den Täter oder den Tathergang gegeben haben, waren diese längst unter Heerscharen trampelnder Füße verloren gegangen.

Die Reporter bildeten eine Schneise, als ihnen bewusst wurde, dass sich die Eltern des Opfers einen Weg durch die Menge bahnen wollten, allerdings geschah das nicht aus Höflichkeit.

»Ist das Anna? Wo ist meine Tochter?«, rief Olivia verzweifelt, und Erik, der schützend die Arme um sie gelegt hatte, um sich mit ihr durch die Menschenmassen zu drängen, brüllte ungehalten: »Verpisst euch endlich, ihr elenden Aasgeier!«

Selbst Stutters beherztes Eingreifen konnte Olivia und Erik Ting den Schock nicht ersparen. Die Mutter brach vor dem Leichnam ihrer Tochter zusammen, und während ein Blitzlichtgewitter über sie hinwegrauschte, schrie Erik nach Vergeltung wie ein Ertrinkender nach dem rettenden Seil.

Der Hauptkommissar half, die Absperrungen aufzustellen, und fühlte sich beim Zurückdrängen der Menge so hilflos wie bei dem Versuch, lästige Tauben zu verscheuchen. Ein schier unmögliches Unterfangen. Von überallher drangen Rufe der Journalisten. Die meisten richteten sich an die Eltern der Toten, und Stutter fragte sich, ob tatsächlich jemand von den Presseleuten glaubte, unter diesen Umständen eine Antwort zu erhalten.

Er bestand außerdem darauf, die Schaulustigen so weit zurückzudrängen, dass ihnen der Blick auf den Tatort verwehrt wurde.

»He, das ist öffentlicher Grund«, blaffte ihn daraufhin einer der Fotografen an.

Stutter wusste, dass sie den Privatbesitz von Ehler längst geräumt hatten, scherte sich aber im Moment wenig um die Pressefreiheit.

»Verklag mich, Arschloch«, schnauzte er deshalb ungehalten zurück, und vermutlich war es lediglich Carolins Eingreifen geschuldet, dass keine handfeste Auseinandersetzung entstand.

»Sie müssen das den Kollegen von der Streife überlassen«, sagte sie ruhig zu Stutter und fixierte gleichzeitig den Medienvertreter mit eisigem Blick, bevor sie zischte: »Soll ich Ihnen den Paragrafen zitieren, der uns erlaubt, Sie auf der Stelle wegen Behinderung der Polizei festzunehmen?«

Der Fotograf verzog feindselig das Gesicht, hielt es aber dann doch für besser, den Kampf nicht auszufechten, und trottete davon.

Der Hauptkommissar stöhnte und setzte zu einer Entschuldigung an. »Tut mir leid, ich hätte nicht die Beherrschung verlieren dürfen. Aber das ist so …« Er suchte nach den richtigen Worten und sagte schließlich: »Es ist entwürdigend.«

Während er sprach, sah Stutter mit einem tief empfundenen Bedauern zu Anna Ting. Sie hing immer noch an dem Holzgestell, das bisher Friedhelm Ehlers Vogelscheuche als Gerüst gedient hatte. Deren Strohfüllung war vom Wind bereits über die Felder verteilt worden. Nur der halb gefüllte Kartoffelsack, der einst als Kopf fungiert hatte, lag wie ein platter Ball am Fuße des Aufbaus. Derjenige, der das getan hatte, war so weit gegangen, Anna den dunklen, abgewetzten Mantel der Vogelscheuche anzuziehen. Ihre zur Seite ausgestreckten Arme hatte man am Holz festgebunden, als wäre sie gekreuzigt worden. Der Kopf der jungen Frau war leicht nach vorne gekippt, die Augen waren geschlossen. Der Anblick zerriss dem Beamten das Herz. Gleichzeitig fühlte er sich vom Täter verspottet, so als würde der ihm mit dieser Inszenierung zurufen: »Siehst du, was ich alles tun kann? Und du bist dagegen machtlos!«

Der Hauptkommissar glaubte für das, was hier geschehen war, verantwortlich zu sein. Er selbst hatte Anna Ting zur Zeugin erklärt, sie erneut befragen wollen und damit signalisiert, dass er ihr Gerede von der herumlaufenden Vogelscheuche ernst nahm. Ein Leichtsinn, den er sich nie würde vergeben können. Der Mörder hatte womöglich die Schritte der Polizei beobachtet und sich deshalb entschieden, eine gefährliche Zeugin zu beseitigen.

Olivia und Erik Ting waren vom Krankenwagen fortgebracht worden, obwohl sich der Vater mit Händen und Füßen dagegen gesträubt hatte. Die Pressebilder würden vermutlich bald durch alle Medien gehen und den Schmerz der Familie damit zu einer öffentlichen Angelegenheit machen.

Am liebsten hätte Stutter gebrüllt: »Nun holt sie doch endlich da herunter!«, aber er schwieg und trat näher an den Leichnam.

Es war wie Buße tun, als er das tote Mädchen nun erneut ansehen musste. Das Blut auf Annas bleichen Wangen wirkte wie rote Tränen, vergossen, um das Unrecht zu beklagen, das hier begangen worden war. Trotz der Gewalt, die man ihr angetan hatte, glich Anna im Tod einem liebevoll in hellen Stein gehauenen Engel, der seinen Frieden gefunden hatte. Stutter war überzeugt davon, nie zuvor in seinem Leben ein unschuldigeres Geschöpf gesehen zu haben.

In diesem Moment überkamen den Hauptkommissar so starke Selbstzweifel, dass er am liebsten auf der Stelle alles hingeworfen hätte. Vielleicht lag Sybille Nahlang richtig, und er war zu langsam. Konnte es sein, dass er seinen Biss verloren hatte? Dass er ein *Tiger ohne Zähne* war? Wie sonst konnte vor seinen Augen dieses junge Mädchen ermordet und dann auch noch auf diese groteske Weise zur Schau gestellt werden? Und dann gab es da ja auch noch Jasmin Nau. Er war von ihrer Unschuld überzeugt, aber konnte er seinen Überzeugungen überhaupt noch vertrauen?

Jemand trat neben ihn, und er wusste, ohne den Kopf zu drehen, dass es Carolin Kettler war.

Er hoffte inständig, sie würde jetzt nichts Tröstendes sagen, das hätte ihn nur noch mehr aus der Fassung gebracht. Aber die Hauptkommissarin tat so, als würde sie die Gefühlslage ihres Kollegen nicht bemerken. Stattdessen fragte sie sachlich: »Wo ist ihr Rollstuhl?«

Die klare Frage holte Stutter aus seiner finsteren Gedankenwelt.

Sie reagierte auf sein Stirnrunzeln, indem sie ausführte: »Sie muss doch irgendwie hierhergekommen sein. Wir sollten den Rollstuhl suchen. Hier wird es kaum Spuren geben, sieht ja aus wie auf einem Schlachtfeld«, sprach sie in ihrem üblichen, ruppigen Tonfall weiter.

Stutter wandte sich ihr nun zu. Ihm war gerade etwas klar geworden, und er sagte: »Funktioniert die Nummer der gefühllosen Polizistin für Sie gut?«

»Es funktioniert«, gab sie wie gewohnt knapp zurück. Sie sah zu dem toten Mädchen. »Bei meiner ersten Leiche im Morddezernat habe ich Rotz und Wasser geheult. Mein Vorgesetzter hat sich mich zur Brust genommen und gesagt: ›Mitgefühl in allen Ehren, aber die Trauer gehört den Angehörigen. Wir haben dafür keine Zeit, denn wir müssen einen Mörder fangen.‹ Seither versuche ich diesen Spruch krampfhaft zu verinnerlichen.«

»Ihr Vorgesetzter war ein kluger Mann«, erwiderte Stutter leise.

Sie standen immer noch nebeneinander und starrten auf Annas Leichnam.

»Er war ein kaltschnäuziger Arsch, aber ein hervorragender Ermittler«, antwortete sie völlig emotionslos. Dann drehte sie sich um und sah Stutter direkt an. »Ich habe viel von ihm gelernt, und doch bin ich nicht auf das vorbereitet worden, was hier im Moment passiert. Ich kann das nicht alleine bewältigen. Also vergessen Sie alle Schuldgefühle und Zweifel und lassen Sie uns dieses elende Schwein zur Strecke bringen.«

Für einen kurzen Moment war es, als bestünde eine ganz besondere Verbindung zwischen ihnen. Stutter fühlte sich verstanden und dieser Frau näher als jedem anderen Menschen, den er kannte.

Er nickte. »Sie haben recht, machen wir unseren Job.«

Der Gerichtsmediziner Doktor Weller, den das Team bereits von den anderen Tatorten kannte, kniete neben der Leiche, nachdem man sie abgehängt hatte. »Sie ist noch nicht lange tot, höchstens zwei Stunden. Ihr Genick ist gebrochen.« Er hob die Kleider der jungen Frau an. »Sieht so aus, als wären die vielen Verletzungen Folgen eines Sturzes. Hautabschürfungen, Hämatome, Knochenbrüche.«

»Hatte Sie etwas bei sich?«, wandte sich Stutter an den Mediziner.

»Die Taschen sind leer. Keine Spur von einer Strohpuppe, wenn Sie das meinen.«

Der Hauptkommissar besah sich das Holzgestell, das nun ebenfalls auf dem Boden lag.

»Keine große Sache«, folgerte Carolin, die wiedergab, was ihr Kollege gerade dachte. »Friedhelm Ehler hat es unserem Mörder einfach gemacht. Das Holzgestell konnte leicht hoch- und runtergelassen werden. Man musste nur die Seile lösen, mit denen es an den Haken im Boden befestigt war. So konnte er das Gerüst herunterlassen, Anna daran festbinden und es anschließend wieder mit den Seilen in eine aufrechte Position bringen.«

Ein Kollege der Kriminaltechnik stimmte der Beamtin zu. »Das funktioniert wie ein Seilzug, da ist noch nicht einmal eine große Kraftanstrengung notwendig, zumal das Opfer leicht war«, erläuterte der Mann.

Während Stutter noch über die Information, die er eben erhalten hatte, nachdachte, verfolgte Carolin einen anderen Gedanken.

»Wo kann das Mädchen gestürzt sein?«, fragte sie in die Runde und suchte die Umgebung mit den Augen ab. »Wir sollten sofort das Gelände durchkämmen, bevor es dunkel wird und wir noch mehr Spuren verlieren. Wenn wir Glück haben, finden wir den Ort, an dem Anna gestorben ist.«

»Sie haben recht«, gab Stutter zu. »Leiten Sie alles in die Wege, die Mannschaft soll auch Ausschau nach dem Rollstuhl halten.«

Carolin gab über Funk die entsprechenden Befehle, während Stutter auf die kleine Dreiergruppe zusteuerte, die sich unter dem Vordach des Wohnhauses aufhielt. Friedhelm Ehler hatte eine dicke Jacke umgelegt, seine Tochter Ina hakte ihn unter, und sein Schwiegersohn, Marek Pawlak, blickte dem Hauptkommissar feindselig entgegen.

»Es ist, als würde mich der Tod verfolgen«, stöhnte der alte Ehler, anstatt den Polizisten zu begrüßen.

Ina versuchte ihr Bestes, ihren Vater zu beruhigen. »Das hat doch nichts mit uns zu tun«, redete sie ihm gut zu.

Marek hingegen gab ein verächtliches »Pah!« von sich. Erst schien er seine Reaktion nicht erklären zu wollen, aber dann konnte er seinen Ärger nicht länger zurückhalten. »Das liegt alles nur an diesem verdammten Golfplatz. Deshalb drehen die Leute langsam durch. Wir hatten hier früher immer unsere Ruhe, und ich kann nur hoffen, dass diese *Investoren* endlich die Lust verlieren, anderen Menschen kostbares Ackerland zu stehlen.«

»Marek, ein junges Mädchen ist gestorben«, ermahnte ihn seine Frau und sah verlegen zu Stutter.

Aber ihr Ehemann dachte nicht daran, irgendetwas zurückzunehmen. »Ich sage nur, wie es ist. Vielleicht kommen die Menschen in Pfetzertal jetzt endlich wieder zur Vernunft.« Er verschränkte wütend die Arme vor der Brust und kniff den Mund zusammen.

Friedhelm Ehler gab einen tiefen Seufzer von sich. »Vielleicht hat Marek recht. Manchmal ist es besser, sich mit dem zufriedenzugeben, was man hat, als nach den Sternen zu greifen.«

»Das ist doch Unsinn«, entfuhr es Ina. »Wir greifen doch nicht nach den Sternen, nur weil wir ein gutes Verkaufsangebot akzeptieren.«

Stutter hatte den Wortwechsel interessiert verfolgt, und immer mehr beschlich ihn das Gefühl, dass das Golfplatzprojekt, wenn es auch nicht ausschlaggebend war, dann doch zumindest eine gewisse Rolle spielte bei dem, was hier gerade in Pfetzertal passierte.

»Haben Sie etwas gesehen?«, fragte er schließlich und blickte von einem zum anderen.

Alle drei reagierten mit einem Kopfschütteln. Auch als er sie nach ungewöhnlichen Vorkommnissen befragte, erhielt er keine neuen Informationen.

Das Gespräch war deshalb auch bereits beendet, als sein Handy klingelte. Der Anruf kam von Carolin Kettler. Sie hatten den Rollstuhl gefunden und sicherten bereits das Gelände. Als Stutter wenig später die Kollegin erreichte, schwenkte sie eine Beweismitteltüte, die ein Fernglas beinhaltete.

»Oben führt ein Weg am Hang vorbei. Wir untersuchen ihn bereits auf Spuren.«

»Das wäre ein tiefer Sturz«, entgegnete Stutter und legte den Kopf in den Nacken, um die Entfernung zur höher gelegenen Straße zu schätzen.

»Zwanzig Meter, mindestens«, half ihm Carolin aus.

Der Hauptkommissar versank tief in Gedanken, während er die Örtlichkeit begutachtete. Die Stuttgarter Kollegin störte ihn nicht, beobachtete aber interessiert, wie er die umgeknickten Büschel Farn betrachtete, die unter der vereisten Schneedecke hervorlugten, und den Stofffetzen, der vermutlich von Annas Jacke stammte und sich in den Ästen einer niedrigen Tanne verfangen hatte. Schließlich stapfte er mühsam nach oben, wo bereits ein Team der Kriminaltechnik behutsam Gips in einen schmalen Reifenabdruck füllte.

»Der harte Boden gibt nicht viel her«, klärte ihn einer der Kollegen auf. »Wir vermuten, dass dieser Abdruck vom Rollstuhl des Opfers stammt. Der Tiefe nach zu urteilen, muss sie eine längere Zeit dort gestanden haben. Durch das Gewicht hat sich eine kleine Furche gebildet.« Er lenkte Stutters Aufmerksamkeit auf ein Stück Weg hinter dem Abdruck. »Sehen Sie, hier ist die Erde etwas aufgebrochen. Sieht so aus, als wäre der Rollstuhl mit ruckartigen Bewegungen hin und her manövriert worden.«

»Spuren eines Kampfes?«, hakte Stutter sofort nach.

»Gut möglich. Sie will rückwärts steuern, jemand hält sie davon ab, und die Räder graben sich in den Boden. Leider haben wir keine weiteren Abdrücke gefunden. Weder von Schuhen noch von Fahrzeugen.«

Der Hauptkommissar dankte dem Mann für die Auskünfte und kehrte mit Carolin Kettler zur Dienststelle zurück.

Dort angekommen erreichte ihn ein Anruf der Bürgermeisterin. Sybille Nahlang sah dieses Mal davon ab, ihn zu beschimpfen, sondern begann sofort mit den Drohungen: »Wenn Sie das Schlamassel nicht umgehend in den Griff bekommen, sorge ich dafür, dass Sie die längste Zeit bei der

Polizei waren. Erst die Verhaftung der Kollegin Nau und jetzt ein weiterer Todesfall. Und zu allem Unglück ist die Presse besser informiert als ich«, schnauzte sie in den Hörer.

Stutter war viel zu erschöpft, um auch nur ein Joule seiner Energie für eine Antwort zu verschwenden. Er hörte kaum, was die Frau am anderen Ende der Leitung sprach, sondern dachte nur an den Tod von Anna Ting. Irgendwann sagte er deshalb mechanisch »Ja, sicher. Gute Nacht!« und legte auf.

Dass Sybille Nahlang noch längst nicht fertig war, als er sie mitten im Satz unterbrochen und das Gespräch beendet hatte, war ihm vollkommen gleichgültig.

* * *

Die Bürgermeisterin hingegen schnappte nach Luft und lief vor Wut dunkelrot an, als sie von Stutter auf diese Weise abgefertigt wurde. Sie hatte das Telefonat von ihrem Privathaus aus geführt, und so konnte Heiko Nahlang nun schadenfroh beobachten, wie seine Frau kurz davor war zu explodieren.

»Den mache ich fertig!«, geiferte sie gerade und wählte sofort die nächste Nummer.

Heiko kannte Sybille gut genug, um zu wissen, was jetzt passieren würde.

Schon hörte er sie sagen: »Mein lieber Freund, wie gut, dass ich Sie noch erreiche. Ich muss Sie leider um einen kleinen Gefallen bitten. Ich habe nämlich ein Problem mit dem leitenden Ermittler.«

Sie wiederholte die Vorfälle der letzten Tage, und aus ihrem Mund klang es so, als wäre Stutter ein unfähiger Versager. Allerdings verlief auch dieses Gespräch nicht zu ihrer Zufriedenheit. Offensichtlich hatte Hauptkommissar Jens Stutter ebenfalls Freunde, denn bevor Sybille das Gespräch beendete, sagte sie zuckersüß: »Vielleicht haben Sie recht. Stutter hat wirklich einen guten Ruf, wir sollten ihn seine Arbeit machen lassen.«

Heiko konnte sich ein breites Grinsen nicht verkneifen, als seine Frau wütend auflegte.

Schließlich sagte er triumphierend: »Jetzt sieht es so aus, als würden wir beide nicht bekommen, was wir wollen.«

»Da täuschst du dich. Ich kriege immer, was ich will.«

»Die kleine Anna Ting am Mast der Vogelscheuche wird deinen Plänen sicher nicht sehr zuträglich sein. Und den lieben Hauptkommissar Stutter scheinst du auch nicht loszuwerden. Das riecht für mich gewaltig nach Niederlage.«

Sie warf ihm einen abschätzigen Blick zu. »Abwarten, mein Lieber!«

* * *

Zur gleichen Zeit im Wohnhaus der Wammers

Jana Wammer stand vor der neu eingesetzten Scheibe im Wohnzimmer. Die Reinigungsfirma hatte die vielen kleinen Scherben aufgesammelt und alle Spuren der Verwüstung beseitigt. Die Frau am Fenster hatte bereits einiges getrunken, doch die erhoffte Wirkung blieb immer noch aus. Eigentlich hätte sie nach den Ereignissen des heutigen Tages erwartet, eine tiefe Befriedigung zu empfinden, aber da war wieder nur diese allgegenwärtige Leere in ihrem Inneren, die sie schon seit Monaten zermürbte.

Gegen drei Uhr mittags hatte die Hausangestellte den Dienst in der Villa der Wammers begonnen und besorgt nach ihrer Arbeitgeberin gerufen. Jana hatte kaum die Augen öffnen können, so benommen war sie gewesen, als sie durch die laute Stimme zu sich kam. Mit dem Trinken hatte sie bereits am frühen Morgen begonnen, und als ihre Angestellte auftauchte, lag sie angezogen auf ihrem Bett und hatte nicht die geringste Ahnung, wie sie dahin gekommen war. Selbst Jacke und Stiefel trug sie noch. An Letzterem hingen dicke Erdklumpen. Jana hatte nur noch verschwommene Erinnerungen an die Stunden davor. Sie wusste, dass sie im Garten gewesen war, der Rest verlor sich in einem dunklen Strudel.

»Frau Wammer, es ist etwas passiert.« Mit diesen Worten eilte die Hausangestellte in ihr Zimmer. Wie gewöhnlich ignorierte sie den desolaten Zustand der Arbeitgeberin und erzählte aufgeregt vom Tod der jungen Anna Ting, die in Friedhelm Ehlers Feld noch immer am Gerüst der Vogelscheuche hing.

Jana nahm die Nachricht entgegen und fühlte sich im ersten Augenblick wie versteinert. Dann fing sie an zu lachen. Erst leise und amüsiert, dann schrill und laut, bis sie nur noch ein hysterisches Krächzen von sich geben konnte. Die Hausangestellte reichte ihr daraufhin ein Glas Wasser, und Jana versuchte damit vergeblich das Gefühlschaos, das in ihr entstanden war, herunterzuspülen. Sie wusch sich anschließend das Gesicht mit kaltem Wasser und schwor, ab jetzt nüchtern zu bleiben und die Rache auszukosten – aber als sie sich dann selbst im Spiegel des Badezimmers in die Augen sah, da fehlte ihr die Kraft dazu. Wie oft in den letzten Monaten hatte sie sich den Tod des Mädchens gewünscht, und jetzt, da es endlich so weit war, brachte er ihr keine Erlösung. Sie war mit weichen Knien ins Wohnzimmer gestakst, um sich am Gin zu bedienen. Die ganze Zeit über hatte sie auf die Felder gestarrt und die vielen Menschen beobachtet. Presse, Polizeifahrzeuge, Schaulustige, und sie hatte einen Logenplatz, so wie sie es sich immer gewünscht hatte. Aber das Tanzen auf Annas Grab brachte ihr keine Freude.

Langsam wurde es dunkel, und bald würde sie nicht mehr erkennen, was da unten vor sich ging.

»Du weißt, was passiert ist?«, fragte plötzlich eine Stimme hinter ihr.

Sie machte sich weder die Mühe, Betroffenheit zu heucheln, noch, sich zu Tobias umzudrehen.

»Natürlich weiß ich es. Vom Wohnzimmer aus konnte ich hervorragend beobachten, wie man die kleine Schlampe abgehängt hat.«

»Du solltest nicht so reden«, sagte ihr Mann nun eindringlich. »Vermutlich wird dich die Polizei dazu befragen. Hast du denn etwas gesehen?«

Er wurde ungeduldig, als sie nicht reagierte, trat auf sie zu, umschloss mit einer Hand ihren Oberarm und drehte sie grob herum.

Sie lächelte kalt. »Ich würde denjenigen, der das getan hat, niemals an die Polizei ausliefern.«

»Jana«, sagte Tobias entsetzt, »was soll das bedeuten?«

»Das, was ich gesagt habe«, antwortete sie knapp.

»Dann weißt du etwas über Annas Tod?«

»Außer, dass sie ihn verdient hat?«, gab sie schnippisch zurück.

»Wenn die Polizei das hört, hält sie dich am Ende noch für schuldig«, erwiderte er gequält.

»Ich bin so schuldig wie alle anderen, und jetzt lass mich zufrieden. Ich werde der Polizei sicher nichts erzählen.« Sie schwankte ein wenig, als sie einen Schritt von ihm wegtrat.

»Wie viel hast du heute schon getrunken?«, fragte er resigniert.

»Warte!« Sie gluckste vergnügt. »Anna Ting ist tot. Das Mädchen, das unseren Jungen auf dem Gewissen hat. Ich denke, ich habe mir eine kleine Party verdient.« Daraufhin hob sie ihr halb volles Glas und rief: »Auf die tote Schlampe!«

»Du bist ekelhaft«, zischte Tobias angewidert.

»Genauso wie du«, gab sie streitlustig zurück.

* * *

Kaum hatte Stutter sein Gespräch mit Sybille Nahlang beendet, klingelte sein Handy erneut.

»Jasmin«, rief er aufgeregt, als er seine Kollegin erkannte, und verschwand, um ungestört sprechen zu können, schnell in dem kleinen Büro, das man ihm zur Verfügung gestellt hatte.

Er hörte ihr Schluchzen und dann endlich die erlösenden Worte: »Ich bin raus!«

Sie hatte sich bemüht, nicht zu weinen, aber sie wurde von ihren Gefühlen überwältigt und heulte nun wie ein Schlosshund. Die Anspannung löste sich. Angst und Erschöpfung wurden von den Tränen, die ihr über die Wangen kullerten, fortgespült. »Sie haben den Mörder von Gerry. Sogar ein Geständnis, es war der Hausmeister.«

Stutter schloss bei dieser Neuigkeit die Augen und tat etwas, das für ihn ganz und gar untypisch war. Er dankte von Herzen mit einem stillen Gebet einem Gott, an den er eigentlich nicht glaubte und dessen Existenz er stets anzweifelte, für Jasmins Freilassung.

»Wo steckst du?«, fragte er und wäre in diesem Moment gerne bei ihr gewesen, um sie in die Arme zu schließen.

Die Kommissarin konnte kaum einen klaren Satz formulieren und stammelte deshalb: »Noch in Frankfurt, Formalitäten. Aber wenn ich hier fertig bin, dann wollte ich …« Sie musste erneut gegen die Tränen ankämpfen, und es gelang ihr nicht, mit fester Stimme zu sprechen. »Wenn du mich noch im Team willst, würde ich nach Pfetzertal kommen, aber ich verstehe auch, wenn nicht …« Wieder ein jämmerliches Schluchzen.

»Was redest du denn? Wieso sollte ich dich nicht mehr im Team haben wollen?« Der Hauptkommissar hatte keine Ahnung, wie sie so etwas annehmen konnte, und obwohl er sich für einen guten Menschenkenner hielt, musste er sich wieder einmal eingestehen, dass es ihm wohl nie gelingen würde, die Gattung Frau vollends zu enträtseln.

Jasmin riss sich zusammen und sprach aus, was sie befürchtete: »Ich dachte, du bist wütend, weil ich mich selbst in so eine Lage gebracht habe.«

Er wollte etwas einwerfen, aber sie redete schnell weiter. »Unterbrich mich bitte nicht, ich möchte das loswerden. Gerry hat zu mir Kontakt aufgenommen und mich in meiner Wohnung besucht, und ich war nicht so rigoros, wie ich hätte sein sollen. Dafür habe ich mich geschämt. Als er dann anrief und Geld wollte, hielt ich es für eine gute Idee, ihn mir auf diese Weise endlich vom Hals zu schaffen, aber natürlich war das total dämlich, und auch dafür könnte ich vor Scham im Erdboden versinken. Und weil das alles so peinlich war, konnte ich auch nicht mit dir darüber reden. Du weißt immer, was zu tun ist, dir passieren solche Sachen einfach nicht. Und irgendwie dachte ich, wenn ich darüber spreche, dann bist du enttäuscht und …« Er hörte ihr leises Weinen und fühlte sich hilflos.

»Ich glaube, du hast eine völlig falsche Vorstellung davon, was für Sachen mir passieren und wie oft ich ratlos bin. Aber über eines bin ich mir vollkommen im Klaren: Ich brauche meine beste Kommissarin zurück im Team. Wenn du so weit bist, zähle ich auf dich, und daran wird sich nie irgendetwas ändern. Ich bin schon von vielen Menschen enttäuscht worden, aber du gehörst ganz sicher nicht dazu.«

Sie schluckte bei seinen Worten und war froh, dass er sie jetzt nicht sehen konnte. Mit immer noch bebender Stimme fragte sie schließlich vorsichtig, auch um das Thema zu wechseln: »Hat es Ärger gegeben?«

»Nicht mehr als üblich, Carolin hat uns den Rücken freigehalten.«

Es versetzte ihr einen leichten Stich, dass er die Stuttgarter Kollegin beim Vornamen nannte, aber fairerweise musste sie deren Loyalität anerkennen.

»Das ist gut«, murmelte sie deshalb.

»Ja, aber wir schwimmen bei den Ermittlungen. Leider hat es einen weiteren Todesfall gegeben.«

Er berichtete Jasmin von Anna Tings Ermordung, auch um ihr zu zeigen, dass sie immer noch dazugehörte. Sie sprachen noch eine Weile über den Fall, schufen dadurch eine gewisse Normalität, und als sie vereinbarten, dass Jasmin am nächsten Tag in Pfetzertal wieder ihren Dienst aufnehmen sollte, fühlten sich beide erleichtert.

»Und du bist sicher, dass du nicht ein paar Tage Urlaub brauchst?«, fragte er noch einmal mit Nachdruck.

»Bloß nicht. Wenn ich anfange zu grübeln, wie die Sache hätte ausgehen können, dann bin ich anschließend reif für die Klapsmühle. Die Arbeit wird mir helfen zu vergessen.«

»Dann sehen wir uns morgen«, sagte er sanft, und Jasmin am anderen Ende lächelte glücklich.

»Ja, bis morgen und nochmals danke für alles!«

»Es gibt nichts, wofür du mir danken müsstest«, warf er ein.

Dann fügte sie noch an: »Hauptkommissar Mandol lässt dich herzlich grüßen!«

* * *

In Frankfurt saß Hauptkommissar Rene Mandol an seinem Schreibtisch und starrte vor sich hin. Ein Klopfen beendete seine fast schon meditative Reglosigkeit. Er hob den Kopf und bat seinen Kommissar einzutreten. Ein wenig verlegen brachte der seinem Vorgesetzten eine Akte.

»Sie können nach Hause gehen«, sagte Mandol beiläufig und widmete sich den Unterlagen.

Aber sein Kollege machte keine Anstalten aufzubrechen.

»Gibt es noch etwas?«, fragte Mandol deshalb. Er bemerkte die Unruhe seines Gegenübers und forderte den Kommissar mit einer Handbewegung auf, sich zu setzen. »Alles in Ordnung?«, hakte er schließlich nach.

Der junge Mann verzog das Gesicht. »Ich bin mir nicht sicher, ob ich der Richtige für den Job bin.«

Das traf Mandol nun doch völlig unerwartet. Es war nicht leicht, junge Menschen für den Polizeiberuf zu begeistern. Die Arbeitszeiten waren alles andere als verlockend, die

Bezahlung ermöglichte es kaum, Reichtümer anzuhäufen, ganz zu schweigen von den Risiken, denen sich die Beamten tagtäglich aussetzen mussten. Das Letzte, was Mandol wollte, war, einen guten Mann zu verlieren.

»Was ist passiert?«, fragte er deshalb besorgt.

»Ich hätte die Falsche vor Gericht gestellt«, antwortete der Kommissar ehrlich und machte dabei ein Gesicht, als wäre er für sämtliche Fehlurteile der Vergangenheit verantwortlich.

»Du liebe Güte, Junge«, brach es aus Mandol heraus, der sich hinreißen ließ, einer persönlichen Gefühlsregung freien Lauf zu lassen, etwas, das sehr selten geschah. »Keiner erwartet, dass Sie Wunder vollbringen oder hellseherische Fähigkeiten entwickeln. Die Ermittlungen haben uns direkt zu Jasmin Nau geführt. Es war richtig, sie zu verdächtigen.«

»Aber sie war unschuldig!«

»Genau das haben wir ja dann auch festgestellt«, hielt ihm Mandol entgegen.

»*Sie* haben es festgestellt, ich wäre nicht auf die Idee gekommen, den Hausmeister ins Visier zu nehmen. Macht mich das nicht zu einem schlechten Polizisten? Ist es nicht unsere Pflicht, nach bestem Wissen und Gewissen zu handeln.«

»Wow!«, war die zweite Gefühlsregung, die sich Mandol an diesem Tag nicht verkneifen konnte. Und als er das Gesicht seines Gegenübers bemerkte, auf dem eine Unmutsfalte sichtbar wurde, beeilte er sich zu sagen: »Ich wollte mich nicht über Sie lustig machen, nehmen Sie das als echtes Kompliment. Nicht jeder geht so streng mit sich ins Gericht.«

»Sie nehmen mich nicht ernst, Chef«, sagte sein Kollege schließlich resigniert.

»Oh doch«, warf Mandol ein und fuhr eindringlich fort, »Sie sind hier, um zu lernen. Sie haben Jasmin Nau für schuldig gehalten? Mir ging es genauso. Ich verrate Ihnen mein Geheimnis: Ich habe einen Tipp bekommen.«

»Einen Tipp?«, wiederholte der Kommissar entgeistert. »Von einem Informanten? Davon steht nichts im Bericht.«

»Nein, davon steht nichts im Bericht. Ich wurde von jemandem darauf hingewiesen, dass es manchmal notwendig ist, über den Tellerrand zu blicken. Sie sehen, selbst ein Fossil wie ich ist nicht frei von Fehlern. Der Kollege gab mir einen entscheidenden Denkanstoß. Er erinnerte mich nämlich daran, dass Gerry Nau ein skrupelloser Zeitgenosse war, der selbst Freunde und Familie, ohne mit der Wimper zu zucken, um ihre Ersparnisse betrogen hat.«

»Verstehe«, sagte Mandols Gegenüber nun interessiert. Man konnte ihm ansehen, wie es in seinem Gehirn ratterte. »Und der Hausmeister hat uns erzählt, er sei Gerrys Freund gewesen. Etwas, das einen unter diesen Umständen natürlich misstrauisch machen muss. Warum sollte ausgerechnet er als Einziger ein gutes Verhältnis zu dem Ermordeten gehabt haben?«

»Eine Frage, die sich dann automatisch stellt. Entweder war der Hausmeister tatsächlich die berühmte Ausnahme, oder er hatte gelogen.«

»Deshalb die Überprüfung seiner Finanzen«, sponn der Kommissar den Faden weiter und lehnte sich mit einem Seufzen zurück.

»Sie sehen, ich lag ebenfalls daneben und hätte es ohne einen kleinen Schubs in die richtige Richtung nicht geschafft. Also hören Sie auf, sich zu zerfleischen. Sie stehen noch ganz am Anfang, und ich bin mir sicher, dass Sie eines Tages ein sehr guter Ermittler werden. Allerdings werden Sie dabei Fehler machen, mit denen Sie lernen müssen zu leben. Mit der Zeit werden es weniger, aber trotzdem nagt jeder einzelne an uns.«

Der junge Mann nickte und dachte angestrengt nach, dann huschte ein Lächeln über sein Gesicht. »Kann es sein, dass Hauptkommissar Stutter sich heute Morgen hier aufgehalten hat?«

Mandol kniff kurz die Augen zusammen, bevor er sagte: »Möglich ist alles, und manchmal ist es gut, etwas für sich zu behalten. Und jetzt hauen Sie endlich ab, wir sehen uns morgen.«

Der Kommissar verließ zufrieden das Büro seines Vorgesetzten, der ihm noch einen Moment hinterhersah, und murmelte: »Der Kerl wird vermutlich wirklich einmal ziemlich gut werden.«

* * *

Kapitel 11

Einige Tage später

Es war nicht einfach, den Tod von Anna Ting einzuordnen. Die Befragung der völlig verzweifelten Eltern hatte nichts gebracht. Auch die Nachbarn, insbesondere Jana Wammer, die sich der Polizei gegenüber äußerst abweisend gezeigt hatte, konnten keine hilfreichen Auskünfte geben. Trotz gründlicher Suche wurde von den Kriminaltechnikern nirgendwo am Tatort eine Strohpuppe gefunden. Auch sonst entsprach nichts den Ritualen, die der Mörder für gewöhnlich mit seinen Opfern durchführte. Die Obduktion selbst lieferte noch nicht einmal eindeutige Hinweise auf Fremdeinwirkung.

»Warum hat er sie nicht einfach am Fuß des Hügels liegen lassen?«, fragte Stutter mehr zu sich selbst, als er neben Carolin Kettler im Auto saß. Die Frage beschäftigte ihn schon, seit man Annas Leichnam entdeckt hatte. »Bei dem geistigen Zustand des Mädchens wäre ein Unfall durchaus glaubhaft gewesen.«

Carolin, die den Wagen fuhr – Jasmin übernahm zurzeit den Innendienst, auch um nicht direkt in die Arme der Presse zu laufen –, sah einen Augenblick zu ihrem Kollegen auf dem Beifahrersitz, bevor sie sich wieder auf den Verkehr konzentrierte.

»Hätten Sie es wirklich für einen Unfall gehalten? Sie waren doch schon bei der Vermisstenmeldung alarmiert«, hakte sie interessiert nach.

Stutter brummte unzufrieden. »Sie haben recht, so leicht

hätte ich Annas Tod nicht zu den Akten gelegt, aber das hat der Mörder ja nicht wissen können.«

Die Beamtin dachte kurz nach und machte schließlich einen Vorschlag. »Vielleicht liegt ihm nichts daran, etwas zu vertuschen. Womöglich verfolgt er andere Ziele.«

»Sie glauben, dass er mich provozieren will?«

»Zum Beispiel. Ganz Pfetzertal und dank der Presse auch der Rest der Welt weiß, dass Sie die Ermittlungen leiten. Damit werden Sie zu einem direkten Gegenspieler für den Mörder. Es ist doch nicht ungewöhnlich, dass sich aus solchen Konstellationen eine Art Spiel entwickelt. Der Täter zeigt der Polizei, mit wem sie es zu tun hat. Also entledigt er sich einer lästigen Zeugin, lässt es aber nicht wie einen Unfall aussehen, sondern legt es darauf an, eine Mordermittlung aus ihrem Tod zu machen.«

»Das wäre zumindest eine Erklärung«, gab Stutter zu.

»Aber Sie sind von meiner Theorie nicht überzeugt?«, fasste Carolin ein wenig ungeduldig nach.

Der Hauptkommissar versuchte, seine Bedenken in Worte zu fassen. »Den Typ, den Sie gerade beschreiben, stelle ich mir als besonnen und absolut kontrolliert vor. Er weiß genau, was er tut, und weicht niemals von seinem Plan ab. Ich finde nicht, dass das auf unseren Täter zutrifft. Er hat zum Beispiel die Sprinkleranlage im Ferienhaus übersehen. Genauso wenig nachvollziehbar ist sein Verhalten gegenüber Lara Herold, die er schwer verletzt in der Fabrikhalle zurückgelassen hat. Nichts davon wirkt überlegt.«

»Vielleicht gehörte das aber auch zu seinem Plan, und wir erkennen nur noch nicht das Muster.«

Als Stutter daraufhin schwieg, fragte Carolin direkt: »Was denken Sie denn, warum er Anna Tings Leiche auf diese Weise zur Schau gestellt hat?«

»Was war das Erste, was Ihnen in den Sinn kam, als Sie den Tatort sahen?«, stellte Stutter ihr überraschenderweise eine Gegenfrage. »Ganz ehrlich!«, fügte er noch mit Nachdruck an.

Eine leichte Röte zog über ihr Gesicht, etwas, das Stutter bemerkte und irgendwie attraktiv fand. Er tat jedoch so, als hätte er es nicht gesehen, und forderte sie erneut auf zu sprechen: »Na los!«

Sie atmete geräuschvoll aus. »Also schön. Als ich die Pressemeute sah, das Blitzlichtgewitter und die Leiche am Gerüst der Vogelscheuche, da dachte ich: Das mit dem Golfplatz wird die reizende Frau Bürgermeisterin jetzt wohl vergessen können.«

Stutter lehnte sich zufrieden zurück.

»Ich fühle mich noch herzloser, wenn ich es ausspreche«, fügte Carolin mit einem gezwungenen Lächeln an.

»Ich habe genau das Gleiche gedacht«, beruhigte sie Stutter. »Das hat nichts damit zu tun, dass wir herzlos sind, sondern mit unserer Arbeit. Eine der ersten Fragen, die wir uns bei einem Mord stellen, ist doch, wer davon profitiert.«

»Sie meinen wirklich, dass ein Gegner des Golfplatzprojekts so weit gehen würde?«

»Wenn er zufällig auch ein psychopathischer Serienkiller ist, dann schon.«

»Ein Mörder, aber zwei Motive«, fasste Carolin zusammen.

»Der auf diese Weise die sprichwörtlichen zwei Fliegen mit einer Klappe geschlagen hat. Mit Annas Tod wurde eine lästige Zeugin beseitigt, und mit der Inszenierung ihrer Leiche gleichzeitig Pfetzertal in Misskredit gebracht. Immerhin war es das erste Mal, dass er ein Opfer so öffentlich präsentiert hat. Man fragt sich außerdem, warum die gesamte Presse so schnell vor Ehlers Haus stand. Irgendwer muss die informiert haben. Ich habe Jasmin bereits darauf angesetzt, könnte aber wetten, dass sich am Ende herausstellt, dass die Medien einen anonymen Tipp bekommen haben.«

»Da können wir ja jede Menge Verdächtige ausschließen«, sagte Carolin daraufhin ein wenig spöttisch. »Immerhin scheint ja die ganze Gemeinde versessen auf diesen Golfplatz.«

»Zumindest verkauft uns das Sybille Nahlang so«, hielt Stutter dagegen.

»Jedenfalls ist mir bisher nur einer bekannt, der vom Bau nicht sonderlich begeistert ist, und das ist Marek Pawlak. Der Schwiegersohn des alten Ehler ist ein guter Verdächtiger. Immerhin stammt er aus Polen und sollte daher das Ritual mit der Strohpuppe, dieser *Marzanna,* kennen. Anna Ting fand man auf dem Grundstück von Pawlaks Familie. Die ersten Opfer starben in der Ferienanlage, in der sein Schwiegervater als Hausmeister arbeitet. Ist das jetzt alles ein Zufall?«

»Ich dachte, Sie haben ihn überprüft?«, fasste Stutter nach.

»Ja, und dabei ist nichts herausgekommen. Seine Frau hat ihm für die Morde ein Alibi gegeben, aber mittlerweile frage ich mich, ob wir darauf vertrauen können.«

»Wir sollten da unbedingt dranbleiben«, sagte Stutter nachdenklich.

Schließlich hatten sie ihr Ziel erreicht, und Carolin parkte den Wagen. »Was versprechen Sie sich eigentlich von dem Besuch hier?« Die Beamtin machte keinen Hehl daraus, dass sie den Ausflug nach Ludwigsburg für Zeitverschwendung hielt.

»Ich sortiere aus«, antwortete ihr der Kollege ernst und ließ den Blick über das Winterquartier der Schaustellertruppe Baltein & Co. und deren beeindruckenden Fuhrpark schweifen. Die Geschäfte mussten gut laufen, denn alles sah neu und gepflegt aus.

Stutter spürte die bohrenden Blicke seiner Kollegin und wandte sich ihr zu. »Diese Schausteller spielten bei den Ermittlungen vor fünfundzwanzig Jahren augenscheinlich eine große Rolle. Hat man Baltein & Co. damals zu Unrecht ins Visier genommen, oder waren die Kollegen auf dem richtigen Weg? Ich denke, es wird Zeit, diese Frage zu klären.«

Als Erstes begegnete den Beamten ein dürrer, schlaksiger Kerl, dessen Gesicht geschwollen war und alle Farbschattierungen zwischen dunkelblau und hellgrün zeigte. Als Stutter seinen Dienstausweis zückte, hatte er den Eindruck, der so schon sehr schlanke Körper des Mannes würde sich wie eine Tüte, die man gerade vakuumierte, zusammenziehen. Fast rechnete der Hauptkommissar damit, dass sein Gegenüber wie ein aufgeschrecktes Kaninchen kehrtmachen und davonhoppeln wollte, aber noch bevor der dürre Mann Luft holen konnte, tauchte plötzlich eine blonde Frau auf und hakte sich bei ihm unter.

»Eddi, willst du mir nicht deinen Freund vorstellen?« Die Frau mit dem stark geschminkten Gesicht warf dem Beamten einen Blick zu, der weit mehr als nur ihr Interesse an seinem Namen signalisierte.

Carolin Kettler räusperte sich und gab sich als Polizistin zu erkennen. Dabei klang sie so, als würde sie eine Armee anführen, mit der sie vorhatte, das Winterlager der Schausteller nicht nur einzunehmen, sondern auch dem Erdboden gleichzumachen.

Die Blonde mit den Leopardendruck-Leggins hob angriffslustig eine Augenbraue und erwiderte gereizt: »Eddi, hol Jo hierher. Sag ihm, wir haben Besuch!«

Sie hatte den Satz noch nicht beendet, da flitzte Eddi auch schon davon, und Stutter war sich sicher, dass er den Mann nie wieder zu Gesicht bekommen würde.

»Was haben wir euch denn getan, dass ihr uns dauernd belästigen müsst?«, knurrte die Frau nun ungehalten in Carolins Richtung. »Wir sind ehrliche Leute und müssen hart für unser Geld arbeiten.«

»Wie heißen Sie?« Die Polizistin blieb bei ihrem militärischen Tonfall.

»Was geht Sie das an?«, gab die Fremde gereizt zurück, klang aber bereits etwas weniger selbstsicher. »Ich muss gar nichts …«

»Rosi«, wurde die Blonde plötzlich von einem Mann unterbrochen, der mit strahlendem Lächeln und eiligen Schritten auf die Polizisten zukam.

»Mein Name ist Joachim Baltein«, sagte er nun und reichte den Ermittlern die Hand. »Bitte kommen Sie in mein Büro, dort können wir alles besprechen.«

Er warf Rosi einen kurzen Blick zu und ruckte ganz leicht mit dem Kopf. Diese winzige Bewegung genügte offensichtlich, um sie anzuweisen, schleunigst zu verschwinden, denn im nächsten Augenblick machte sie auf ihren hohen Absätzen kehrt und stöckelte davon.

Carolin hatte sofort ein klares Bild von dem Mann, der sich ihnen gerade vorgestellt hatte. Sie hielt ihn für einen cleveren Kleinkriminellen, der das Katz- und Mausspiel mit der Polizei ausgezeichnet beherrschte. Er führte sie in einen geräumigen Wohnwagen und bat sie, Platz zu nehmen. Auf dem Weg dorthin kam sich die Hauptkommissarin so vor, als hätte sie eine ansteckende Krankheit – die Mitglieder der Schaustellertruppe schienen sich in Luft aufzulösen, sobald sie die Beamten kommen sahen, und eine Frau scheuchte sogar ihre Kinder in den Wohnwagen.

Erfreulicherweise stellte sich das Innere des Büro-Caravans als sauber und komfortabel heraus.

»Wie kann ich der Polizei behilflich sein?«, fragte Baltein gut gelaunt und lehnte sich bequem in seinem Stuhl hinter dem Schreibtisch zurück. Er machte keinesfalls den Eindruck, nervös zu sein.

»Wir ermitteln in einem Mordfall«, fiel Stutter deshalb mit der Tür ins Haus, um sein Gegenüber ein wenig aus der Reserve zu locken.

Das Manöver glückte, denn Joachim Balteins Gesichtszüge entgleisten für einen kurzen Moment. Die Selbstherrlichkeit wich der Panik. Dann hatte er sich jedoch wieder unter Kontrolle und sagte mit aufgesetztem Lächeln: »Und welche Rolle haben Sie dabei für mich vorgesehen?«

»Das wird sich zeigen«, erwiderte Stutter knapp, und

Baltein sah verwirrt zu Carolin, die ihn mit ihrem üblichen eisigen Blick fixierte.

»Sollte ich vielleicht besser meinen Anwalt anrufen?«, entschied sich der Leiter der Schaustellertruppe nun einen anderen Kurs einzuschlagen. »Die Zeiten haben sich geändert. Das fahrende Volk, Herr Hauptkommissar, lässt sich nicht mehr herumschubsen. Ich und meine Leute haben genug von Willkür und Vorverurteilung.«

»Wer hat das nicht?«, erwiderte Stutter gelassen und schlug lässig die Beine übereinander. »Führen wir einfach eine höfliche Unterhaltung.« Er spielte gleich seinen nächsten Trumpf aus, in der Hoffnung, Baltein würde dadurch zugänglicher werden. Die Überprüfung der Mitglieder hatte nämlich ergeben, dass sein Bruder bereits wegen Körperverletzung vorbestraft war. »Es geht vorerst nicht um Ihren Bruder Kalli«, sagte Stutter freundlich.

Carolin, die Baltein beobachtete, glaubte, Erleichterung aus seinen Gesichtszügen herauszulesen.

»Wir möchten Ihnen nur einige Fragen stellen, betreffend Ihrer Verbindung zur Gemeinde Pfetzertal.«

Die Erleichterung war verschwunden, Joachim Balteins Gesicht wurde starr. »Wann hört das endlich auf? Sie haben doch schon vor fünfundzwanzig Jahren alles darangesetzt, unseren Ruf zu ruinieren. Wir hatten jahrelang keine Engagements mehr in der Gegend.«

»Soweit wir wissen, lag das daran, dass Sie Ihre Aktivitäten nach Norddeutschland verlegt haben.«

»Oh«, sagte Baltein mit ironischem Unterton, »Sie haben fleißig Akten gewälzt.«

»Wir benutzen Computer, aber ja, wir waren fleißig«, sprach Stutter ruhig weiter.

Tatsächlich war es nicht so einfach gewesen, etwas über die Schaustellertruppe herauszufinden. Es gab wenige Aufzeichnungen, und Stutter lehnte sich weit aus dem Fenster, als er so tat, als wüsste er Bescheid.

»Sagen Sie uns einfach, warum Sie nach all den Jahren wieder nach Pfetzertal zurückgekehrt sind«, schaltete sich nun Carolin ein.

»Sie wollen uns doch nicht etwa diese schrecklichen Morde anhängen? Das hätte ich mir ja denken können. Aber wie Sie sicher wissen, liegt das Volksfest Monate zurück, und da gab es keine Toten, seither hatten wir dort keine Engagements mehr«, rief er gereizt.

»Ludwigsburg ist ja nun nicht weit von Pfetzertal entfernt«, hielt Carolin dagegen.

Baltein warf ihr einen bösen Blick zu.

»Wieso sind Sie nach all den Jahren dorthin zurückgekehrt?«, fragte Sutter erneut.

Der Mann schwieg, und der Hauptkommissar glaubte schon, das Gespräch würde an dieser Stelle enden. Anscheinend dachte Baltein daran, seinen Anwalt einzuschalten, rang sich dann aber doch dazu durch, den Beamten zu antworten.

Langsam zog er eine Schublade auf, und Carolin griff automatisch an ihre Dienstwaffe.

»Ruhig Blut, Frau Polizistin, wir betreiben keine Wildwestshow. In meinem Schreibtisch gibt es nur Papier.«

Mit einer lässigen Handbewegung warf er den Beamten einen dicken Prospekt über den Tisch. »Das sind Marktanalysen, haben mich ein Schweinegeld gekostet.« Er präsentierte ihnen noch weitere Unterlagen. »Meine Bilanzen, Geschäftsberichte und so weiter. Ich habe den Betrieb von meinem Vater übernommen. Er war ein einfacher Mann. Nach dem Zwischenfall in Pfetzertal und den vielen Verhören weigerte er sich, die Gegend je wieder zu bereisen. Deshalb gingen wir in den Norden. Also dank Ihrer Leute, die uns regelrecht vertrieben haben.«

»Das stimmt nicht, und das wissen Sie auch«, konnte Carolin Kettler nicht an sich halten.

»Mein Vater«, entgegnete Joachim Baltein genervt, »hat es aber so empfunden, er hat sich geschämt.«

»Aber Sie sind wieder hier«, stellte Stutter sachlich fest. »Wie kam das?«, bohrte der Hauptkommissar, der davon überzeugt war, dass sein Gegenüber nur die halbe Wahrheit erzählte, weiter.

Baltein beruhigte sich und fuhr beherrscht fort. »Als mein Vater starb, übernahm ich zusammen mit meinem Bruder den Betrieb. Jeder, der glaubt, ein Schausteller würde das romantische Leben eines Vagabunden führen, liegt falsch. Heute ist das Gewerbe ein hartes Business, die alten Zeiten sind schon lange vorbei. Und wer das nicht kapiert, der kann seinen Laden schließen.«

Stutter begann zu verstehen und blätterte durch die Berichte, die ihm Baltein vorgelegt hatte.

»Für uns gelten die gleichen Regeln wie für jeden anderen Betrieb; ob Autoteilezulieferer oder Bäckerei, wir müssen den Markt akzeptieren. Im Stuttgarter Raum lassen sich zu gute Umsätze machen, als dass wir das wegen einem gekränkten Ehrgefühl ignorieren könnten. Ich habe große Investitionen getätigt.« Er deutete mit dem Kinn auf die Papiere. »Das können Sie alles nachlesen. Jetzt muss ich zusehen, dass die sich rentieren. Deshalb strecken wir unsere Fühler deutschlandweit aus. Unserem Terminkalender werden Sie entnehmen, dass Pfetzertal nur eine Station von vielen war.«

Stutter nickte und sagte: »Pfetzertal war allerdings die größte Veranstaltung, und normalerweise ist es sehr schwer, so ein Engagement zu bekommen, vor allem, wenn man so lange weg vom Fenster war.«

»Worauf wollen Sie hinaus?«, fragte Baltein, der auf der Hut war.

»Wie haben Sie den Zuschlag bekommen?«, fragte Stutter nun ganz direkt.

»Ich wüsste nicht, was Sie das angeht.«

Der Hauptkommissar lächelte dünn. »Soll ich eine offizielle Untersuchung daraus machen?«

Auf Balteins Stirn bildete sich ein Schweißfilm, bevor er antwortete: »Was springt dabei für mich raus?«

Während Carolin Kettler ob dieser Dreistigkeit empört nach Luft schnappte, grinste Stutter lediglich zufrieden. Er hatte die richtigen Knöpfe gedrückt und hoffte nun auf ein paar Antworten.

»Sie sagen mir, wieso ausgerechnet Ihre Truppe den Zuschlag erhalten hat, und bitte« – er sah Baltein scharf an – »ersparen Sie mir den Blödsinn vom fairen Auswahlverfahren. Ich habe recherchiert, es gibt bestimmt eine Handvoll Betriebe, die genauso infrage gekommen wären und im Gegensatz zu Ihnen seit Jahren ihre Fahrgeschäfte in der Gegend betreiben. Sollte mich Ihre Antwort zufriedenstellen, dann sind Sie uns los. Wenn nicht, dann werden Ihre Winterferien garantiert sehr ungemütlich.« Mit einem Mal veränderte sich Stutters Stimme. Es klang, als würde eine scharfe Stahlklinge durch die Luft sausen, als er jetzt zischte: »Reden Sie, oder ich schließe Ihnen den Laden.«

* * *

Zur gleichen Zeit auf der Polizeiwache in Pfetzertal

Der Fernsehbericht wiederholte sich jetzt zum x-ten Mal. Bilder von Annas Leichnam am Gerüst der Vogelscheuche, ein Reporter, der Anteilnahme heuchelte, und eine Bürgermeisterin, die versuchte den Ruf der Stadt zu retten, indem sie dem Mörder harte Strafen androhte.

Jasmin nippte an einem scheußlich schmeckenden Kaffee und verdrängte jeden Gedanken an ihre gescheiterte Ehe, Gerrys gewaltsamen Tod und das Eingeschlossensein in der Zelle.

Sie blickte erneut zum Bildschirm. Wenn sie noch zwei weitere Ausstrahlungen sehen würde, dann könnte sie vermutlich den Text mitsprechen. Daher wusste sie auch, dass jetzt ein Interview mit Marek Pawlak folgen würde.

Schon erschien der Schwiegersohn von Friedhelm Ehler auf der Mattscheibe. Es war klar, dass er den Fragesteller verabscheute, trotzdem ließ er sich zu ein paar Antworten hinreißen. Die Szene war direkt vor dem Wohnhaus der Familie gedreht worden. Der Kameramann schwenkte zu dem jetzt leeren Gerüst der Vogelscheuche, dann folgte eine Totale auf Pawlak, der ein wütendes Gesicht machte.

»Wie gehen Sie damit um, dass man in Ihrem Vorgarten ein junges Mädchen aufgehängt hat?«, fragte der Journalist, dem es gelang, trotz der flapsigen Formulierung Mitgefühl in seine Stimme zu legen.

Irritiert wanderten Mareks Augen zu dem besagten Acker, dann stammelte er nervös, sich der großen Zuschauerzahl bewusst werdend, die ihn später sehen würde: »Das ist tragisch, aber nicht unsere Schuld.«

Er lieferte dem Reporter damit eine Steilvorlage, denn sofort stürzte der sich auf diese Bemerkung wie ein Wolf aufs Lamm. »Und wessen Schuld ist es dann?«, hakte er scheinbar harmlos nach.

Mareks Nasenflügel bebten, und nur einem völlig unsensiblen Menschen wäre entgangen, dass es ihm ein regelrechtes Bedürfnis war, diese Frage zu beantworten. Die Informationen sprudelten aus seinem Mund wie Wasser aus einer Quelle. Er gestikulierte wild, verhaspelte sich mehrmals, dachte aber nicht daran, seine Beschimpfungen vorzeitig enden zu lassen.

»Die Gier der Menschen steckt dahinter! Diese Gemeinde weiß nicht mehr, was sich gehört. Unsere Bürgermeisterin will uns weismachen, dass der Golfplatz etwas Gutes ist, dass er besser ist als die Erde, die uns ernährt. Wir sehen doch, wohin das führt!«, schrie er aufgebracht. »Es gibt mittlerweile Tote. Die kleine Anna Ting ist gestorben, und es werden bestimmt noch weitere folgen. Sybille Nahlang ist eine Lügnerin. Sie verspricht Reichtum, aber in Wirklichkeit bringt sie uns den Tod.«

»Man wird Ihnen doch sicher eine angemessene Entschädigung zahlen«, goss der Reporter Öl ins Feuer, drehte sich kurz selbst in die Kamera und erläuterte mit wenigen Worten, dass der Golfplatz direkt auf dem Gelände von Pawlaks Schwiegervater realisiert werden sollte.

Schäumend vor Wut fuhr der Pole nun fort, über die Verderbtheit der Menschen zu sprechen. Dann erreichte das Interview seinen Höhepunkt. Die Tür wurde aufgerissen, und eine völlig entgeisterte Ina betrat die Szene.

»Marek!«, rief sie entsetzt, während der Reporter Anweisung gab, weiter draufzuhalten.

»Frau Pawlak«, wandte er sich blitzschnell an die Frau im Türrahmen. »Werden Sie sich nun gegen das Golfplatzprojekt stellen?«

»Was?« Ina war überfordert und sah unsicher in die Runde. Vor Schreck kam sie gar nicht auf die Idee, wieder ins Haus zurückzukehren; stattdessen versuchte sie die Wogen zu glätten, indem sie sagte: »Mein Mann ist aufgeregt. Das, was mit Anna geschehen ist, war einfach furchtbar, aber das ändert nichts an unseren Plänen.«

Marek hatte vermutlich in seiner Rage die Kamera vergessen, denn ohne die geringste Zurückhaltung widersprach er seiner Frau massiv: »Du weißt nicht, was du da sagst. Du und dein Vater, ihr begeht einen schweren Fehler. Das ist nicht richtig.«

»Ich bitte dich«, versuchte Ina ihren Mann zu beschwichtigen, und mit einem eindeutigen Nicken Richtung Kamera wollte sie ihm klarmachen, dass alles, was er gerade sagte, aufgezeichnet wurde. Aber Marek ließ sich nicht bremsen. Er stieß noch mehrere wütende Flüche aus, beschimpfte weiter die Stadt, die Bürgermeisterin und letzten Endes seine Frau, bevor er wütend Richtung Scheune davonstapfte.

Dieses unbedachte Verhalten rückte die Familie von Friedhelm Ehler nun seit Tagen in den Fokus der Öffentlichkeit.

Mit schlechtem Gewissen dachte Jasmin daran, dass sie selbst dadurch dem Medienrummel entkommen war. Gerrys Tod schien daneben nämlich keine Schlagzeile mehr wert zu sein. Die Polizistin, die ihren Ehemann kaltblütig ermordet hatte, war Schnee von gestern. Und für den Hausmeister, der seine Ersparnisse und anschließend die Beherrschung verloren hatte, interessierte sich auch niemand mehr. Die Kommissarin verdrängte erneut die Gedanken an ihr eigenes Schicksal und widmete sich wieder ihren Computerrecherchen.

* * *

Währenddessen zerrte Baltein umständlich ein Papiertaschentuch aus seiner Jeans und wischte sich damit über die Stirn. Schließlich hatte er seine Entscheidung getroffen.

»Ich bin Geschäftsmann und muss an mein Unternehmen denken. Ich will deshalb Ihr Wort, dass Sie die Informationen vertraulich behandeln.«

Dieses Mal lachte Stutter amüsiert. »Übertreiben Sie es nicht. Ich mache Ihnen ganz sicher keine Versprechungen. Allerdings können Sie davon ausgehen, dass wir schon in unserem ureigensten Interesse unsere Quellen nicht jedem preisgeben. Mehr Zusagen werden Sie von mir nicht bekommen. Also bitte, reden Sie endlich!«

Der Chef der Schaustellertruppe verzog das Gesicht, die Antwort entsprach nicht ganz seinen Erwartungen. Aber nachdem er seine Optionen abgewogen hatte, begann er trotzdem auszupacken: »Ich habe einen Handel abgeschlossen.«

Während Carolin Kettler überrascht reagierte, blieb Stutter völlig gelassen, so als hätte er genau diese Aussage erwartet.

»Können Sie etwas deutlicher werden?«, bat er Baltein zwar freundlich, jedoch mit einem leicht sarkastischen Unterton.

»Wie deutlich soll ich denn noch werden?«, fuhr dieser den Hauptkommissar ungeduldig an. »Es stimmt, was ich Ihnen gesagt habe. Mein Vater war ein stolzer Mann. Er hat es als Beleidigung empfunden, was damals geschehen ist. Man hat uns alle wie Verbrecher behandelt, da hat er sich geschworen, nie wieder einen Fuß in die Region zu setzen. Aber so kann man heute kein Fahrgeschäft führen, also habe ich nach seinem Tod den Stolz heruntergeschluckt und angefangen, Engagements auszuhandeln. Und Pfetzertal war der perfekte Einstieg für Süddeutschland. Dort konnten wir uns hervorragend präsentieren, und so war es dann auch. Unser Terminkalender hat sich danach gut gefüllt.«

»Kommen wir zu dem Teil, an dem Sie einen Handel abgeschlossen haben«, führte Stutter das Gespräch wieder zurück.

Baltein fühlte sich nicht wohl in seiner Haut, gab sich dennoch einen Ruck: »Ich habe Sybille Nahlang aufgesucht.«

»Die Bürgermeisterin von Pfetzertal?«, warf Carolin ein.

»Ja, welche denn sonst?«, blaffte der Leiter der Schaustellertruppe ungeduldig. »Jedenfalls machte ich ein wenig Druck.« Als er die Gesichter der Beamten sah, hob er sofort die Hände, als würde man ihn mit einer Waffe bedrohen. »Nicht, was Sie denken. Ich habe ihr nichts getan. Ich wollte Sie lediglich an eine alte Schuld erinnern.«

»Wie darf ich das verstehen?«, fasste Stutter sofort interessiert nach.

»Es ging um ihren Vater. Der alte Bürgermeister von Pfetzertal war ein gerissener Gauner. Wenn Sie so fleißig waren, wie ich annehme, dann ist Ihnen sicher nicht entgangen, dass sein Töchterchen auf großem Fuß lebt. Vermutlich deshalb, weil Papa ihr ein großzügiges Erbe hinterlassen hat. Aber da sehen Sie wahrscheinlich nicht so genau hin, was?«, bemerkte jetzt Baltein sarkastisch. »Nun, letzten Endes ist es mir gleichgültig, was Sie mit dieser Information anfangen. Fakt ist jedenfalls, dass sich der alte Bürgermeister die Taschen gefüllt hat. Um den Jahrmarkt ausrichten zu dürfen, musste ihm mein Vater einen ordentlichen Anteil bezahlen. Sicher waren wir nicht der einzige Betrieb, der gezahlt hat.«

»Und das haben Sie Frau Nahlang gesagt?«, führte Stutter die Befragung weiter. »Wie hat sie darauf reagiert?«

»Was glauben Sie denn?«, antwortete Baltein grinsend. »Die ist genauso abgebrüht, wie es einst ihr Alter war. Wollte mich abfertigen, behauptete, ich könnte das nicht beweisen.«

»Können Sie es denn beweisen?«, mischte sich Carolin ein.

Baltein entgegnete mit einem selbstzufriedenen Gesichtsausdruck: »Ich sage Ihnen jetzt das Gleiche, was ich auch Frau Nahlang gesagt habe. In unserer Truppe gibt es mindestens zehn Personen, die vor fünfundzwanzig Jahren dabei waren und sich noch sehr genau an die Besuche des Bürgermeisters von Pfetzertal erinnern können. Trotzdem hat keiner etwas gesagt, als wir damals von der Polizei wegen der Morde befragt wurden. Ich finde, dass man uns deshalb etwas schuldig war.«

»Sybille Nahlang hat sich darauf eingelassen?«, fragte Stutter.

»Natürlich. Sie wollte wohl nicht riskieren, dass der Ruf ihres Vaters mit Geschichten über Bestechlichkeit ruiniert wird. Gewiss würde das auch ihrer Wiederwahl schaden. Nicht zu vergessen, dass damals eine Mordermittlung lief. Das lässt reichlich Raum für Spekulationen.«

»Sie haben die Frau erpresst«, konnte sich Carolin nicht verkneifen zu sagen.

Baltein verzog das Gesicht und tat so, als wäre er gekränkt. »Nun übertreiben Sie aber. Sie schuldete mir etwas, das war alles. Ich sagte bereits, ich bin Geschäftsmann, da ist es durchaus üblich, auch einmal einen Gefallen einzufordern.«

Stutter war zufrieden, zumindest ein Puzzleteilchen an seinen Platz schieben zu können, aber das reichte natürlich noch längst nicht, um das Gesamtbild zu erkennen. Routinemäßig fragte er deshalb: »Wie war Ihr Aufenthalt in Pfetzertal? Gab es irgendwelche Vorkommnisse, irgendetwas, das Sie uns vielleicht noch mitteilen möchten, auch in Ihrem eigenen Interesse. Ich brauche nicht zu erwähnen, dass wir umso schneller wieder verschwunden sind, je mehr Informationen wir erhalten.«

»Sie verstehen es ebenfalls, Gefälligkeiten einzufordern, nicht wahr?« Baltein gluckste. Aber als er die ernste Miene des Hauptkommissars bemerkte, riss er sich wieder zusammen und sagte schnippisch: »Mit mehr als einem verschwundenen Karton Strohpuppen kann ich leider nicht aufwarten.«

Joachim Baltein wusste daraufhin nicht, wie ihm geschah. Man legte ihm die Fotografie einer verdreckten Strohpuppe vor, und als er bestätigte, dass seine genau so ausgesehen hatten, verwandelte Stutter das Winterquartier in ein großes Vernehmungszimmer. Jeder wurde eingehend zu den Puppen befragt. Fred, der Losverkäufer, tat sein Bestes, die Geschehnisse den verlorenen Karton betreffend wiederzugeben, und als Stutter schließlich erfuhr, woher die Strohpuppen stammten, verständigte er sofort Jasmin, um eine Verhaftung vorzubereiten.

»Verdammt! Also doch Marek Pawlak und eventuell auch seine Frau«, fluchte Carolin Kettler laut, als sie den Wagen über die Autobahn lenkte.

* * *

Grundstück von Friedhelm Ehler

Die Scheune lag im Halbdunkel. Als Ina eintrat, blieb sie blinzelnd hinter der Tür stehen, um ihre Augen an das schwache Licht zu gewöhnen.

»Marek?«, rief sie nach ihrem Ehemann. Seit diesem schrecklichen Interview hatten sie kaum noch miteinander gesprochen.

Sie erlebte ihn als Fremden. Er zeigte keinerlei Einsicht und benahm sich wie ein trotziges Kind. Obwohl er für ein vernünftiges Gespräch nicht zugänglich schien, wollte sie es heute noch einmal versuchen.

In der hintersten Ecke der geräumigen Scheune gab es eine Werkbank. Sie vernahm ein leises Geräusch und vermutete, dass sich ihr Mann dort aufhielt.

Ina bewegte sich durch den düsteren Raum und sagte versöhnlich: »Wir sollten miteinander reden.«

Dass keine Antwort folgte, wunderte sie nicht. Ihr Mann konnte bisweilen äußerst stur sein.

»Marek«, sagte sie daher geduldig und zuckte im nächsten Moment heftig zusammen, als plötzlich eine Gestalt aus den dunklen Schatten auftauchte.

»Meine Güte«, stotterte sie atemlos, »bin ich jetzt erschrocken.« Sie lächelte zaghaft. »Ich hatte nicht erwartet …«

Mehr konnte sie nicht sagen, denn im nächsten Augenblick wurde ihr eine Nagelpistole an die Stirn gehalten und abgedrückt. Ein langer, spitzer Nagel durchschlug mit hoher Geschwindigkeit das Stirnbein und blieb in der weichen Gehirnmasse dahinter stecken.

Ina, immer noch die Augen aufgerissen, blickte fassungslos in das Gesicht ihres Gegenübers. Fast sah es so aus, als wollte sie noch die Frage nach dem Warum stellen, aber dafür blieb ihr keine Zeit. Sie sackte auf die Knie.

Die Nagelpistole wurde ihr erneut gegen den Schädel gedrückt, dieses Mal direkt in der Mitte des Scheitelbeins. Und dann schien eine Art Zwang von der mörderischen Hand Besitz ergriffen zu haben, denn innerhalb der nächsten Sekunden erklang immer wieder das gedämpfte Klacken, das beim Abdrücken des luftdruckbetriebenen Werkzeugs entstand und erst verstummte, als das Magazin leer und damit alle Nägel verschossen waren. Inas Kopf glich einem lieblos bestückten Nadelkissen. Blut floss aus den Wunden und verklebte das Haar der Frau. Durch die Hast, mit der die Tat ausgeführt worden war, hatte sie nicht einmal mehr ein letztes Mal in die Augen ihres Mannes blicken können.

Dieser saß gefesselt auf einem alten Stuhl, riss an den Seilen, stemmte sich gegen die Streifen des Panzerbands, die seine Arme festhielten, und versuchte aus Leibeskräften um Hilfe zu schreien. Der Knebel, gefertigt aus einem terpentingetränkten alten Lappen, erstickte Mareks Rufe. Er war dazu verdammt gewesen, dem Sterben seiner Frau zuzusehen. Tiefe Trauer überkam ihn, als er an die letzten Tage dachte. Wie belanglos plötzlich alles war. Nichts weiter als ein sinnloser Streit, der ihn vom Wesentlichen abgelenkt hatte. Er würde keine zweite Chance bekommen, das wusste er. Nur zu gerne wäre er für Ina gestorben, hätte ihr das Leiden abgenommen. Allerdings spürte er tief in seinem Inneren, dass Ina so oder so verloren gewesen war. Denn der Tod hielt Ausschau nach einem Duo. Marek dachte an die Doppelmorde und fragte sich, wie sie alle hatten so blind sein können. Hätte ihnen nicht auffallen müssen, dass mitten unter ihnen ein mordendes Monster wandelte?

Noch einmal bäumte sich Mareks Körper auf, als er trotz des Wissens um die Sinnlosigkeit seines Unterfangens gegen das Unvermeidliche ankämpfen wollte. Auch ihm wurde der Druckluftnagler an den Kopf gehalten. Das Magazin war erneut gefüllt worden, und die eiserne Munition wurde zuerst in Mareks rechte Schläfe getrieben. Er zuckte zur Seite, sodass der zweite Nagel in seinem Ohr landete, bevor er reglos in sich zusammensackte und die restlichen Geschosse folgten, die sich am Ende kreisförmig wie ein metallener Kranz um seinen Schädel reihten.

Dieses Mal wurde nicht gesprochen; es war nicht notwendig, etwas zu sagen. Mechanische Handgriffe folgten. Mareks Augenlider wurden abgetrennt. Eines landete auf dem Boden, das andere rutschte über seine Schulter, den Rumpf entlang, bis es sich wie ein überdimensionaler Fussel am Reißverschluss der Jacke des Toten verfing.

Dann widmete man sich Ina. Die in unterschiedlicher Länge aus dem Schädel abstehenden Nägel verliehen ihr das bizarre Aussehen einer übertrieben gestalteten Geisterbahnfigur. Niemand hätte sich bei einer Fahrt durch die dunklen Tunnel wirklich vor ihr gegruselt, aber hier in der Scheune, umgeben von den durchdringenden Gerüchen des Todes, wären sie alle vor Grauen erstarrt.

Grob wurde Ina jetzt die Kleidung vom Leib gerissen, bis ihr Oberkörper nackt war. Dann folgte ein tiefer Schnitt mit dem Messer unterhalb der linken Brust. Lippen deuteten einen Abschiedskuss an, bevor das Strohpüppchen in die Wunde gelegt wurde. Die Finger, die es zwischen das weiche, noch warme Fleisch gebettet hatten, beeilten sich nun, den Schnitt zuzunähen. Noch immer sickerte Blut aus der Wunde. Mit jedem Stich wurde die Haut zusammengezogen, und langsam verschwand das Püppchen zwischen den sich schließenden Hautlappen.

Ein letzter Blick auf Marek, ein bedauerndes Kopfschütteln, bevor der Funke eines Streichholzes auf den terpentingetränkten Knebel sprang. Die Flammen schossen in die Höhe, sahen aus, als kämen sie direkt aus dem Schlund des Toten, und bemächtigten sich dann des Rests seines Körpers, von wo sie sich wie gierige Schädlinge in der ganzen Scheune ausbreiteten.

* * *

Kapitel 12

Jasmin Nau machte sich mit zwei Beamten auf den Weg, um Marek Pawlak abzuholen. Als sie jedoch das Gelände von Friedhelm Ehler erreichten, hatte die Feuerwehr die Zufahrt versperrt. Die Löscharbeiten waren in vollem Gange, und die ersten Vertreter der Presse fanden sich wieder einmal auf Ehlers Grundstück ein.

Die Feuerwehrleute hatten alle Hände voll zu tun und konnten letzten Endes doch nicht verhindern, dass die Scheune abbrannte.

Unter zwei dunklen Planen lagen die Leichen der beiden Opfer, man hatte sie aus dem brennenden Gebäude gezogen. Was hätten die Retter sonst auch tun sollen? Als sie den in Flammen stehenden Mann auf dem Stuhl sahen, wussten sie bereits, dass jede Hilfe für ihn zu spät kommen würde. Trotzdem überließen sie ihn nicht seinem Schicksal, sondern verschafften ihm einen letzten Rest Würde, indem sie das Feuer, das seinen Körper erfasst hatte, erstickten und ihn nach draußen brachten. Außerdem ermöglichten sie auf diese Weise der Gerichtsmedizin, Spuren zu finden. Die weibliche Tote war beim Eintreten der Feuerwehrleute noch nicht von den lodernden Flammen erfasst worden. Die unmenschlichen Dinge, die man ihr angetan hatte, blieben daher für alle sichtbar. Die aus dem Kopf stehenden Nägel, das Blut und die grobe Naht unter ihrer nackten Brust ließen keinen Zweifel daran, dass auch sie Opfer eines Verbrechens geworden war.

In der Scheune hatten die Feuerwehrmänner nur reagiert, so wie man es ihnen beigebracht und wieder und wieder in unzähligen Übungen wiederholt hatte. Erst außerhalb des brennenden Gebäudes begriffen sie das ganze schreckliche Ausmaß ihres Fundes.

Jeder tat seine Arbeit und sorgte dafür, dass nicht noch weitere Menschen verletzt wurden. Unter diesen Umständen konnte man auch niemandem einen Vorwurf machen, dass es Friedhelm Ehler im herrschenden Chaos gelang, ungehindert die Plane, die seine Tochter bedeckte, zurückzureißen, und er daher schonungslos mit ihrem qualvollen Ende konfrontiert wurde. Er schrie, weinte, und schließlich saß er etwas abseits in eine Rettungsdecke gehüllt stumm da und starrte ins Leere.

Jasmin hatte die Gerichtsmedizin verständigt und natürlich auch Stutter. Der hatte kaum etwas gesagt. Allerdings waren die wenigen, wütend ausgesprochenen Worte genug, um seine Fassungslosigkeit zu erkennen.

Der Brandmeister tippte Jasmin auf die Schulter. Sie drehte sich um und blickte in das Gesicht eines Mannes Mitte dreißig, der sie auf eine eigenartige Weise musterte, so als würde er überlegen, wo er sie schon einmal gesehen hatte. Die Kommissarin nahm an, dass er sie aus der Presse kannte. Ihr lag schon eine giftige Bemerkung auf der Zunge, als sie sich gerade noch rechtzeitig besann. Alle hier waren am Ende ihrer Kräfte, niemand hatte heute Freude an seinem Beruf. Deshalb bemühte sie sich, ihren Ärger herunterzuschlucken und stattdessen das Gespräch zu nutzen, um möglichst viel über den Tathergang zu erfahren.

»Sie haben die Leichen gesehen?«, fragte der Mann, und ein besorgter Ausdruck erschien auf seinem Gesicht.

Auch das nahm ihm Jasmin übel, denn es erweckte den Eindruck, er würde ihr als Frau nicht zutrauen, so etwas zu verkraften. Trotzdem blieb sie beherrscht. »Ja«, antwortete sie knapp.

»Der männliche Tote ist schwer verbrannt, er war direkt im Zentrum des Feuers, um nicht zu sagen, dass er das

Zentrum war. Man hat ihn angezündet. Dann haben sich die Flammen ausgebreitet. In der Scheune gab es genug brennbare Materialien.« Er zog einen Notizblock aus der Tasche und kritzelte schnell die Umrisse des Gebäudes aufs Papier. »Sehen Sie, hier haben wir den Brandherd ...« Ein kleines Kreuz ersetzte den Leichnam von Marek Pawlak, und Jasmin war dankbar dafür, dass der Feuerwehrmann sich bemühte, die Geschehnisse möglichst abstrakt zu beschreiben. Er fuchtelte mit seinem Bleistift und erklärte der Kommissarin, wie sie sich die Ausbreitung des Feuers vorstellen musste. Der Weg der Flammen hatte nicht unmittelbar zu Inas Leiche geführt, was erklärte, warum deren Körper noch so gut erhalten war.

Sie tauschten die E-Mail-Adressen ihrer Dienststellen aus, und Jasmin hörte den Brandexperten noch sagen: »Ich bedauere sehr, dass wir nicht mehr für die beiden tun konnten.«

Die Kommissarin nickte und wusste genau, was er meinte. Den Toten gegenüber empfand man immer eine Schuld, auch wenn dafür kein Grund bestand.

Sie machte sich auf den Weg zu Friedhelm Ehler. Er saß auf den Stufen vor seinem Wohnhaus und schien die Welt um sich herum nicht mehr wahrzunehmen. Jemand hatte sich erbarmt und dem Mann eine Tasse in die Hand gedrückt. Die Kommissarin sah den Dampf daraus aufsteigen und vermutete, dass sich Tee oder Kaffee darin befand. Etwas, das sie jetzt auch hätte gebrauchen können. Dann rief sie sich mit schlechtem Gewissen ins Gedächtnis, dass Ehler wohl derjenige war, der Fürsorge nötiger hatte als sie.

»Es tut mir so furchtbar leid«, sagte sie leise und mit tief empfundenem Mitgefühl.

Der Mann nickte kaum merklich, und nur das Rascheln der Folie, die ihn vor der Kälte schützen sollte, ließ erkennen, dass er die Kommissarin überhaupt gehört hatte.

Sie setzte sich neben ihn und stellte sich vor: »Ich bin die Kollegin von Hauptkommissar Stutter.«

Wieder ein leises Knistern der Notdecke, als Ehler nickte.

»Er wird schnellstmöglich hier sein …« Sie zögerte, wusste nicht, ob sie dem Mann eine Befragung überhaupt zumuten konnte.

Friedhelm Ehler kam ihr zuvor, indem er sagte: »Ich war nicht zu Hause, sondern auf meinem Rundgang durch die Ferienanlage, so wie jeden Tag.«

Jasmin nahm diese Information interessiert zur Kenntnis. Bedeutete sie doch, dass sich der Mörder das zunutze hätte machen können. Es wäre für jeden ein Leichtes gewesen, festzustellen, dass Inas Vater nicht zu Hause war.

»Denken Sie, ich bin verflucht?«, fragte Ehler nun unvermittelt.

Die Kommissarin hasste solche Gespräche. Wusste sie doch genau, dass nichts, was sie jetzt darauf antworten würde, dem Mann ein Trost wäre.

»Ich kann dem Tod einfach nicht aus dem Weg gehen. Als mir dieses Mädchen hier vor den Zug sprang, da dachte ich, damit würde es endlich vorbei sein. Aber irgendwie glaube ich mittlerweile, dass das ganze Unglück damit erst angefangen hat«, sprach er leise weiter. Die Tasse umschloss er jetzt mit beiden Händen, ohne daraus zu trinken.

»Ich wollte, dass die zwei ein schönes Leben haben. Ich wollte, dass meine Ina wenigstens ein ordentliches Erbe bekommt. Ich war nie ein besonders guter Vater.« Tränen kullerten ihm über die Wangen, aber er machte keine Anstalten, sie wegzuwischen. Vielleicht bemerkte er auch gar nicht, dass er weinte. Er ließ den Blick über die Trümmer der Scheune schweifen.

»Erst war es mein Beruf, der mir keine Zeit für das Kind ließ, dann die Streitereien, um mein Recht einzufordern, und als ich dann glaubte, alles geregelt zu haben, da wurde mir klar, dass meine Tochter längst erwachsen und ich ein alter Mann war. Alles zu verkaufen, um ihr genug Geld hinterlassen zu können, schien mir das Mindeste, was ich für sie tun konnte. Aber ich habe ihr damit keinen Gefallen getan. Marek und Ina haben sich in letzter Zeit viel gestritten, das war nicht meine Absicht gewesen.«

»Sie meinen, weil Ihr Schwiegersohn nicht hatte verkaufen wollen?«, hakte die Kommissarin nach.

Ehler nickte. »Vielleicht wäre das nicht passiert, wenn ich alles so belassen hätte, wie es war.«

Er begann plötzlich zu zittern; die Tasse rutschte ihm aus den Händen und schlug auf den Steinplatten auf. Scherben verteilten sich in alle Richtungen, und eine dunkle Flüssigkeit floss gemächlich in die Fugen.

Kaffee!, dachte Jasmin und fragte sich, warum man in solchen Momenten ausgerechnet auf die unwichtigsten Details achtete.

Ehler schlug die Hände vors Gesicht und stammelte: »Das ist alles meine Schuld.«

Die Kommissarin fasste den alten Mann an den Schultern und bat ihn aufzustehen. Ohne Gegenwehr ließ er sich schließlich von ihr ins Haus führen und widersprach auch nicht, als ihn später sein Hausarzt vorübergehend ins Krankenhaus einwies.

Stutter erreichte den Tatort zusammen mit Carolin Kettler, gerade als die Leichen von Ina und Marek Pawlak abtransportiert wurden. Er hörte die Ausführungen des Gerichtsmediziners, der bestätigen konnte, dass man der Frau ein Strohpüppchen unter die Haut genäht hatte. Obwohl die tödlichen Verletzungen dieses Mal nicht mit einem Messer, sondern einer Nagelpistole ausgeführt worden waren, bestand für die Beamten kein Zweifel daran, dass sie es mit demselben Täter zu tun hatten.

Der Hauptkommissar besah sich die niedergebrannte Scheune, lauschte Jasmins Bericht und überließ mit grimmiger Miene den Männern und Frauen der Kriminaltechnik das Feld.

Schließlich war es Carolin Kettler, die Jasmin Nau auf der Dienststelle ins Bild setzte, während Stutter sich in eines der Büros zurückzog und alles an Berichten und Aussagen, was sie zu dem Fall hatten, noch einmal durchging.

»Marek Pawlak beziehungsweise seine Familie hatte eine Verbindung zu Baltein & Co. Deshalb sollten Sie ihn zu einer Vernehmung auf das Revier bringen«, erklärte Carolin, die ausnahmsweise auf ihren Exerzierplatztonfall verzichtete. »Die Befragung der Schausteller hat uns tatsächlich weitergebracht. Ihr Chef hatte den richtigen Riecher«, sagte sie stattdessen anerkennend.

»Das hat er meistens«, entgegnete Jasmin automatisch, und es klang weder schnippisch noch ehrerbietig. Es war einfach eine Feststellung.

Carolin legte den Kopf leicht schräg und fixierte die Kollegin, kommentierte das eben Gehörte jedoch nicht, sondern kam zurück zum Thema.

»Diese Strohpuppen stammen von Mareks Mutter und Tanten. Als die Familie nach Pfetzertal kam, haben sich die Frauen mit Handarbeiten jeglicher Art ein Zubrot verdient. Der alte Baltein, der Vater der jetzigen Besitzer, hat es offensichtlich für eine gute Idee gehalten, die Puppen an den Losständen als Trostpreise zu verteilen. Die Pawlaks haben ihm das Zeug vor fünfundzwanzig Jahren kistenweise geliefert, und zwar, wie es so schön heißt, für einen Apfel und ein Ei.«

»Und die Schausteller haben immer noch welche davon?«, fragte Jasmin überrascht.

»Restbestände«, antwortete ihr Carolin. »Der letzte Karton ist denen zufällig …« Sie machte mit den Händen imaginäre Anführungszeichen in der Luft. »... in Pfetzertal abhandengekommen. Verwendet wurden die Puppen allerdings nicht mehr. Die Zeiten haben sich geändert, die Leute verlangen auch von einem Trostpreis eine gewisse Funktionalität, wie beispielsweise bei einem Feuerzeug oder Kugelschreiber. So wurde uns das zumindest von Joachim Baltein erklärt. Erst dachten wir, die Spur führt direkt zu Marek Pawlak, aber jetzt ...«

»Jetzt scheint seine Verbindung zu den Strohpuppen nur ein Zufall zu sein«, brachte Jasmin den Satz zu Ende. »Es sei denn ...« Sie überlegte, ob sie das, was ihr gerade in den Sinn kam, laut aussprechen sollte.

»Was?«, nahm ihr die Frage der Stuttgarter Kollegin die Entscheidung ab.

»Es sei denn, unser Mörder hat Marek getötet, weil der etwas wusste und zum Schweigen gebracht werden musste. Was bedeuten würde, er hat es nur so aussehen lassen, als wären die Pawlaks seine zufälligen Opfer geworden.«

Carolin gab ein leises Schnauben von sich, bevor sie sagte: »Das sollten wir mit Stutter besprechen.«

* * *

Hauptkommissar Jens Stutter hatte Mühe, in dieser Nacht einzuschlafen. Er stand am Fenster seines Hotelzimmers und blickte auf die dunklen Felder von Pfetzertal. Er war sich sicher, dass irgendwo vor seiner Nase die Lösung lag. Immer wieder wälzte er in Gedanken die Aussagen und Protokolle hin und her. Heute hatte er geglaubt, mit Marek Pawlak den Täter gefunden zu haben. Die Verbindung zu den Strohpuppen, der Widerwille des Polen gegen den Golfplatz, die Ortskenntnisse des Mannes und sein Zugang zu den Schlüsseln der Ferienanlage hätten zumindest ausgereicht, ihm ein paar sehr direkte Fragen zu stellen – wenn man die Alibis, die ihm seine Frau Ina gegeben hatte, einmal beiseiteließ. Immerhin war es nicht ungewöhnlich, dass Ehegatten füreinander logen.

Die Bürgermeisterin Sybille Nahlang stand längst nicht mehr hinter ihrer Personalentscheidung, einen Experten vom BKA mit dem Fall betraut zu haben. Das Gespräch mit ihr am späten Abend war deshalb alles andere als angenehm verlaufen. Sie sagte ihm unverblümt, dass sie ihn loswerden wollte, und er konfrontierte sie mit den Anschuldigungen, die Baltein gegen ihren Vater erhoben hatte.

»Wie ich das sehe«, warf ihr Stutter an den Kopf, »haben Sie dem Betrieb von Joachim Baltein den Zuschlag für das Pfetzertaler Volksfest gegeben, um sich selbst einen Vorteil zu verschaffen. Sie haben ihn damit zum Schweigen gebracht«, schleuderte er ihr rücksichtslos entgegen, als sie ihn in ihrer überheblichen Art abservieren wollte.

»Wie können Sie es wagen?«, entgegnete sie übertrieben empört.

»Dann stimmt es also nicht, dass Baltein ihrem Vater vorwirft, während seiner Amtszeit Geld für Gefälligkeiten kassiert zu haben?«

Die Bürgermeisterin lief dunkelrot an und änderte wie ein Fähnchen im Wind ihre Haltung. »Wir sind alle überarbeitet und sollten jetzt nichts Unüberlegtes tun. Ich habe volles Vertrauen in Ihre Fähigkeiten«, log sie, ohne mit der Wimper zu zucken.

Sie war auf ihn zugegangen, hatte ihm die Hand entgegengestreckt, als wollte sie einen Pakt schließen, und in beschwörendem Tonfall gesagt: »Sie werden das doch beenden, oder?«

Das erste Mal, seit er Sybille Nahlang kannte, hatte er geglaubt, so etwas wie Angst bei ihr zu bemerken. Ob sie sich vor den unangenehmen Wahrheiten, die ihren Vater betrafen, fürchtete oder in Panik wegen der ungeklärten Mordfälle geriet, hatte er jedoch nicht einschätzen können. Er war ihr eine Antwort schuldig geblieben und hatte ohne Gruß das Amtszimmer verlassen.

Bei der Erinnerung an diese Begegnung verzog sich sein Gesicht, und ganz gegen seine Art entschlüpfte ihm ein äußerst frauenfeindlicher Ausdruck.

Mit einem Seufzer nippte er an dem Whiskey, den er aus dem Zahnputzbecher trank und der dem überhöhten Minibarpreis nicht annähernd gerecht wurde. Vermutlich würde er morgen mit stechenden Kopfschmerzen aufwachen, falls es ihm überhaupt noch gelingen würde, in dieser Nacht zur Ruhe zu kommen.

Das plötzliche Klopfen an seiner Tür alarmierte ihn deshalb auch sofort. Irgendetwas musste passiert sein, warum sonst sollte ihn jemand mitten in der Nacht aufsuchen?

Er öffnete, ohne sich Gedanken darüber zu machen, dass er nur eine Pyjamahose trug, und blickte in Carolin Kettlers Gesicht. Es war gerötet, so als wäre sie gelaufen und außer Atem.

»Was ist passiert?«, fragte er sofort nervös.

Sie sah ihn mit großen Augen an und stammelte: »Nichts, ich wollte nur … wegen dem Fall …«

Ja, was wollte sie überhaupt? Am liebsten hätte sie in diesem Augenblick auf dem Absatz kehrtgemacht und so getan, als wäre ihr Klopfen an seiner Tür ein Versehen gewesen.

»Wegen dem Fall, ich wollte über den Fall sprechen, er geht mir nicht aus dem Kopf, und ich dachte, Ihnen geht es genauso.«

Es war eine lahme Ausrede, sie wusste das und er vermutlich auch. Allerdings war Stutter viel zu höflich, sich etwas anmerken zu lassen. Sie stand immer noch im Türrahmen, versuchte, nicht auf seinen nackten Oberkörper zu starren, und wünschte sich weit weg.

»Kommen Sie herein«, sagte der Hauptkommissar endlich und gab die Tür frei.

Lässig schnappte er sich seinen Pullover und streifte ihn über. Ohne zu fragen, fischte er ein zweites Fläschchen aus der Minibar, wickelte den anderen Zahnputzbecher, den ihm die Rezeption großzügigerweise ins Bad gestellt hatte, aus der Plastikhülle und reichte ihr einen Drink, während er sagte: »Mir geht es genauso, ich kriege den Fall nicht aus dem Kopf.«

Sie war ungemein erleichtert, dass er ihr tatsächlich abnahm, sie sei nur aus beruflichen Gründen kurz vor Mitternacht bei ihm aufgetaucht. War es ein plötzlicher Anflug von Abenteuerlust oder ein psychotischer Schub gewesen – hinter dem der Wunsch stand, beruflichen Selbstmord zu begehen –, der sie wie ein Groupie in das Zimmer ihres Kollegen geführt hatte?

Sie nippte an dem scharfen Getränk und sah zu Boden. »Ich war noch im Büro«, begann sie sich zu erklären. »Mich beschäftigen die Morde die ganze Zeit, und ich dachte, ich muss mit jemandem darüber sprechen.« Sie sah auf. »Ehrlich gesagt komme ich mir jetzt gerade ein wenig dämlich vor. Ich hätte Sie nicht mitten in der Nacht überfallen dürfen. Es ist wohl besser, wenn ich gehe.«

Sie stellte den Becher auf den Tisch und konnte nicht verhindern, dass ihre Hand dabei zitterte.

Er sagte nichts, beobachtete sie jedoch genau und kam schließlich auf sie zu. Carolin glaubte, er wollte ihr die Tür öffnen, sie setzte schon zu einer Verabschiedung an, da hielt er sie am Arm fest und drehte sie zu sich um. »Warum bist du wirklich hier?«

Seine Stimme war ruhig, fast schon zärtlich. Erst dachte sie, er würde sie bemitleiden – das Letzte, was sie gebrauchen konnte. Keinesfalls wollte sie wirken wie eine verzweifelte, einsame Frau.

»Ich sagte doch, ich wollte über den Fall sprechen. Eine blöde Idee, ich entschuldige mich für die Störung«, gab sie daher giftig zurück, darum bemüht, irgendwie doch noch das Gesicht zu wahren.

Er ignorierte ihren schroffen Ton, zog sie näher zu sich und flüsterte: »Wir sollten jetzt nicht reden.«

Ihre Lippen trafen sich, und in diesem Moment war alles um sie herum vergessen. Ihre Küsse wurden leidenschaftlicher, ihre Umarmung heftiger. Er berührte mit seinem Mund Carolins Hals, genoss ihren Duft, ihre Nähe, während sie sich in seinen Armen sicher und geborgen fühlte.

Gegen Morgen erwachte Carolin eng an seinen nackten Körper geschmiegt. Sie hatte die Narben auf seiner Haut gespürt, und als sie einander leidenschaftlich geliebt hatten, glaubte sie auch die seelischen Wunden zu fühlen, die wie die ihren wohl nie verheilen würden. Sie war viel weiter gegangen, als es normalerweise ihre Art war, aber diese kleine Pause von sich selbst war nun vorbei. Obwohl sie vorsichtig aus dem Bett schlüpfte, wachte er auf.

»Du willst gehen?«, fragte Stutter leise, aber ohne Überraschung in der Stimme.

Vermutlich war ihnen beiden bewusst, dass diese Nacht ein Stück gemeinsamer Weg gewesen war, der jetzt jedoch endete.

»Es wird Zeit«, antwortete sie sanft.

»Ich bin froh, dass du hier warst. Du weißt, dass du nicht gehen musst.« Das war seine Art, ihr zu sagen, dass er ihnen eine Chance geben wollte.

Sie lächelte, setzte sich auf die Bettkante und berührte seine Hand. Für einen Moment drückte sie diese fest. »Zwei Generäle in einer Armee?«, erwiderte sie lächelnd. »Das würde nicht gut gehen.« Damit hatte sie in wenigen Worten ausgedrückt, dass sie sich beide zu sehr ähnelten. Zwei Menschen, die ihren Beruf liebten, bereit waren, für ihn alles zu opfern, konnten keine Beziehung miteinander führen. Der, der hätte zurückstecken müssen, wäre dabei unglücklich geworden. Das war keine Voraussetzung für eine gemeinsame Zukunft.

Trotzdem sagte Stutter: »Ich könnte mit einer Degradierung leben.«

Sie war für einen Moment versucht, es darauf ankommen zu lassen, aber dann besann sie sich und antwortete: »Ja, vermutlich könntest du das. Aber du wärst dabei niemals glücklich, und das würde es für mich unerträglich machen. Ich erlebe dich bei deiner Arbeit, du liebst, was du tust, da ist kein Platz für jemanden wie mich.«

Dieses Mal widersprach er nicht, sondern zog sie an sich, küsste sie, und beide wussten, dass es ein Abschied war.

Als Stutter wieder allein in seinem Bett lag, konnte er nicht mehr einschlafen. Es war ohnehin schon bald Morgen. Er dachte an Carolin und ihre gemeinsame Nacht und fragte sich, ob der Preis, den sie bezahlten, nicht doch zu hoch war. Natürlich wusste er, dass sie recht hatte. Und auch wenn es ihn ein wenig traurig stimmte, dass der Anfang und das Ende ihrer Beziehung so dicht beieinanderlagen, würde ihnen dadurch eine wunderbare Erinnerung bleiben und gleichzeitig viele Schmerzen erspart werden.

Plötzlich richtete sich Stutter auf. Er erinnerte sich an etwas, das ihm Jasmin erzählt hatte, eine Bemerkung von Friedhelm Ehler. Dabei war es ebenfalls um den *Anfang* gegangen. Er sprang aus dem Bett, duschte und saß eine halbe Stunde später über den Fallakten in der Polizeiwache von Pfetzertal.

* * *

Kapitel 13

Jasmin Nau stieg mit strubbeligen Haaren und einem Gähnen in Stutters Dienstwagen. »Was ist los?«, fragte sie neugierig, davon ausgehend, dass ihr Chef sie nicht ohne Grund um sechs Uhr morgens aus dem Bett geklingelt hatte.

Sie fuhren über die A8 Richtung Augsburg, und die Kommissarin vermutete, Stutter wollte einen neuen Rekord aufstellen.

»Wir gehen zurück zum Anfang, das hätte ich schon die ganze Zeit über tun sollen.«

Seine Kollegin reagierte bei der verklausulierten Ausdrucksweise mit einem ungeduldigen »Soll heißen?«.

»Ich möchte mit einer Angehörigen von Petra Lutze sprechen.«

»Das Mädchen, das sich vor Friedhelm Ehlers Zug geworfen hat?«

Er nickte und scherte auf die linke Spur aus, um eine LKW-Kolonne zu überholen.

»Ihre Mutter lebt nicht mehr, das haben wir überprüft. Einer der Brüder sitzt in Norddeutschland im Gefängnis, der andere ist gestorben. Ich nehme also an, wir sind auf dem Weg nach Augsburg zu der jüngeren Schwester.«

»So ist es.«

Jasmin Nau betrachtete ihre Finger und stellte verärgert fest, dass der dezente rosa Nagellack an manchen Stellen abblätterte. So war das eben, wenn einem der Chef keine Zeit für die Morgentoilette ließ.

»Hätten wir nicht einen Termin ausmachen sollen? Was, wenn sie nicht zu Hause ist? Immerhin sind das über hundertfünfzig Kilometer«, wandte sie sich fragend an Stutter.

»Sie ist zu Hause, ich habe bereits mit ihr telefoniert.«

»Um sechs Uhr morgens?«, rief Jasmin einigermaßen fassungslos und wollte sich nicht vorstellen, wie die Frau darauf reagiert hatte.

Stutter gab ihr keine Antwort, was bedeutete, dass ihm der Schlaf anderer Leute im Moment herzlich egal war.

»Was ist mit Hauptkommissarin Kettler?«, hakte Jasmin vorsichtig nach.

Ein leichtes Rot zog über das Gesicht ihres Chefs, und es fiel ihm schwer, ein Lächeln zu unterdrücken, als er an die letzte Nacht dachte. Jasmin, die ihn genau beobachtet hatte, nahm allerdings an, er würde sich über ihre Frage ärgern.

»Ich habe ihr eine Nachricht auf dem Revier hinterlassen«, entgegnete er knapp und fluchte laut über seinen Vordermann, der mit achtzig Stundenkilometern die Autobahn entlangzuckelte. Mehr wollte er zum Thema Carolin Kettler nicht sagen. Er hatte Jasmin als Begleitung bevorzugt – aber nicht weil er der Stuttgarter Kollegin aus dem Weg gehen wollte, sondern weil er einen klaren Kopf brauchte, was ihm in Carolins Nähe momentan schwerfallen würde.

Gegen acht Uhr erreichten sie den Wohnort von Petra Lutzes jüngerer Schwester im Augsburger Stadtteil Göggingen. Es handelte sich um ein adrettes Einfamilienhaus, identisch mit einem Dutzend Nachbargebäuden. Ein Vorhang bewegte sich, und noch bevor sie die Haustür erreichten, wurde ihnen diese von einer Frau geöffnet.

»Kommen Sie rein«, zischte sie. »Hauptkommissar Stutter, nehme ich an«, sagte die Frau als Nächstes und führte ihre Gäste durch eine kleine Diele in ein offenes Wohnzimmer mit Blick auf den hinteren Teil des Grundstücks. In dem angrenzenden Garten standen eine Kinderschaukel und ein verwaistes Vogelhaus.

Marion Reiter, wie die Frau nach ihrer Eheschließung heute hieß, machte keinerlei Anstalten, den Polizisten etwas anzubieten. Die Beamten wussten aus den Akten, dass sie mittlerweile siebenunddreißig Jahre alt war. Allerdings hätte man sie auch auf Anfang dreißig schätzen können. Marion war nicht ganz so hübsch wie ihre Schwester, verstand es aber, das, was die Natur ihr vorenthalten hatte, mit gutem Geschmack bei der Kleider- und Frisurauswahl wettzumachen. Sie wirkte attraktiv, ihre Haltung war jedoch abweisend, sogar unfreundlich, und Jasmin Nau fragte sich, ob Stutters Anruf der Grund dafür war.

»Es geht um Ihre Schwester Petra«, begann der Hauptkommissar das Gespräch.

Marion Reiter schnaubte, und hätte sie auch noch mit dem Fuß gescharrt, wäre sie einem wilden Tier nicht unähnlich gewesen.

»Natürlich«, erwiderte sie schnippisch, »um was auch sonst?!«

Jasmin sah sich automatisch im Zimmer um und bemerkte die Fotografie zweier Kinder in Uniform, vermutlich besuchten die beiden eine Privatschule. Überhaupt erweckte die Einrichtung den Eindruck, dass es bei Marion Reiter sehr gut lief. Alles in diesem Wohnzimmer hatte seinen Platz, es gab kein Körnchen Staub, und die aufgestellten Deko-Gegenstände stammten sicher nicht aus dem Ramschladen. Was also machte diese Frau so wütend?

Als hätte sie Jasmins Gedanken gelesen, riss sich Marion zusammen und sagte müde: »Bitte setzen Sie sich.«

Stutter und seine Kollegin ließen sich auf dem angebotenen Sofa nieder, während die Hausherrin auf der Kante eines Sessels Platz nahm. »Nun, was möchten Sie wissen?«, fragte sie die Beamten und sah dabei demonstrativ auf ihre Armbanduhr, so als wollte sie sagen: »Ich habe schließlich nicht den ganzen Tag Zeit.«

»Kommen wir ungelegen?«, entgegnete Stutter daraufhin

etwas schärfer, da ihn die Unfreundlichkeit der Frau langsam nervte.

Sie verzog ihr sorgfältig geschminktes Gesicht und äffte seinen Tonfall nach: »Ungelegen?« Dann gab sie ein Ächzen von sich und lehnte sich zum Zeichen, dass sie ihren Widerstand aufgab, in ihrem Sessel zurück. »Ich habe es so satt, dass mich die Vergangenheit immer wieder einholt. Kaum dass ich denke, es ist endlich geschafft, steht wieder irgendwer vor der Tür und erinnert mich daran, aus welchem Drecksloch ich eigentlich komme.«

Vor ihnen saß plötzlich wieder die Marion, die mit drei Geschwistern von einer Mutter mit Alkoholproblemen und ständig wechselnden Männerbekanntschaften großgezogen worden war.

»Also, bringen wir es hinter uns«, richtete sie erneut das Wort an Stutter und nickte ihm sogar zu.

»Sie haben keinen Kontakt mehr zu Ihrer Familie?«, fragte der daraufhin.

»Meine Familie lebt hier in diesem Haus. Meine Mutter hat sich totgesoffen, und meine Brüder sind ebenfalls tot.«

»Ich dachte, einer sitzt im Gefängnis …«, unterbrach sie Jasmin.

Der Blick, den ihr Marion nun zuwarf, war kalt und bitter. »Für mich ist er damit gestorben. Ich habe selbst zwei Kinder, die brauchen ganz sicher keinen Onkel im Knast. Ich versuche ihnen diese Art von Verwandtschaft zu ersparen.«

Stutter verstand genau, was hier vorging. Marion hatte sich etwas aufgebaut, war dem Milieu, in das sie hineingeboren worden war, entkommen und wollte heute nicht mehr zurückblicken.

»Erzählen Sie uns von Petra«, bat er schließlich, denn deshalb waren sie gekommen.

Der harte Ausdruck in ihren Augen verschwand für einen Augenblick, bevor sie gereizt antwortete: »Petra war eine dumme Gans. Sie hat nicht begriffen, wie das Leben funktioniert. Das lag vor allem an ihrem Aussehen.«

»Sie war doch ein sehr hübsches Mädchen«, warf Stutter ein.

Missbilligend rümpfte Marion daraufhin die Nase. »Zu hübsch! Das brachte ihr nur Ärger ein. Die Jungs bemerkten sie, machten ihr Komplimente und Versprechungen, und Petra hat alles geglaubt, was man ihr erzählt hat.«

»Wieso hat sie sich umgebracht?«, fragte Stutter nun ganz direkt.

Marion sah ihm fest in die Augen, bevor sie entgegnete: »Warum wollen Sie das wissen? Jetzt, nach all den Jahren? Man hat das doch damals bereits untersucht.«

Der Hauptkommissar lehnte sich nun ebenfalls zurück, und zu Jasmins Überraschung entschloss er sich, der Frau wahrheitsgemäß zu antworten.

»Es gab in Pfetzertal einige Morde.«

»Ich habe es in den Nachrichten gesehen«, erwiderte Marion.

»Wir glauben, dass zwischen Petras Tod und dem, was heute passiert, womöglich eine Verbindung besteht.«

»Petras Tod war kein Mord, sondern definitiv Selbstmord«, reagierte Marion mit fester Stimme.

»Ihre Mutter schien damals nicht davon überzeugt«, hielt Stutter dagegen.

»Natürlich nicht, die hatte Schuldgefühle, und zwar zurecht. Kein Wunder, dass sie jemanden gesucht hat, den sie verantwortlich machen konnte. So lief das bei ihr immer. Am Ende hat sie ihre Sorgen jedoch wie gewöhnlich im Schnaps ertränkt.«

»War Ihre Schwester denn selbstmordgefährdet?«, hakte Jasmin nach.

Marion gab sich zwar ungehalten, antwortete aber: »Petra war so sehr davon überzeugt, etwas Besonderes zu sein, dass sie sich auch immer besonders benehmen musste.« Sie machte keinen Versuch, ihren Ärger über das Verhalten der älteren Schwester zu verbergen. »Immer drehte sich alles nur um Petra. Petra ist so hübsch, Petra schwänzt die Schule, Petra klaut, Petra, Petra, Petra.«

»Was ist an dem Tag passiert? Hat es Streit gegeben? Warum ist sie vor diesen Zug gesprungen?«, ließ Stutter nicht locker.

»Ich weiß es nicht«, schleuderte ihm Marion entgegen, und plötzlich schien die Mauer aus Kälte und Ablehnung einzustürzen. Ihre Augen füllten sich mit Tränen. »Ich weiß es nicht!«, schrie sie erneut. »Sie hatte Geheimnisse, ging an diesem Abend fort und kam nie wieder zurück. Sie hat mich bei dieser Frau, die sich Mutter geschimpft hat, zurückgelassen.« Die Tränen liefen ihr über die Wangen. »Sie war für mich immer mehr als nur die große Schwester. Ich habe zu ihr aufgesehen, sie hat mich beschützt, und dann ist sie einfach gegangen, für immer!« Marion schluchzte, und Jasmin reichte ihr ein Taschentuch.

Die Beamten ließen der Frau Zeit. Es dauerte eine Weile, bevor sie weitersprach. »Sie können sich nicht vorstellen, wie es bei uns zu Hause zuging. Ständig Polizei, Jugendamt und unmögliche Kerle, die meine Mutter angeschleppt hat. Nach Petras Tod wurde es noch schlimmer. Eine Zeit lang lebte ich bei einer Pflegefamilie, dann im Heim, und als ich alt genug war, nahm ich mein Leben selbst in die Hand. Nicht einmal meinem Mann habe ich alles aus meiner Kindheit erzählt.«

»Aber Sie haben nie daran gezweifelt, dass es Selbstmord war?«

»Nein.« Sie schnäuzte sich die Nase. »Petra war so, sie baute Luftschlösser, und wenn die in sich zusammenbrachen, dann brach auch sie zusammen.« Sie bemühte sich zu lächeln. »Das hört sich vielleicht grausam an, aber sich vor einen Zug zu werfen, war genau ihre Art, die Welt dafür zu bestrafen, dass sie ihr etwas verweigert hat.«

»Haben Sie vielleicht eine konkrete Idee, was ihr da verweigert worden ist?«

Ein heiseres Auflachen folgte, und Marion, die sich bemühte, ihre Fassung zurückzugewinnen, musste nicht lange überlegen. »Vermutlich einer ihrer Verehrer. Bei Petra ging es immer um den Märchenprinzen.«

»Gab es zu dem Zeitpunkt ihres Todes denn jemand Bestimmten?«, fasste Stutter vorsichtig nach.

Marion Reiter antwortete nicht. Stattdessen knetete sie das feuchte Taschentuch in ihren Händen.

»Sie hat Ihnen etwas anvertraut, nicht wahr?«, fragte er behutsam, und Jasmin spürte ein leichtes Kribbeln unter der Kopfhaut, so als ständen sie vor einer Lösung, obwohl sich die Kommissarin eigentlich bis jetzt nicht hatte vorstellen können, diese bei dem Fall Petra Lutze zu finden.

»Ich brauche eine Tasse Kaffee«, sagte Marion statt einer Antwort und stand abrupt auf.

Jasmin sah zu ihrem Chef, der ihr mit einem leichten Kopfschütteln zu verstehen gab, die Frau nicht weiter zu bedrängen.

Marion Reiter sah zu ihren Besuchern. »Kann ich Ihnen auch einen bringen?«

* * *

Zur gleichen Zeit ging Carolin Kettler eilig den Krankenhausflur entlang. Stutter hatte ihr eine Nachricht hinterlassen.

Mit einem wehmütigen Lächeln dachte sie an die gemeinsame Nacht und die getroffene Entscheidung. Sie machte sich nichts vor, Jens Stutter wäre für jede andere Frau der perfekte Partner, aber eben nicht für eine Polizistin. Sie würden sich vermutlich nie wiedersehen, wenn der Fall abgeschlossen wäre. Sicher die vernünftigste Lösung, außerdem würde ihr die Erinnerung an die gemeinsamen intensiven Momente bleiben.

Die Hauptkommissarin nahm es ihrem Kollegen nicht

übel, dass er Jasmin zu der Befragung mitgenommen hatte. Sie verstand ihn nur zu gut. Auch ihr fiel es im Moment leichter, die Ermittlungen ohne ihn weiterzuführen.

Die Klinik hatte die Polizei benachrichtigt und um die Anwesenheit eines Beamten gebeten. Der alte Friedhelm Ehler verlangte dringend nach Stutter. Da der aber im Augenblick nicht greifbar war, hatte sich Carolin auf den Weg gemacht. Sie hatte versucht, den Hauptkommissar zu erreichen, und ihm schließlich eine Nachricht auf der Mailbox hinterlassen.

Am Empfang nannte man ihr das Stockwerk, auf dem Friedhelm Ehlers Zimmer lag, und wies sie an, sich vor dem Besuch bei der Stationsschwester zu melden. Carolin musste sich konzentrieren. In dem Gebäude sah jeder Gang gleich aus, und es dauerte eine Weile, bis sie die richtige Station fand.

»Wie geht es Herrn Ehler?«, sprach die Beamtin die Schwester an und zückte gleichzeitig ihren Dienstausweis.

Die Frau hob die Augenbrauen und besah sich das Dokument sehr zum Ärger der Polizistin in aller Ruhe, während sie immer wieder einen prüfenden Blick vom Foto zu Carolin warf.

Nur mit Mühe konnte die ihr ungeduldiges Temperament im Zaum halten.

»Also«, sagte sie schließlich gereizt, »kann ich jetzt zu ihm?«

»Natürlich«, gab die Stationsschwester nicht minder frostig zurück und geleitete die Polizistin zu dem entsprechenden Zimmer.

»Er fragt die ganze Zeit nach einem Beamten. Den Ärzten wäre es zwar lieber, wenn er auf Besuch verzichten würde, aber da lässt Herr Ehler nicht mit sich reden. Er leidet sehr unter dem, was passiert ist. Sie müssen verstehen, dass es in diesem Alter besonders schwer für Eltern ist, ein Kind zu verlieren.«

»Ist es das nicht immer?«, antwortete Carolin, als sie der schlanken Gestalt durch die Flure folgte.

Sie hatte keinen besonderen Grund gehabt, das zu sagen, es war mehr der Versuch, sich höflich zu einem äußerst traurigen Thema zu äußern.

Allerdings nahm die Krankenschwester den Kommentar sehr ernst und blieb stehen. Sie blickte der Polizistin direkt in die Augen. »Da haben Sie wohl recht. Es war nicht meine Absicht, das Leid anderer durch meine Bemerkung zu schmälern.«

Carolin fühlte sich unter dem durchdringenden Blick unbehaglich und beeilte sich der anderen zu versichern, dass sie das auch keineswegs so empfunden hatte.

Aber die Krankenschwester wollte sich dennoch erklären. »Wenn Eltern ein Kind verlieren, dann ist das, als würde man ihnen einen Teil von sich selbst nehmen. Das hat selbstverständlich nichts mit dem Alter zu tun. Ich erlebe das in meinem Beruf oft genug. Danach ist nichts mehr, wie es war. Alles ändert sich, und einst vernünftige, herzensgute Menschen sind plötzlich nicht mehr wiederzuerkennen. Aber jemand wie Friedhelm Ehler rechnet einfach nicht mehr damit, so einen Verlust noch erleben zu müssen. Die Angst ist nicht mehr so präsent, der Schock dann aber umso größer.« Sie wies auf eine Tür. »Haben Sie Geduld mit dem Mann, er macht gerade Schreckliches durch.«

Carolin sah der Frau hinterher und hätte sie gerne darauf hingewiesen, dass Belehrungen dieser Art nicht nötig waren. Sie führte schließlich heute nicht ihr erstes Gespräch mit einem Hinterbliebenen. Aber die andere war längst um eine Ecke gebogen.

Sie klopfte leise und trat ein. Friedhelm Ehler saß von Kissen gestützt in seinem Bett und wirkte darin verloren. Er sah eingefallen aus, obwohl es unwahrscheinlich war, dass er innerhalb der kurzen Zeit nennenswert Gewicht verloren hatte.

Als er sie erblickte, erschien ein enttäuschter Ausdruck auf seinem Gesicht.

»Hauptkommissar Stutter ist wegen einer wichtigen Befragung unterwegs, wir erwarten ihn erst am Nachmittag zurück.«

Man konnte Friedhelm Ehler ansehen, dass ihn diese Nachricht aus dem Konzept brachte.

»Er schickt mich, damit ich mich um alles kümmere«, log Carolin, die es für unklug hielt, nicht wenigstens zu versuchen, mit dem alten Mann zu sprechen.

Tatsächlich ließ sich Ehler darauf ein und machte eine fahrige Handbewegung, die bedeuten sollte, dass er einverstanden war.

Carolin zog sich einen Stuhl ans Bett und nahm Platz.

»Wie geht es Ihnen?«, fragte sie höflich, auch wenn ihr Small Talk mit Zeugen nicht lag.

Sie hasste Zeitverschwendung und befürchtete, dass Ehler nur jemanden suchte, dem er sein Herz ausschütten konnte. Sie erinnerte sich noch gut an Stutters ersten Besuch bei dem alten Mann und den vertrauten Umgang, den die beiden miteinander gepflegt hatten.

Deshalb konnte sie ihre Überraschung auch kaum verbergen, als Friedhelm Ehler schwer atmend sagte: »Ich möchte eine Aussage machen!«

* * *

Zur gleichen Zeit in Augsburg bei Marion Reiter

Sie saßen alle wieder an ihren Plätzen. Auf dem Tisch stand nun allerdings erlesenes Kaffeegeschirr; teuer, modern und geschmackvoll. Es gab Untersetzer, die verhindern sollten, dass das Milchkännchen und die Zuckerdose Kratzer auf dem edlen Holz des Couchtischs hinterließen. Das akribische Tischdecken und das anschließende Hantieren mit den Tassen gestattete Marion Reiter, die erneute Konfrontation mit der Vergangenheit noch etwas aufzuschieben.

Stutter war längst klar, dass dieses Verhalten nichts mit Gefühllosigkeit zu tun hatte, sondern mit Selbstschutz. Doch hier ging es schließlich um Mord, und er brauchte die Aussage der Frau – auch wenn diese am Ende lediglich dazu diente, eine weitere Theorie ausschließen zu können. Schweigend tranken die Polizisten den Kaffee, während Marion in ihren Milch gab und umrührte. Das gleichmäßige Geräusch, das der Löffel dabei verursachte, fing langsam an Jasmin zu nerven, aber sie schwieg.

»Ich bin froh, dass mein Mann nichts von Ihrem Besuch weiß«, begann die Hausherrin unvermittelt zu sprechen. Sie sah nicht auf, rührte immer weiter, sodass die Kommissarin damit rechnete, dass es der Frau gelingen würde, irgendwann Butter aus der Milch zu schlagen.

»Es ist nicht, dass er sich meiner schämt. Er weiß, woher ich komme, kennt zumindest oberflächlich die traurige Geschichte meiner Versagerfamilie. Für mich ist das Schlimmste sein Mitleid.« Endlich stellte sie das Rühren ein. »Das kann ich nicht ertragen, konnte ich noch nie. Als man uns damals die Nachricht von Petras Tod überbrachte, da war dieses Mitleid überall. Die Beamten, die Nachbarn, die Lehrer, alle sahen mich immer mit diesem Blick an.« Sie verzog schmerzvoll das Gesicht, verstellte die Stimme und ahmte Menschen nach, die miteinander tuschelten: »Seht ihr, da ist das arme kleine Mädchen aus dieser *Problemfamilie …*« Sie schwieg.

»Ihre Schwester war auch Ihre Freundin gewesen, nicht wahr?«, startete Stutter einen Versuch, das Gespräch auf Petras Tod zu lenken.

Marion Reiter lächelte. Es war das erste Mal, dass sie seit der Ankunft der Polizisten eine solche Regung zeigte. Ihr ganzes Aussehen veränderte sich dadurch, und wenn man sie bis eben lediglich als attraktiv beschrieben hatte, dann verdiente sie jetzt die Bezeichnung »schön«. In diesem Augenblick sah sie ihrer Schwester sehr ähnlich, und Jasmin bekam eine ungefähre Vorstellung davon, wie ein so gut aussehendes Mädchen wie Petra Lutze von den falschen Jungs bemerkt wurde.

»Irgendwie schon«, antwortete Marion auf Stutters Frage. »Ich war damals erst zwölf, und natürlich hielt mich meine Schwester noch für ein Baby. Mit sechzehn fühlt man sich nun mal total erwachsen. Aber Petra war genauso einsam wie ich, und sie wusste, dass sie mir vertrauen konnte, also teilte sie manchmal ihre Geheimnisse mit mir.«

»Welches Geheimnis hüteten Sie, als Ihre Schwester starb?« Stutter ließ nicht locker. »Gab es womöglich eine Schwangerschaft? Bei der Obduktion wurde nichts dergleichen festgestellt, aber vielleicht vor ihrem Tod?«

Marion reagierte überrascht. »Wie kommen Sie denn darauf? Ganz bestimmt nicht. Petra hat immer gesagt, dass sie nie Kinder haben wollte. Wahrscheinlich war unsere Mutter ihr kein Vorbild.«

»Sie halten das also für ausgeschlossen?«

Die Frau nickte. »Absolut. Ich weiß, dass sie die Pille genommen hat.«

»Aber irgendetwas gab es damals«, bohrte Stutter weiter.

Marion senkte den Blick und wurde blass. »Niemand hat mich danach gefragt, und ich hatte ihr geschworen zu schweigen. Später wusste ich dann, dass es sowieso nichts geändert hätte. Petra war tot und vermutlich selbst schuld. Es war nicht das erste Mal, dass man sie enttäuscht hatte, offensichtlich war es dieses eine Mal einfach zu viel für sie gewesen.«

»Könnten Sie etwas genauer werden?«, hakte Jasmin nach, der langsam die Geduld ausging.

Marion warf ihr einen ärgerlichen Blick zu. »Ich sagte doch schon, Petra war auf der Suche nach ihrem Traumprinzen. Sie war wählerisch, und nur der Allerbeste genügte ihren Ansprüchen.«

Sie sah zu einer Fotografie, auf der sie selbst und ein Mann abgebildet waren, es handelte sich um ein Hochzeitsfoto. Jasmin war es vorhin bereits aufgefallen. Der Mann strahlte über das ganze Gesicht, er war glücklich, seine Marion zum Traualtar geführt zu haben. Marion sah neben ihm wie eine Königin aus, die huldvoll lächelte und sich ganz augenscheinlich nicht daran störte, dass ihr Ehemann etwas kleiner als sie selbst war und mit überflüssigen Pfunden zu kämpfen hatte.

Wie zur Bestätigung sagte sie: »Als ich meinen heutigen Mann kennenlernte, da wusste ich sofort, dass er mich auf Händen tragen würde. Er besitzt vielleicht nicht das Aussehen eines Märchenprinzen, aber garantiert dessen Herz. Und darauf kommt es doch an, oder?«

Jasmin nickte automatisch und spürte eine leichte Übelkeit aufsteigen. Sie dachte an ihre erste Begegnung mit Gerry, wie sie sein Aussehen und Gehabe beeindruckt hatten und sie darüber vergaß, etwas tiefer in ihn hineinzusehen. Mit einem Mal fühlte sie sich der toten Petra Lutze sehr nahe.

»Sicher«, gab Stutter Marion recht, der konzentriert jedes Wort von ihr zur Kenntnis nahm.

»Petra hat mir nicht gesagt, wer es war, aber ich wusste, dass sie jemanden hatte. Sie sagte, es sei ernst, er würde mit ihr weggehen, sie sogar heiraten.«

»Nannte sie einen Namen?«, fragte der Hauptkommissar erwartungsvoll, aber sein Gegenüber schüttelte den Kopf.

»Sie sagte, es müsse ein Geheimnis bleiben.«

»Hat sie Ihnen auch erzählt, warum?«

»Angeblich war das sein Wunsch, um sie ganz für sich allein zu haben, weil sie ja so etwas Besonderes war.« Marion schüttelte traurig den Kopf. »Ich verstand zu der Zeit wirklich nicht allzu viel von solchen Dingen, hatte damals aber schon den Eindruck, dass das wohl nicht der wahre Grund war. Heute bin ich mir da ziemlich sicher.«

»Was vermuten Sie?«, bohrte Stutter.

»Wir hatten keinen guten Ruf. Vermutlich wollte da nur jemand auf seine Kosten kommen, ohne sich vor den Kumpels zu blamieren. Vielleicht hatte derjenige auch eine Freundin.«

»Sie denken, es war ein Klassenkamerad?«

»Mit Sicherheit jemand, der noch die Schule besuchte. Sie behauptete einmal, dass er nach dem Abschluss mit ihr weggehen würde.«

»Erzählte sie sonst etwas von dem Jungen?«

»Ich habe sie natürlich gefragt, aber sie meinte, sie hätte einen *Schwur* geleistet.« Marion rollte mit den Augen. »Ich sagte ja schon, dass meine Schwester dazu neigte, alles zu dramatisieren. Sie hat mir lediglich so eine kleine, alberne Puppe gezeigt. Das war wohl ein Geschenk von ihrem Liebsten.«

Beide Beamten erstarrten; etwas, das auch Marion nicht entging. »Was ist? Habe ich etwas Falsches gesagt?«, fragte sie deshalb überrascht.

Stutter zog die Fotografie der Strohpuppe aus der Tasche. »So eine?«

»Ich glaube schon, das ist lange her … Aber ja, so sah das Ding wohl aus«, antwortete Marion ein wenig verstört.

Der Hauptkommissar richtete sich automatisch in seinem Sessel auf, als er weitersprach: »Es ist jetzt entscheidend, dass Sie sich an alles erinnern, was Ihre Schwester Petra betrifft. Wer hätte der Junge sein können?«

Marion wurde unsicher: »Warum ist das nach all den Jahren so wichtig?«

»Ich sagte bereits, es könnte ein Zusammenhang mit den aktuellen Mordfällen bestehen.«

Sie stand auf, offenbar war ihr gerade etwas bewusst geworden, was ihr Angst einjagte.

»Sie sollten jetzt gehen, mehr habe ich nicht zu sagen.« Sie strich über die akkurat sitzende Frisur und nahm wieder ihre ablehnende Haltung an.

Der Hauptkommissar verstand. »Ich werde die Presse da raushalten.«

»Wenn das, was Sie behaupten, wahr ist, dann können Sie das gar nicht. Dann geht der ganze Albtraum von vorne los. Das kann ich meinen Kindern nicht zumuten.«

Stutter, der ebenfalls aufgestanden war, trat nun zu der Frau und sah sie eindringlich an. »Sie können Ihren Kindern aber auch keine Welt zumuten, in der ein Mörder frei herumläuft. Also, wenn Sie irgendetwas wissen, dann bitte, sagen Sie es uns.«

Die beiden starrten sich an. Es war eine eigenartige Szene, ein Kampf, geführt nur mit den Augen zwischen fast gleichstarken Kontrahenten.

Am Ende gab Marion ihren Widerstand auf. »Ich will Ihr Wort, dass Sie mich und meine Familie da raushalten.«

Stutter zögerte, sagte aber schließlich: »Ich werde tun, was in meiner Macht steht.«

»Also schön, ich sage Ihnen, was ich weiß, und dann verschwinden Sie und kommen nie wieder hierher!«

Der Hauptkommissar nickte.

Endlich gab sich Marion einen Ruck. »Ich weiß nicht, ob der Junge ihr Freund war, wie gesagt, sie hielt das geheim. Aber am Morgen vor ihrem Tod habe ich zufällig einen heftigen Streit mit angehört. Es war hinter dem Schulhof. Der Typ war aus der Abiturklasse, und er hat sie beschimpft. Er sagte, sie wäre eine Schlampe und dass sie ihn sowieso nicht verdient hätte. Sie hat ihn stehen lassen. Ich habe sie danach gefragt, und sie sagte nur, das hätte nichts zu bedeuten.«

»Wirkte sie deshalb traurig?«, hakte Stutter nach.

»Nein, überhaupt nicht. Es schien ihr gleichgültig, deshalb habe ich auch nie davon erzählt, konnte mir nicht vorstellen, dass das wichtig war.«

»Sie wissen nicht zufällig, wie der Junge von damals hieß?«, stellte der Hauptkommissar seine nächste Frage, und es gelang ihm nur schwer, die Ungeduld zu verbergen.

Marion schluckte, wieder schien es, als wollte sie schweigen, aber dann antwortete sie doch: »Nahlang. Sein Name war Heiko Nahlang.«

* * *

Zur gleichen Zeit in der Klinik

Carolin Kettler richtete sich kerzengerade auf und bat Friedhelm Ehler weiterzusprechen.

»Ich hätte Ihnen das vielleicht schon längst erzählen sollen«, begann der Mann unglücklich. »Aber ich dachte, es sei nicht wichtig«, fuhr er fort, und die Hauptkommissarin musste an sich halten, ihn nicht zu drängen, endlich auf den Punkt zu kommen.

Allerdings hatte sie sich von Stutter abgeguckt, etwas geduldiger mit Zeugen zu sein. Deshalb schwieg sie und ließ den Alten erzählen.

»Wissen Sie«, krächzte der traurig, »ich wollte doch nur, dass mein Kind alles hat, was es braucht. Ich habe es gut gemeint.«

»Sicher haben Sie das«, versuchte ihm Carolin gut zuzureden und sah zu der Uhr an der gegenüberliegenden Wand. Der Sekundenzeiger bewegte sich langsamer als gewöhnlich, jedenfalls kam es ihr so vor, während sie darauf wartete, dass der Mann im Bett endlich mit seiner Aussage begann.

»Ich habe mir nichts dabei gedacht, als er auf unseren Feldern herumspaziert ist. Viele machen das. Früher, da haben wir Schilder aufgestellt: *Betreten verboten!* So was eben.«

Für Carolin schien der Sekundenzeiger jetzt gerade stehen zu bleiben, aber noch ignorierte sie das ungeduldige Brodeln in ihren Eingeweiden.

»Die Leute sind trotzdem immer dort entlanggegangen. Hat ja letzten Endes auch keine Rolle gespielt. Nur wenn sie ihren Müll dort hinterlassen haben, das war ärgerlich.«

Da die Beamtin das Gefühl hatte, man würde von ihr einen Kommentar erwarten, sagte sie lahm: »Ja, Müll mag keiner.«

Ehler nickte zufrieden. »Ganz genau. Aber es hat einfach den Aufwand nicht gelohnt, die Menschen zu vertreiben, und Marek, mein Schwiegersohn …«, fügte er erklärend an, und Carolin nickte, während sie hätte schwören können, dass sich der von ihr beobachtete Sekundenzeiger rückwärts bewegte.

»Jedenfalls hat Marek gemeint, es hätte auch sein Gutes. Die Menschen könnten sehen, woher ihre Lebensmittel stammten. Würden wissen, dass wir Wert legen auf …«

Das wurde Carolin nun doch zu viel. Sie wollte keinen Vortrag über moderne Landwirtschaft hören, sondern brauchte Hinweise bei der Aufklärung der Mordfälle.

Bemüht, nicht schroff zu klingen, sagte sie: »Sie wollten mir doch erzählen, was Sie gesehen haben.«

Friedhelm Ehler starrte sie kurz verwirrt an, so als wüsste er nicht, wovon sie da gerade sprach, besann sich dann aber und murmelte: »Ja, natürlich. Tut mir leid, ich bin vom Thema abgekommen.«

Die Hauptkommissarin lächelte dem Mann aufmunternd zu, und der fuhr nun fort: »An jenem Tag, als man die kleine Anna Ting gefunden hat, da hat mich Ihr Kollege gefragt, ob ich etwas Ungewöhnliches bemerkt hätte. Nun, ungewöhnlich war das nicht, aber vielleicht hätte ich es trotzdem erwähnen sollen. Dann dachte ich mir: Aber nein, das kann ja gar nicht sein. Wieso auch? Und dann …«

»Herr Ehler«, ging Carolin dieses Mal etwas fordernder dazwischen, »was haben Sie gesehen?«

Ihr Gegenüber seufzte schwer. »Heiko Nahlang!«

»Der Mann der Bürgermeisterin?«

»Ja«, bestätigte Ehler und nickte heftig. »Er war an dem Tag auf meinem Grundstück. Aber ich fand das zuerst nicht merkwürdig. Jeder weiß doch, dass er Bauunternehmer ist. Er hat sich das Gelände schon öfter angesehen, schließlich wird er ja diese neue Golfanlage errichten, oder etwa nicht?«

»Vermutlich«, antwortete Carolin geistesabwesend, bevor sie eine weitere Frage stellte: »Und er war dort, bevor Ihnen die Leiche von Anna Ting aufgefallen ist?«

»Ja, und mittlerweile denke ich, ich hätte das früher sagen müssen. Vielleicht wäre es wichtig gewesen, und ich bin schuld, dass meine Ina jetzt tot ist.« Er begann zu keuchen, und Carolin war alarmiert.

»Wenn es nun meine Schuld ist?«, stammelte er.

Die Hauptkommissarin berührte seinen Arm, während sie sagte: »Sie dürfen sich nicht aufregen.«

Sie fragte sich, wo die Schwester blieb. Immerhin fing eines der Geräte an, unangenehm zu piepsen. Sie eilte zur Tür und riss sie auf. Der Flur war leer.

»Himmelherrgott!«, fluchte sie laut, dann fiel ihr der Notknopf ein, mit dem alle Zimmer ausgestattet waren, und sie stürmte zurück zum Bett.

Mittlerweile war Carolin überzeugt davon, dass die Wanduhr kaputt war, denn ihr kam die kurze Zeit bis zum Erscheinen des Krankenhauspersonals wie eine halbe Ewigkeit vor.

»Sie müssen jetzt gehen«, sagte die Stationsschwester nach ihrem Eintreffen in vorwurfsvollem Ton, »der Patient braucht Ruhe.«

»Er wird doch nicht …?«, erkundigte sich Carolin hilflos.

Die Krankenschwester antwortete mit einem milden Lächeln. »Er braucht nur etwas Ruhe.«

Erleichtert erreichte die Hauptkommissarin den Klinikparkplatz und atmete tief durch. Sie war nie ein Freund von Krankenhäusern gewesen, und jetzt wusste sie einmal mehr, warum das so war.

Auf dem Weg zu ihrem Wagen griff sie zum Handy. Sie

wollte gerade Jens Stutter anrufen, als seine Nummer auf dem Display erschien.

Noch bevor sie ihm von Ehlers Aussage erzählen konnte, sagte er: »Bring sofort Heiko Nahlang zur Dienststelle!«

* * *

Kapitel 14

Zwanzig Minuten später

An diesem frühen Nachmittag schien ausnahmsweise einmal die Sonne. Der Himmel strahlte in sommerlichem Blau, obwohl die Temperaturen eisig waren. Fast ganz Pfetzertal hatte sich zu Anna Tings Beerdigung versammelt. Selbst die Bürgermeisterin Sybille Nahlang und ihr Ehemann waren anwesend.

Die Menschenmenge drängte sich in die kleine Friedhofskapelle, für viele gab es jedoch keinen Platz im Inneren. Die Türen mussten geöffnet bleiben, und so kroch auch den Besuchern auf den Kirchenbänken und in den düsteren Nischen die Kälte unter die Kleider. Man wollte Geschlossenheit demonstrieren und klarstellen, dass man den Mörder nicht unter den eigenen Leuten vermutete. Zumindest war das das erklärte Ziel von Sybille Nahlang, die es sich nicht nehmen ließ, eine kurze, aber bewegende Traueransprache zu halten.

Natürlich hatten sich auch Presseleute unter die Anwesenden gemischt. Offiziell waren Kameras verboten, man konnte jedoch davon ausgehen, dass einzelne Bilder der Zeremonie ihren Weg ins Netz finden würden. Wenigstens wurde dafür Sorge getragen, dass den Eltern der Toten ein erneutes Blitzlichtgewitter erspart blieb. Stattdessen hörte man gelegentlich und dann auch nur ganz leise das altmodische Kratzen eines Stifts auf Papier, wenn sich einer der Medienvertreter eine Notiz machte.

Erik Ting saß neben seiner Frau ganz vorne. Sein Blick war durch die Tränen, die nicht versiegen wollten, verschwommen. Er sah den Sarg und die unzähligen Blumengebinde, die Kränze und Schleifen, roch den Weihrauch und das Kerzenwachs, spürte, wie sich sein Herz bei jedem Wort, das irgendwer über Anna sagte, quälend zusammenkrampfte, und konnte es trotzdem immer noch nicht glauben. Lag sie wirklich da drin? Sein Mädchen, seine kleine Anna, eingezwängt zwischen kahlen Holzwänden? Er drehte leicht den Kopf und sah, wie Olivias Körper bebte. Er hätte sie in den Arm nehmen, ihr Trost spenden müssen, aber ihm fehlte die Kraft. Gleichzeitig überkam ihn eine schreckliche Wut. Er saß hier und trauerte, obwohl alles nur eine große Lüge gewesen war. Das Wissen darum ersparte ihm jedoch nicht, dass sich der Schmerz real anfühlte. Warum hatte ihn das Schicksal auch ausgerechnet zu diesem verfluchten Brief geführt?

Der Pfarrer begann nun mit der Predigt, aber Erik konnte den Worten nicht folgen. Er dachte an das Schreiben mit dem Laborbefund, das er in seiner Jackentasche trug. Es gab keinen vernünftigen Grund dafür, es mit sich zu führen, denn nicht der Besitz darüber war entscheidend, sondern dessen Inhalt.

Irgendwer war nach Annas Tod aufgetaucht und hatte von ihm Papiere verlangt. Geburtsurkunden, Familienstammbuch, Vermögensaufstellungen und so weiter. Trotz seiner Trauer schoss ihm der absurde Gedanke durch den Kopf, dass ein Mensch offensichtlich nicht mehr war als die Summe seiner beglaubigten Dokumente. Das Leben begann nicht mit der Geburt, sondern mit dem Eintrag in einem Register – und genauso endete es auch. Es war ihm schwergefallen, die alten Unterlagen durchzusehen, um seine Bürgerpflicht zu erfüllen. Nicht nur einmal war er beim Durchforsten des Schreibtisches und alter Kartons auf Babybilder, Schulzeugnisse oder herrlich bunte Kinderkritzeleien gestoßen. Es hatte ihn mit Stolz erfüllt, eine Tochter wie Anna zu haben.

Der Pfarrer sagte gerade etwas über einen Engel, den man gehen lassen musste, und aus mehreren Reihen hörte man ein Schluchzen.

Ja, Anna war sein Engel gewesen, egal, was irgendwer behaupten würde. Er hatte sie geliebt und wäre jederzeit für sie gestorben. Der Laborbericht in seiner Jacke stellte eine ungeheure Last dar. Wer hatte ihm das angetan? Natürlich hätte er einfach Olivia fragen können, aber dann wäre es ausgesprochen und endgültig zur Realität geworden, dass er, Erik Ting, nicht Annas leiblicher Vater war. Nun schluchzte auch er, und der Mann neben ihm tätschelte seine Schulter.

Erik befand sich schon seit Tagen in einer anderen Welt. Er durchschritt in Gedanken die Vergangenheit, rechnete nach und versuchte sich an die Zeit zu erinnern, in der Anna gezeugt worden war. Er zermarterte sich das Gehirn. Hätte er nicht bemerken müssen, dass seine Frau einen anderen traf? Warum war ihm nie etwas aufgefallen? Und wieso hatte Olivia ihm bis heute nicht die Wahrheit gesagt? Mit welchem Recht hielt sie ihm diese vor?

Er hörte eine Stimme, die ihn jetzt Richtung Ausgang dirigierte. Wie ein gehorsamer Soldat stand er auf, legte die wenigen Schritte bis zur Kirchentür zurück und stellte sich neben Olivia auf. Menschen traten vor ihn, schüttelten ihm die Hand, legten ihre Arme um seinen Oberkörper, stammelten betreten »Herzliches Beileid« und verschwanden mit gesenkten Häuptern wieder aus seinem Blickfeld.

Olivia weinte, konnte sich kaum auf den Beinen halten, aber er war auch jetzt nicht in der Lage, das Leid mit ihr zu teilen. Er bemerkte Jana Wammer. Sie ging unsicher auf ihren für eine Beerdigung viel zu hohen High Heels. Auch das schwarze Kostüm, das ihren schmalen Körper eng umschloss, war für diesen Anlass eigentlich zu sexy und sicher auch nicht warm genug. Ihr blasses Gesicht sah nicht so aus, als hätte sie während der Trauerfeier auch nur eine einzige Träne vergossen. Und jetzt, als sie vor Olivia trat und ihr kühl die Hand reichte, lag eindeutig ein triumphierender Ausdruck in ihren Augen. Sie sprach kein Wort. Nur ein leichtes Nicken sollte ihre Beileidsbekundung ausdrücken, aber es war unverkennbar, dass sie sagen wollte: »Das geschieht dir recht. Deine Tochter hat bekommen, was sie verdient hat!«

Nach Jana folgte Tobias Wammer. Er umarmte Erik spontan, der ließ es stocksteif über sich ergehen. Dann trat sein ehemals guter Freund zu Olivia. Die hob den Kopf, sah Tobias direkt an, und als er sie in die Arme nahm, da brach sie schluchzend darin zusammen. In diesem Augenblick wusste es Erik. Es war etwas im Blick seiner Frau gewesen, etwas, das zum Ausdruck brachte, dass es eine Verbindung gab, eine Gemeinsamkeit. Erik begriff mit einem Mal. Er hatte so fieberhaft nach einem Fremden gesucht, mit dem Olivia vor Annas Geburt eine Affäre gehabt hatte, dass er die Menschen in seiner unmittelbaren Nähe einfach ausgeklammert hatte. Plötzlich war alles eindeutig, und Eriks Gefühl, um ein ganzes Leben betrogen worden zu sein, wurde zu stark, als dass er es noch länger hätte kontrollieren können. Was er nun tat, erlebte er wie ein Außenstehender. Erik sah sich selbst dabei zu, wie er Tobias packte, von Olivia wegriss, ihn auf den kalten Kirchenboden schleuderte und sich wie ein tollwütiges Tier auf ihn stürzte.

Arme versuchten ihn zu packen und von Tobias herunterzuholen. Man hätte vermuten können, dass ihn der Hass und die Wut stark machten, aber die eigentliche Kraft schöpfte er in diesem Moment aus der tiefen Verzweiflung in seinem Herzen.

»Du hast sie nicht verdient! Sie ist meine Tochter, ich bin ihr Vater, ich und nur ich. Wie kannst du es wagen, hier überhaupt aufzutauchen?!« Erik schrie alles aus sich heraus.

Ignorierte die Umstehenden, die mittlerweile die Ohren spitzten und sich aus dem, was sie da gerade aufschnappten, zusammenreimen konnten, dass Tobias Wammer der leibliche Vater von Anna Ting war.

Als es endlich gelang, die Männer zu trennen, hatten Eriks Fäuste Tobias bereits verletzt. Dessen Lippe war aufgeplatzt, und er hatte eine Wunde über dem linken Auge. Wer die Szene beobachtet hatte, rechnete sicherlich damit, dass Tobias beschämt die Kirche verlassen würde, nachdem sein Treuebruch gegenüber dem Freund und der eigenen Ehefrau aufgeflogen war. Aber nichts dergleichen geschah.

Tobias spuckte das Blut, das sich in seinem Mund gesammelt hatte, direkt vor Olivia Tings Füße. Sein Blick war kalt und durchdringend.

»Ist das wahr?«, fragte er leise.

Sie blieb ihm die Antwort schuldig, starrte ihn nur an.

»Ist das wahr?«, brüllte er mit einem Mal wütend und machte einen bedrohlichen Schritt auf sie zu.

Niemand hatte mit so einer Reaktion gerechnet. Wenn er Olivia jetzt geschlagen hätte, wäre keiner der Anwesenden in der Lage gewesen, das zu verhindern. Aber er beherrschte seine Wut, warf der Frau seines ehemaligen Freundes einen hasserfüllten Blick zu und stürmte aus der Kirche. Dabei nahm er keine Rücksicht und stieß diejenigen, die ihm im Weg standen, grob zur Seite.

Niemand sprach, als jetzt Jana Wammer, um Beherrschung bemüht, die Kirche verließ. Das rhythmische Klacken ihrer Absätze hallte durch die Kapelle. Mit aller Selbstbeherrschung, die sie aufbringen konnte, stöckelte sie unbeholfen zum Ausgang. Die Tränen in ihren Augen machten es ihr schwer zu erkennen, was mittlerweile draußen vor sich ging. Sie weinte um sich, um ihre Ehe und um zwei Kinder. Die Genugtuung war verschwunden, nur der Schmerz erfüllte sie noch. Sie legte den Weg zum Auto in einer Art Trance zurück. Tobias war verschwunden, was sie allerdings nicht kümmerte. Sie griff in ihre Handtasche und fand die kleine Wasserflasche, in die sie sich Wodka gefüllt hatte. Während sie daraus einen großen Schluck nahm, wurde ihr eines klar: Ihr Leben war vorbei, jetzt mehr denn je.

Carolin Kettler war gerade noch rechtzeitig an der Kapelle angekommen, um die hässliche Szene zwischen Erik Ting und Tobias Wammer verfolgen zu können. Wenn nicht, hätte sie die Wahrheit über Annas leiblichen Vater sicher in den nächsten Stunden erreicht – es war nämlich davon auszugehen, dass die Pfetzertaler Bürger in den folgenden Tagen über nichts anderes sprechen würden. Zumindest verschaffte dieser Vorfall Heiko Nahlang den Vorteil, nicht in den Fokus der Anwesenden zu geraten, als Hauptkommissarin Kettler auf ihn zutrat und diskret, aber bestimmt darum bat, sie zu begleiten.

»Worum geht es?«, mischte sich sofort Sybille Nahlang ein, der trotz der Auseinandersetzung in der Kirche das Auftauchen der Polizistin nicht entgangen war.

Carolin schwieg und überließ Nahlang die Entscheidung, seiner Frau zu antworten.

»Sie wollen, dass ich mit aufs Revier komme. Es geht um die Morde«, murmelte der nervös.

Sybille Nahlangs Blick schweifte sofort über die Menge, damit sie abschätzen konnte, ob sie bereits die Aufmerksamkeit auf sich zogen.

»Du solltest der Dame den Gefallen tun«, sagte sie dann schneidend, wandte sich der Hauptkommissarin zu und zischte, wobei es ihr gelang, für alle Umstehenden einen wohlwollenden Gesichtsausdruck aufzulegen. »Das wird Konsequenzen haben, für Sie und Stutters kleine Truppe.«

Die Drohung prallte an Carolin ab. Sie zuckte lediglich mit den Schultern, erwiderte desinteressiert »Ach wirklich?« und bat Heiko Nahlang mit einer ausladenden

Handbewegung, ihr und den beiden Kollegen in Uniform zu folgen, die sich bislang etwas abseits aufgehalten hatten.

* * *

Polizeiwache Pfetzertal

»Ich habe aus reiner Freundlichkeit noch keinen Haftbefehl ausstellen lassen«, schleuderte Stutter Heiko Nahlang entgegen.

Der saß auf dem Stuhl im Verhörzimmer, den Kopf gesenkt, die Hände nervös knetend, und wirkte so schuldig, dass der Hauptkommissar beinahe überzeugt war, seinen Mörder gefasst zu haben.

Ob die Anwältin, die von der Ehefrau beauftragt worden war, Heikos Interessen zu vertreten, glaubte, um eine Anklage herumzukommen, ließ sich schwer einschätzen. Wenn sie aus dem gleichen Holz geschnitzt war wie ihre Auftraggeberin, würde sie so oder so aus dem Mandat Profit schlagen. Vermutlich witterte sie schon einen medienträchtigen Auftritt.

»Was werfen Sie meinem Mandanten denn nun vor?«, hakte die Juristin nach und hielt gekonnt jede Emotion aus ihrer Stimme heraus, ähnlich den Sprechern von Navigationsgeräten.

»Herr Nahlang wurde am Tag von Anna Tings Tod auf dem Grundstück von Friedhelm Ehler gesehen, und zwar kurz bevor man die Leiche entdeckte. Ich will wissen, was er dort zu suchen hatte.«

»Sie haben einen Zeugen«, stellte die Anwältin nüchtern fest. »Wie glaubhaft ist der vor Gericht? Und überhaupt, Herr Nahlang hat das Recht, sich frei zu bewegen.«

»Er befand sich auf einem Privatgrundstück«, hielt Stutter dagegen.

»Ach«, rief die Rechtsanwältin gekünstelt aus, wofür ihr der Hauptkommissar gerne den dürren Hals umgedreht hätte, »dann werfen Sie ihm also Hausfriedensbruch vor. Fällt dieses Vergehen jetzt in die Zuständigkeit des BKA?«

»Fällt es, wenn dabei ein Mord begangen wurde«, gab Stutter unbeeindruckt zurück. »Anna Ting wusste etwas über Sie, nicht wahr?«, wandte er sich nun wieder direkt an Nahlang.

Der schwitzte, als säße er in einer Sauna. Seine ganze Körpersprache, sein Verhalten und selbst der heisere Klang seiner Stimme, wenn er antwortete, verrieten ihn.

»Spekulation«, ging die Anwältin gelangweilt dazwischen.

»Wie steht es mit Ihren Alibis, was die Doppelmorde in der Ferienanlage und der alten Fabrikhalle angeht? Wo waren Sie an dem Tag, als Ehlers Scheune niederbrannte?« Er sah auffordernd zwischen Heiko Nahlang und dessen Rechtsberaterin hin und her. »*Ja, richtig*«, sprach er die Worte übertrieben aus, als er sich seine Frage selbst beantwortete. »Sie waren zu Hause oder im Auto unterwegs, aber niemand kann das bestätigen.«

»Irgendwo wird ein Mord begangen, und automatisch ist nun jeder Bürger verpflichtet, ein hieb- und stichfestes Alibi für den Zeitpunkt vorzuweisen? Ich denke nicht, dass Sie es sich so einfach machen können, Herr Hauptkommissar. Soweit ich weiß, gehört es immer noch zu Ihrem Job, Beweise vorzulegen«, mischte sich sofort die Anwältin ein, bevor Heiko etwas sagen konnte.

»Vergessen Sie nicht meinen Zeugen im Fall Anna Ting. Es wird für Herrn Nahlang im Gefängnis ganz gewiss nicht kuscheliger, wenn man ihn nur für einen anstatt sieben Morde verurteilt.« Stutter blickte zu Heiko. »Darüber sollten Sie sich im Klaren sein. Das Einzige, was Ihnen überhaupt noch helfen kann, ist ein Geständnis. Richter sind bei geständigen Tätern wohlwollend.«

»Ich habe niemanden ermordet. Warum hätte ich das tun

sollen?«, jammerte Heiko daraufhin, sehr zum Leidwesen seiner Anwältin, die ihn an Aussagen dieser Art unbedingt hindern wollte.

Stutter kochte innerlich vor Wut. Diese Befragung lief anders als erwartet. Die Anwältin machte ihm das Leben schwer, und Heiko Nahlang war nicht so leicht zu knacken wie erhofft. Außerdem hatte die Juristin recht, es fehlten nicht nur stichhaltige Beweise, sondern auch brauchbare DNA-Spuren oder Fingerabdrücke. Trotzdem hatte der Hauptkommissar das starke Gefühl, dass Nahlang etwas mit dem, was in Pfetzertal passiert war, zu tun hatte. Es war an der Zeit, die Richtung zu wechseln, deshalb nickte er Carolin zu, die wie vereinbart nun die Führung der Befragung übernahm.

»Herr Nahlang«, sagte sie, und ihr Tonfall ließ den Befragten zusammenschrecken. »Wie lange geht das schon so?«

Der so Angesprochene sah fragend zu der Polizistin, dann zu seiner Anwältin.

»Sie sollten klare Fragen stellen«, warf Letztere daraufhin ein.

Ein eisiges Lächeln huschte über Carolins Gesicht. »Ich spreche von den Todesfällen vor fünfundzwanzig Jahren.«

Die Anwältin mischte sich ein und verwahrte sich gegen die Art der Befragung, aber Carolin ignorierte sie und sprach frostig weiter: »Mord verjährt nie, das wissen Sie sicher. Damals sind drei Menschen gestorben. Die Überreste von Stefanie Hagel und Thomas Braun fand man verbrannt in einem Campingbus, und Petra Lutze starb kurz zuvor auf den alten Bahngleisen von Pfetzertal.«

Heiko hob den Kopf, als Carolin den Namen des Mädchens erwähnte.

»Sie kannten Petra Lutze?«, hakte die Polizistin sofort nach, als sie das bemerkte.

»Wir alle haben sie gekannt«, antwortete Heiko Nahlang

mürrisch und wirkte für einen Moment wie der störrische Teenager, der er damals gewesen sein musste.

»Was heißt ›wir alle‹?«, ließ Carolin nicht locker.

»Na alle, die auf der Schule waren. Der Selbstmord hat einen Riesenaufruhr verursacht. Natürlich haben wir das mitbekommen.«

»Aber Sie kannten sie doch bereits vor dem Suizid?«

Das »Wohin soll uns das jetzt führen?« der Juristin ignorierten dieses Mal nicht nur die Polizisten, sondern auch Heiko, der zu einer Antwort ansetzte. »Da war ich sicher nicht der Einzige«, gab er mit einem genervten Unterton zurück, etwas, das Carolin ebenfalls nicht entging.

»Sie hat den Jungs den Kopf verdreht«, fuhr sie fort und zog eine Fotografie aus der Akte, »kein Wunder, sie war ein hübsches Mädchen.«

Heiko kniff die Lippen zusammen, während er auf das Bild starrte, dann gab er sich einen Ruck. »Ich wünschte, sie hätte sich nicht umgebracht, das war sinnlos.«

»Was ist zwischen Ihnen und Petra vorgefallen?«

»Nichts, absolut gar nichts.«

»Aber damit haben Sie sich nicht zufriedengegeben. Ist es nicht so, dass Sie das Mädchen bedrängt haben? Dass sie von Ihnen unter Druck gesetzt wurde?«

»Was?« Heiko sah verwirrt zu Stutter. »Wovon redet Ihre Kollegin denn da? Was hat Petra Lutze mit alldem zu tun?«

»Antworten Sie«, hielt Stutter dagegen. »Warum erzählen Sie uns nicht, was damals passiert ist?«

Heiko Nahlang seufzte, lehnte sich zurück und fuhr sich mit der Hand über die schweißnasse Stirn. »Petra Lutze war das heißeste Mädchen auf der Schule, und alle waren hinter ihr her. Ich habe mein Glück ebenfalls versucht, aber sie hatte nichts für mich übrig. Ich gebe zu, dass das mein männliches Ehrgefühl verletzt hat, sehr sogar. Ich war nicht gerade ein Gentleman, als sie mich hat abblitzen lassen, aber meine Beschimpfungen haben sie garantiert nicht in den Tod getrieben. Abgesehen davon hat es sicher noch mehr gegeben, die sich ihr gegenüber unfreundlich geäußert haben.«

»Wer zum Beispiel?«

»Die gesamte weibliche Schülerschaft ließ kein gutes Haar an der Konkurrenz. Ich war damals in der Abiturklasse. Unter uns Jungs lief ein regelrechter Wettkampf um Petras Gunst.«

Er bemerkte den angewiderten Gesichtsausdruck der Hauptkommissarin und fügte an: »Ja, mein Gott, so sind Männer eben.«

»Wer hat den Kampf um diese Gunst gewonnen?«, fragte Stutter völlig wertfrei.

Heiko Nahlang überlegte laut: »Keine Ahnung, es wird wohl jemanden gegeben haben. Manchmal dachte ich, dass Tobias derjenige welcher wäre.«

»Tobias Wammer?«, fragte Carolin überrascht.

»Ja, wir waren alle in der gleichen Klassenstufe. Tobias Wammer und Erik Ting, damals noch unzertrennlich wie siamesische Zwillinge. Na ja, das hat sich ja nun endgültig erledigt.« Es war klar, dass er damit auf die Neuigkeit anspielte, dass Tobias Wammer der leibliche Vater von Anna Ting war.

»Und war Wammer derjenige welcher?«, führte ihn Stutter zum Thema zurück.

»Keine Ahnung, er hat jedenfalls nie etwas verlauten lassen. Außerdem hätte ihm Jana dafür sicher die Augen ausgekratzt. Die beiden waren schon in der Schule zusammen. Bevor sie das Saufen angefangen hat, sah Jana richtig gut aus.«

»Jana Wammer kannte Petra Lutze also auch«, fasste Carolin nach. »Was ist mit Erik Ting und dessen Frau?«

»Erik war damals kein Kostverächter, mehr so der stille Typ. Aber der wusste, wie man die Weiber ins Bett bekam. Olivia hat er erst später kennengelernt, die stammt nicht aus Pfetzertal.«

Stutter hatte nicht den Eindruck, dass Nahlang bei den Fragen die Vergangenheit betreffend nervös wurde. Im Gegenteil schien er sogar seine Selbstsicherheit zurückzugewinnen, deshalb wagte der Hauptkommissar ein kleines Manöver und hoffte, den Mann dadurch aus der Reserve zu locken. »Warum waren Sie an dem Tag, als Anna Ting starb, auf Friedhelm Ehlers Grundstück?«, überrumpelte der Beamte sein Gegenüber.

Die Anwältin durchschaute Stutter und begehrte sofort auf. »Das hatten wir doch schon!«

»Herr Nahlang, haben Sie Anna Ting getötet?«, bohrte der Beamte unnachgiebig weiter.

»Nein!«, rief Heiko völlig aus dem Konzept gebracht. »Ich war das nicht.«

»Sie waren dort«, ließ der Polizist nicht locker. »Wir reden hier über Mord. Was ist an dem Tag passiert? Was wusste Anna, warum musste sie sterben?« Stutter schlug mit der Faust auf den Tisch.

Die Anwältin sprang erzürnt auf, aber der Hauptkommissar ließ sich nicht beirren und brüllte: »Reden Sie endlich!«

»Sie war schon tot«, brach Heiko Nahlang endlich sein Schweigen. Er wich beschämt dem Blick des Polizisten aus, während er flüsterte: »Ich habe sie zwar gefunden, aber da war sie schon tot.«

* * *

Etwa zur gleichen Zeit

Erik Ting betrachtete den Sack mit den ausgeschnittenen Löchern, der als Maske dienen sollte, und den Karton mit den Strohpuppen. Er nahm eine von ihnen in die Hand und dachte an die letzten Jahre zurück. An seine erste Begegnung mit Olivia, an Annas Geburt und die Nacht, als ihn die Nachricht von ihrem Unfall mit Nils erreichte.

Wie sollte er es jetzt zu Ende bringen? Konnte er das überhaupt?

In ihm machte sich eine ungeheuerliche Leere breit. Er empfand immer noch Trauer, trotzdem waren die Tränen versiegt. Er dachte plötzlich an Petra Lutze. Bis heute war es ihm nicht gelungen, nachzuvollziehen, wie man sich selbst so etwas antun konnte. Aber jetzt erschien ihm ein selbst gewähltes Ende sogar verlockend. Immerhin stellte es eine Lösung dar. Dann besann er sich, denn noch wäre das zu früh, zuerst wollte er seine Angelegenheiten in Ordnung bringen.

* * *

Olivia saß allein zu Hause im Wohnzimmer. Sie hatte alle fortgeschickt, selbst ihre Eltern. Sie konnte im Moment niemanden ertragen. Den einzigen Menschen, den sie sehen wollte, war Erik, aber der blieb verschwunden. Sie wünschte sich, er würde mit ihr sprechen, sie beschimpfen und zur Rede stellen, dann hätte sie ihm zumindest erklären können, was damals passiert war. Sie blätterte traurig durch eines der alten Fotoalben.

Ein Schluchzen ließ ihren Körper erbeben, als sie sich an jenen Sommerabend erinnerte. Sie hatte jung geheiratet – viel zu jung –, und Erik, der vier Jahre älter war, entschied sich schon kurz nach der Hochzeit, seine ganze Energie in die Firma zu stecken. Olivia langweilte sich, wusste nichts mit sich anzufangen und wollte das Leben genießen, anstatt die biedere Hausfrau zu spielen. Alles war schiefgelaufen, und eigentlich hatte sie sich bereits zu einer Trennung von Erik entschlossen. Deshalb war es ihr in jener Nacht auch nicht wie Betrug vorgekommen.

Sie hatte allein im Garten gesessen, etwas getrunken und sich bereits zurechtgelegt, mit welchen Worten sie Erik verlassen wollte. Da war wie aus dem Nichts Tobias aufgetaucht.

»Wo ist dein Mann?«, fragte er fröhlich wie immer.

»Steckt seine Nase in eure Bücher«, gab sie ihm flapsig zur Antwort und spielte damit auf Eriks Arbeit als Buchhalter des Autohauses an.

»Zu schade«, erwiderte Tobias mit einem charmanten Grinsen, »ich hätte an seiner Stelle Besseres zu tun.« Sein Blick glitt anzüglich über ihren Körper.

»Ach ja?«, gab sie aufreizend zurück, und so führte eines zum anderen. Sie liebten sich leidenschaftlich, und danach plagte Tobias das schlechte Gewissen. Olivia hingegen sah sich darin bestätigt, einen Schlussstrich zu ziehen. Sie wollte es Erik an jenem Abend sagen, aber das Schicksal hatte anderes für sie geplant. Noch bevor sie Gelegenheit zu einem Gespräch bekam, erhielten sie die Nachricht, dass Eriks Vater einem Herzinfarkt erlegen war. Dann folgten hektische Tage. Die Trauerfeier musste organisiert, der Nachlass geregelt werden. Für Erik gab es plötzlich noch mehr Arbeit, und dann stellte Olivia ihre Schwangerschaft fest. Sie wusste nicht, ob das Baby von Erik oder aus der Nacht mit Tobias stammte; aber eines war ihr sofort klar, nämlich dass sie keinesfalls die Kraft hatte, das Kind allein großzuziehen. Also schwieg sie, sowohl aus Angst als auch aus Feigheit.

Erik war während ihrer Schwangerschaft ganz besonders rücksichtsvoll, Anna wurde zu seinem Lebensinhalt, und plötzlich wusste Olivia, dass sie das Glück gefunden hatte. Die Geburt des Kindes veränderte sie. Es war, als bekäme sie dadurch eine Aufgabe, einen Platz im Leben. Da erst begriff Olivia, welchen Verrat sie begangen hatte, und schämte sich. Den Vaterschaftstest ließ sie in der Hoffnung machen, Erik wäre der Vater von Anna. Die Möglichkeit bestand natürlich, aber irgendwie spürte sie bereits, dass ihr Kind in jener Nacht mit Tobias gezeugt worden war. Als sie das Laborergebnis erhielt, wählte Olivia erneut den einfachsten

Weg und schwieg. Doch für alle ihre Sünden war sie nach und nach bestraft worden.

Sie schloss das Fotoalbum abrupt, drückte es fest an sich und dachte an das Entsetzen, das sie damals empfunden hatte, als Anna plötzlich glaubte, in Nils ihren Traumprinzen zu sehen. Konnte man es ihr da verdenken, dass sie eine gewisse Erleichterung verspürt hatte, als der Halbbruder bei dem Unfall starb? Für all ihre Fehler musste Olivia nun die Konsequenzen tragen. Ihr eigenes Kind war mittlerweile tot, Erik zutiefst verletzt, und das Geheimnis, das sie so gut gehütet hatte, war trotz allem entdeckt worden. Sie hatte ihre Ehe und die von Jana und Tobias zerstört. Und wer weiß? Vielleicht hätte die Wahrheit am Ende sogar den Tod von Nils und Anna verhindern können. Der Skandal wäre zwar schmerzhaft gewesen – aber dann, nach einer gewissen Zeit, wenn jeder seiner Wege gegangen wäre, hätte sich die Zukunft vielleicht weniger tragisch entwickelt als von Olivia befürchtet. Sie weinte leise in sich hinein und fühlte die schwere Schuld, die sie zu tragen hatte.

Das Geräusch an der Tür riss sie aus ihren düsteren Gedanken. Eine ihr vertraute Stimme rief: »Mach auf, wir müssen reden!«

* * *

Polizeirevier von Pfetzertal, zur gleichen Zeit

»Was soll das heißen: ›Sie war schon tot‹?« Carolin Kettlers Frage richtete sich an Heiko Nahlang, der jetzt wie ein Häufchen Elend wirkte.

»Sie lag am Ende des Hügels«, stammelte der Mann und hatte Mühe, sich zusammenzureißen.

»Ich möchte mich mit meinem Mandanten besprechen«, mischte sich die Anwältin ein, und Carolin machte ein Gesicht, das keinen Zweifel daran ließ, was sie von der Juristin und deren Vorschlag hielt.

Stutter wollte etwas einwerfen, aber Heiko Nahlang kam ihm zuvor: »Wir brauchen uns nicht besprechen«, sagte er gereizt. »Sie können gehen und meiner Frau ausrichten, dass sie sich keine Sorgen um die Zukunft machen muss. Sie wird garantiert die nächsten hundert Jahre die allmächtige Bürgermeisterin von Pfetzertal sein. Ich werde, wenn das vorbei ist, meinen Kram packen und gehen. Und jetzt verschwinden Sie. Sie sind hiermit entlassen.«

Die Anwältin brachte ein pikiertes »Wie Sie meinen!« hervor und verließ ohne Eile den Raum.

»Ich werde Ihnen sagen, was passiert ist, und Sie müssen mir glauben, dass ich nicht stolz auf das bin, was ich getan habe. Aber manchmal, wenn man das Gefühl hat, man wäre in die Enge getrieben, da macht man Fehler. Dinge, die einem hinterher leidtun, die nicht …«

»Herr Nahlang, wir sind nicht hier, um das zu beurteilen. Wenn es zu einem Prozess kommt, werden Sie ausreichend Zeit haben, sich vor dem Richter zu erklären. Uns interessieren die Fakten. Deshalb erzählen Sie uns nun bitte die Geschehnisse.«

»Ich hatte Streit mit meiner Frau. Wieder einmal.« Er machte eine wegwerfende Handbewegung. »Meine Ehefrau ist ein berechnendes Miststück, und sie liebt es, andere am langen Arm verhungern zu lassen. Sie hat sogar versucht, Sie anzuschwärzen, Herr Hauptkommissar«, fügte Heiko verschwörerisch an.

Stutter nickte, das war ihm längst bewusst. Allerdings bestätigte die Aussage von Sybille Nahlangs Ehemann wieder einmal eine alte Polizeiweisheit: »Kein Zeuge ist besser als ein verärgerter Ehepartner.«

»Was hat Anna Ting damit zu tun?«, forderte nun Carolin den Mann auf weiterzusprechen.

»Meine Firma steht kurz vor dem Bankrott.« Er winkte ab. »Was rede ich da? Wir sind längst am Ende! Der Auftrag für den Golfplatz hätte mein Bauunternehmen retten können, aber dafür wäre ein bisschen Unterstützung vonseiten meiner allseits geschätzten Frau notwendig gewesen. Für Sybille wäre es einfach, mich den Investoren schmackhaft zu machen. Aber sie lehnt das ab. Das ist ihre kleinliche Rache für Seitensprünge ohne Bedeutung.«

»So etwas hat für Frauen immer eine Bedeutung«, ließ sich Carolin nicht nehmen zu sagen.

Nahlang sah sie mit zusammengekniffenen Augen an. »Ganz offensichtlich«, murmelte er gereizt, unterließ aber weitere Kommentare. »Jedenfalls hat sie mir ins Gesicht gesagt, dass sie mich aus dem Projekt drängen wird. Ich war so wütend, dass ich ihr am liebsten ...« Er ließ den Satz unausgesprochen angesichts der Umstände, die ihn aufs Revier geführt hatten, und fuhr fort: »Das Projekt war noch nicht in trockenen Tüchern, das wusste ich. Die schlechte Publicity drohte, den Golfplatz scheitern zu lassen. Die Morde machten die Investoren nervös. Nach unserem Streit marschierte ich ziellos über die Felder, um den Kopf frei zu bekommen, und da fand ich sie. Das Mädchen lag einfach so da. Ich sah ihren Rollstuhl, und das Erste, was mir in den Sinn kam, war, dass die Kleine einen Unfall gehabt hatte.« Er stöhnte und wandte sich jetzt Hilfe suchend an Stutter: »Sie müssen das verstehen, ich war in diesem Moment enttäuscht, verzweifelt und unglaublich wütend. Da dachte ich, ich könnte es Sybille heimzahlen. Wenn sie mich nicht bei dem Projekt dabeihaben wollte, dann würde ich dafür sorgen, dass es kein Projekt mehr gab.«

»Da hielten Sie es für eine gute Idee, die Leiche des Mädchens an das Gerüst der Vogelscheuche zu hängen und die Presse zu informieren?«, fragte Carolin fassungslos.

»Dieser Wirbel sollte meiner Frau beruflich das Genick brechen. Ich schwöre, dass ich mit Annas Tod nichts zu tun habe. Ich sagte bereits, dass ich nicht stolz auf die Sache bin, aber ich musste mich doch gegen Sybille zur Wehr setzen«, beharrte Nahlang, der sich selbst immer noch als das eigentliche Opfer sah und nach diesem Geständnis alles andere als ehrliche Reue an den Tag legte. »Ich habe Ihnen alles gesagt, was ich weiß. Also, was wird denn jetzt?«, fragte er ungeduldig, in der irrigen Annahme, geradewegs aus dem Polizeigebäude spazieren zu können.

»Das entscheidet die Staatsanwaltschaft, so lange bleiben Sie hier«, erwiderte Stutter kalt und verließ den Raum, ohne auf Nahlangs Einspruch zu reagieren. Dabei nahm er sich fest vor, die ganze Härte der Gerichtsbarkeit für den Mann zu fordern, der nicht nur die Arbeit der Polizei aus niedrigen Rachemotiven behindert hatte, sondern es auch an jeglichem Respekt gegenüber Anna Ting hatte fehlen lassen.

»Ist der Kerl glaubhaft?«, fragte Jasmin Nau, als sie und ihre Kollegen die Aussage von Heiko Nahlang anschließend im Büro durchgingen.

»Ich halte ihn keinesfalls für einen ehrlichen Menschen«, entgegnete Stutter. »Aber dass er sich die Geschichte mit Anna Ting ausgedacht hat, das kann ich mir auch wieder nicht vorstellen. Außerdem erklärt das einiges. Wir hatten doch von Anfang an den Verdacht, dass die Inszenierung von Annas Leiche nicht zu den Doppelmorden passt.«

»Ist das Mädchen denn nun ermordet worden, oder war es ein Unfall?«, hakte Jasmin nach, die gerade noch einmal die Bilder der Kriminaltechniker betrachtete.

»Ich habe den Verdacht, es war Mord, der wie ein Unfall hätte aussehen sollen«, antwortete ihr Stutter. »Nahlangs Einmischung hat uns genauer hinsehen lassen, und einige Spuren sprechen dafür, dass man sie den Hang hinuntergestoßen hat. Ich vermute nach wie vor, dass Anna etwas beobachtete und dem Mörder dadurch gefährlich wurde.«

»Aber wer die Morde begangen hat, das ist immer noch ungeklärt«, warf Carolin gerade ein, als ein Kollege ins Büro stürmte und rief: »Wir haben einen Notruf erhalten. Im Haus von Tobias Wammer muss etwas passiert sein!«

* * *

Kapitel 15

Die Beamten stürmten zu den Fahrzeugen. Der Anrufer hatte keinen Namen genannt, von Tod und Blut gestammelt und als Adresse das Haus von Tobias Wammer angegeben.

Unter diesen Umständen war das Einschalten der Sirene unumgänglich, denn es galt, keine Zeit zu verlieren.

Als Stutter vor der Villa der Wammers aus dem Wagen sprang, trat gerade Erik Ting aus dem Vorgarten seines Nachbarn und ehemaligen Freundes. Das Gesicht des Mannes wirkte grau, seine rot geäderten Augen starrten ohne den geringsten Ausdruck von Emotion auf das Polizeiaufgebot. Unter dem linken Arm trug er einen Schuhkarton, die rechte Hand hielt er hinter seinem Rücken versteckt.

Stutter zog seine Waffe, die Kollegen taten es ihm gleich.

Ting bewegte sich wie in Trance, schien die Pistolen nicht zu sehen, sondern suchte die Gruppe nach einem bekannten Gesicht ab.

Als er Stutter entdeckte, sagte er tonlos: »Ich bin mir sicher, dass sie da drin ist.«

»Stehen bleiben und beide Hände so, dass wir sie sehen können.«

Stutter näherte sich dem Mann, obwohl ihn Carolin mit den Worten »Vorsicht! Wir wissen nicht, was er vorhat« zurückhalten wollte.

»Lassen Sie den Karton fallen und halten Sie die Hände über den Kopf!«, forderte der Hauptkommissar Erik Ting auf und versuchte seine Stimme ruhig, aber bestimmt klingen zu lassen.

Endlich schien der Mann aus seiner Trance zu erwachen. »Was?«, fragte er, als hätte ihn ein kräftiges Schütteln aus einem tiefen Albtraum zurück in die Realität geholt.

»Tun Sie, was ich Ihnen sage«, drängte ihn Stutter erneut.

Erik ließ augenblicklich den Karton fallen und circa zwanzig Strohpüppchen verteilten sich über den Bürgersteig. Als er nun die Arme über den Kopf streckte, hielt er in seiner rechten Hand eine Maske aus Sackleinen.

Jasmin Nau stieß leise die Luft aus, und Carolin murmelte »Wir haben ihn«, während sie ihre Waffe fester umschloss.

»Wo ist Ihre Frau?«, fragte Stutter scharf und nickte zwei Kollegen zu, sich dem Mann zu nähern, um ihn in Gewahrsam zu nehmen. Als endlich die Handschellen Eriks Handgelenke umschlossen und einrasteten, ging ein kollektives Aufatmen durch die Gruppe der Polizisten, die ihre Waffen wieder wegsteckten.

»Wir haben einen Notruf erhalten«, fuhr Stutter fort.

»Ich habe Sie angerufen, Sie müssen sofort dort rein …« Mit einer Kopfbewegung deutete er auf Tobias Wammers Haus. Er wirkte, als stände er unter Schock. »Olivia, ich muss zu ihr. Sie ist doch meine Frau, alles, was ich noch habe!«, schluchzte er plötzlich, und der Hauptkommissar hatte sofort ein ungutes Gefühl.

Er trat jetzt direkt vor Erik Ting, packte ihn grob an beiden Armen und rief: »Was ist hier passiert?«

»Unsere Haustür stand offen, da war Blut im Flur, und Olivia … sie ist verschwunden. Ich bin rüber zu Tobias, dachte …« Er brach ab, und Stutter verstärkte seinen Griff.

»Was dachten Sie, Herr Ting?«

»Dass sie bei ihm ist.«

Anscheinend veranlasste Stutters Gesichtsausdruck den Mann, deutlicher zu werden. »Ich habe Angst um Olivia. Die Sachen, die Maske und den Karton, die habe ich in Tobias' Schreibtisch gefunden. Ich wollte wissen, ob er und Olivia …« Er zögerte. »… ob zwischen den beiden noch immer etwas läuft. Ich suchte nach Beweisen, ich wollte einfach Gewissheit, und da fand ich dieses Zeug.«

Stutter ließ Erik Ting augenblicklich los.

»Ich glaube, er ist im Haus und hat meine Frau bei sich. Ich befürchte, er wird ihr etwas antun. Niemand öffnet, die Rollläden sind unten, sonst hätte ich längst eine der Scheiben eingeschlagen. Sie müssen sich beeilen.«

»Wir gehen sofort ins Haus!«, gab der Hauptkommissar Anweisung.

Die Villa von Tobias Wammer glich einer Festung, und es dauerte Stutter viel zu lange, bis es den Beamten endlich gelang, die Tür aufzubrechen. Die Räume im Erdgeschoss lagen im Dunkeln. Wie Erik Ting gesagt hatte, waren überall die Rollos heruntergelassen worden. Vorsichtig arbeiteten sich die Polizisten durch den unteren Bereich.

Im großen Wohnzimmer auf dem Sofa fanden sie Jana Wammer. Stutter legte seine Finger auf ihren Hals, um den Puls zu fühlen, dann sah er zu den Kollegen und schüttelte verneinend den Kopf. Jana lag auf dem Rücken; sie hatte sich in ihrem Todeskampf noch übergeben. Erbrochenes verteilte sich über das Kissen unter ihrem Kopf und klebte an den Lippen der Frau. Allerdings hatte sie das nicht mehr retten können, denn die tödliche Dosis war zu diesem Zeitpunkt schon längst in ihrer Blutbahn gewesen. Jana trug noch immer das schwarze Kleid, das sie für Annas Trauerfeier ausgewählt hatte. Einer der hochhackigen Schuhe hing schief an ihrem linken Fuß, der andere lag auf dem Boden, neben zwei leeren Ginflaschen und einem Tablettenröhrchen ohne Inhalt. Es gab einen kurzen Abschiedsbrief. »Ich kann nicht mehr, Jana« stand dort in krakeliger Schrift.

In ihrer Hand hielt die tote Frau einen Bilderrahmen. Es handelte sich um ein Familienfoto, das ihren Ehemann Tobias und sie selbst mit einem Baby auf dem Arm zeigte. Im Hintergrund konnte man den Eingang einer Klinik erkennen. Vermutlich waren die Aufnahmen wenige Tage nach Nils' Geburt gemacht worden.

Über sich hörten die Beamten ein Geräusch. Stutter war der Erste, der die Treppe nach oben eilte. Er riss die nächstbeste Tür auf und fand Olivia Ting. Seine Augen weiteten sich – sie war nicht allein. Tobias Wammer schmiegte sich leicht aufgerichtet an die Frau, die ausgestreckt auf dem Bett lag, beide waren nackt. Stutters Waffe richtete sich ganz automatisch auf den Mann. Die eintretenden Kollegen hinter sich nahm der Hauptkommissar nur flüchtig wahr. Auch ihr entsetztes Keuchen, als sie das ganze Ausmaß des Grauens realisierten, das sich ihnen beim Anblick der beiden Körper bot, entging ihm. Er starrte wie durch einen Tunnel direkt auf das Messer, das Tobias Wammer in der Hand hielt und mit dem er ohne Frage bereit war, die Frau neben sich zu töten.

Olivia war benommen, kam aber langsam zu sich. Aus einer Wunde an ihrer Schläfe floss Blut. Sie versuchte, sich zu bewegen, stöhnte aber vor Schmerz laut auf, und auch Tobias Wammer verzog das Gesicht, als sich ihr Körper von dem seinen wegbewegen wollte. Stutter schluckte, er hatte so etwas noch nie gesehen.

»Wir werden für immer vereint sein, meine letzte Chance auf Glück!«

Es war unverkennbar, was der Mann damit meinte. Sein Blick wanderte stolz über das barbarische Werk, das er geschaffen hatte. Angetrieben vom Wahnsinn war er weit über die Grenzen alles Menschlichen getreten, indem er seinen und Olivias Körper zusammengenäht hatte. Der grobe Bindfaden verlief in einem Zickzackmuster zwischen seiner linken und Olivias rechter Körperhälfte. Die Naht begann oberhalb der Knie und reichte fast bis zur Brust, sodass es den Eindruck erweckte, die beiden wären zusammengewachsen.

»Lassen Sie es uns zu Ende bringen, Herr Hauptkommissar. Ich muss heute diese heimtückische Schuld loswerden, denn erst dann wird alles gut.« Er hob die Hand mit dem Messer.

»Waffe fallen lassen!«, schrie Stutter.

Olivia öffnete die Augen und stieß panische Hilferufe aus, als sie die Klinge über ihrem Brustkorb schweben sah.

Tobias holte aus, bereit, zuzustechen. Es musste eine Entscheidung getroffen werden. Noch bevor die Schneide Olivia verletzen konnte, fiel ein Schuss.

Die Kugel trat direkt unter Tobias' linkem Jochbein ein und stanzte ein Loch in sein Gesicht, dabei fiel das Messer aus seiner Hand. Eine Sekunde später klappte sein Oberkörper nach hinten weg, nicht ohne dabei schmerzhaft an der Naht zu reißen.

Olivia geriet völlig außer sich, wollte aufspringen – doch die Fäden, die sie mit Tobias verbanden, hinderten sie brutal daran. Sie spürte auf ihrem nackten Körper warmes Blut, versuchte es wegzuwischen, was ihr nicht gelang, und verlor fast den Verstand vor Angst. Stutter eilte zu ihr, warf seine Jacke über die nackte Frau und ergriff ihre Hand.

»Nicht bewegen«, versuchte er Olivia Ting zu beruhigen, »alles wird gut.«

Sie klammerte sich an ihn, tat sich schwer, still zu liegen, und weinte wie ein Kind.

Der Krankenwagen stand zwar längst bereit, aber es dauerte unerträglich lange Minuten, bis der Notarzt die Naht, die Olivia immer noch an den toten Tobias fesselte, durchtrennt hatte. Mittlerweile war der Frau ein starkes Beruhigungsmittel verabreicht worden, sodass sie erst im Krankenhaus wieder das volle Bewusstsein erlangen würde.

* * *

Wenig später im Polizeirevier von Pfetzertal

Im Schlafzimmer von Tobias Wammer hatten die Beamten einen Laptop gefunden, mit dessen Kamera etwas aufgezeichnet worden war. Offensichtlich hatte man ihnen eine Nachricht hinterlassen.

Jemand fragte Stutter, ob er bereit wäre, und auf sein Okay hin verstummten die Gespräche im Präsidium. Alle sahen wie gebannt zum Bildschirm, auf dem nun ein Gesicht zu erkennen war.

»Mein Name ist Tobias Wammer, und ich hinterlasse diese Aufzeichnung für Hauptkommissar Jens Stutter.« Er räusperte sich, bevor er fortfuhr: »Ich möchte, dass es hier endet, damit ich endlich meinen Frieden finden kann.« Noch klang er sehr beherrscht, und ohne das Wissen, welche grauenvollen Taten der Mann in der Vergangenheit begangen hatte, wäre man nicht auf die Idee gekommen, dass ein Mörder gerade sein Geständnis ablegen würde.

Stutter spannte automatisch seine Nackenmuskeln an. Er bemühte sich, gefasst zu wirken, aber innerlich war er wie so oft nach dem Abschluss eines Falles zerrissen. Denn egal wie man es betrachtete, Fakt war, dass er die Taten nicht hatte verhindern können und Menschen nicht nur gestorben, sondern unwürdig ihres Lebens beraubt worden waren. Trauernde Hinterbliebene mussten mit einem schmerzvollen Verlust klarkommen, während er künftig die bleichen, wächsernen Gesichter der Leichen in seinen Albträumen wiedersehen würde. Für gewöhnlich geschah das nicht sofort, sondern zu einem Zeitpunkt, zu dem er glaubte, er hätte sie schon längst vergessen. Dann würden ihn die anklagenden Augen von Lara Herold heimsuchen, die verbrannten Überreste von Marek Pawlak zum Leben erwachen, um nach dem Warum zu fragen, und seine Finger ins Leere greifen, wenn er Anna Ting vor dem Sturz in einen dunklen Abgrund bewahren wollte. Die Vernunft sagte ihm, dass er sie nicht hätte retten können – aber irgendwo klammerte sich trotzdem der Gedanke, versagt zu haben, mit aller Kraft an den Verästelungen seines Gehirns fest. Stutter musste das jedoch vorerst beiseiteschieben und sich auf die Aufnahme konzentrieren.

Tobias Wammer blickte direkt in die Kamera, und fast wirkte es so, als warte er darauf, dass Stutter ihm zunickte zum Zeichen, dass er nun bereit sei, die Geschichte des Mannes zu erfahren.

Jasmin Nau wollte schon fragen, ob sie vorspulen sollte, da begann Wammer endlich weiterzusprechen: »Jana und ich, das war für alle die perfekte Verbindung. Wir hatten beide wohlhabende Eltern, kamen aus der gleichen gesellschaftlichen Schicht und wurden von unseren Mitschülern beneidet. Für mich sprach nichts gegen unsere Beziehung. Ich mochte Jana, aber dann änderte sich alles.«

Er stockte und blickte traurig an der Kamera vorbei.

»Das Leben kam mir damals so einfach vor. Ich musste mich um nichts kümmern, alles war ein großer Spaß, eine einzige Party. Dann traf ich Petra Lutze. Sie war vollkommen anders als alle Mädchen, die ich bisher kannte. Vielleicht war es ihre Traurigkeit, die mich so berührt hat. Sie hatte etwas Verletzliches an sich, wirkte immer, als gäbe es einen tiefen Schmerz, den nur sie allein spüren konnte. Die Zeit mit ihr fühlte sich intensiv und lebendig an. Ich habe sie geliebt, ja, das habe ich, aber das wurde mir erst klar, als es längst zu spät war. Mein Vater sprach sich natürlich gegen die Verbindung aus …«

Die Tränen liefen Tobias über die Wangen, und er glich einem kleinen Jungen, dessen heile Kinderwelt in sich zusammengebrochen war. Sein Gesicht verschwand vom Bildschirm, und einen Moment glaubten die Beamten, die Aufnahme würde hier enden, aber dann erkannten sie das Schlafzimmer und Olivia Ting, die bewusstlos und nackt auf dem Bett lag. Die Beamten im Raum wagten kaum zu atmen. Sie wussten, was jetzt passieren würde, und doch spürten sie Entsetzen, als sie zusehen mussten, wie Tobias Wammer ein Messer sowie Nadel und Faden auf dem Nachttisch platzierte.

Er drehte sich um, und sein Gesicht tauchte erneut auf dem Monitor auf. Seine Augen hatten einen gehetzten Ausdruck, als er fortfuhr zu sprechen. »Was hätte ich denn tun sollen? Ich war nicht stark genug, mich gegen meine Familie zu stellen. Mit neunzehn Jahren und einem herrschsüchtigen Vater fügte ich mich und tat das, was man von mir erwartete.« Er setzte sich neben Olivia aufs Bett und strich ihr liebevoll eine Haarsträhne aus der Stirn. Sie stöhnte leise, kam aber nicht zu sich.

»Petra Lutze war jünger als ich und gehörte nicht gerade zu den Kreisen, in denen ich üblicherweise verkehrte.« Er lachte heiser auf. »Vermutlich war ich ein Feigling, der die blöden Sprüche fürchtete. Jedenfalls beschlossen wir, unsere Beziehung geheim zu halten. Sie verstand das, hielt es für ein romantisches Spiel. Ich versprach ihr, dass sich alles ändern würde, wenn ich erst einmal die Schule beendet hätte. Wir träumten von einem gemeinsamen Leben, hatten so viele Pläne. Aber eines Tages kam ich spät nach Hause, und mein Vater stellte mich zur Rede. Irgendwie hatte er von meiner Beziehung zu Petra erfahren und drängte mich, Schluss zu machen. Mein Vater behauptete, sie wäre ein kleines Flittchen und nur hinter unserem Geld her.« Ein müdes Lächeln umspielte seinen Mund. »Dann übte er Druck aus und drohte, mir den Geldhahn zuzudrehen, parallel dazu pries er Jana wie eine Zuchtstute an. Gott, wenn er sehen könnte, wie es mit ihr geendet hat.«

Die letzten Worte hatte er nicht wütend, sondern voller Traurigkeit ausgesprochen. »Sie werden sie unten im Wohnzimmer finden.« Er schüttelte langsam den Kopf, als könnte er so verdrängen, was vorgefallen war, und begann dann, seine Kleider abzustreifen, bis er nackt war.

Dann fuhr er fort, seine Geschichte zu erzählen. »Als ich Petra in jener Nacht sah, hatte ich eine Entscheidung getroffen. Ich redete mir tatsächlich ein, dass es besser für uns alle wäre, die Sache zu beenden. Ich werde nie vergessen, wie sie mich angesehen hat. Keine einzige Träne hat sie vergossen. Nicht einmal wütend ist sie geworden, sie hat sogar gelächelt. Ihr wunderschönes, trauriges Lächeln sehe ich heute noch vor mir.« Er schluckte schwer, und einen kurzen Augenblick bebte sein Körper, als würde ihn bei der Erinnerung daran ein starker Schauer überlaufen. »Sie trug das Strohpüppchen bei sich. Ich hatte es ihr bei einer unserer letzten heimlichen Verabredungen geschenkt. Nichts Besonderes, lediglich ein Trostpreis vom Jahrmarkt, ein Geschenk des Losverkäufers, er hatte mir zwei davon gegeben. Für Petra hatten diese albernen Dinger eine ganz besondere Bedeutung gehabt, so wie Freundschaftsringe.« Er atmete schwer, bevor er weitersprach: »Als ich ihr sagte, es wäre vorbei, da kramte sie diese gottverdammte Puppe aus ihrer Jacke, flüsterte ›Die werde ich trotzdem immer unter meinem Herzen tragen, zur Erinnerung an dich‹, gab mir einen flüchtigen Kuss auf die Wange, stieg aus und …«

Dieses Mal schluchzte er laut. »Es ging alles so furchtbar schnell. Sie rannte zu den Gleisen, und plötzlich tauchte der Zug auf. Sie sprang direkt auf die Schienen, und ich musste zusehen, wie sie zerfetzt wurde. Alles, was ich tat, war, ihre Tasche aus dem Wagen zu werfen und davonzufahren.« Er schwieg, legte die Stirn in Falten, als müsste er über etwas Entscheidendes nachdenken, und sagte schließlich: »Schuld ist wie ein Geschwür, das die Seele überwuchert und erstickt. Das Einzige, was sie beseitigen kann, ist Vergebung, aber wer bekommt die schon? Ich weiß nicht, ob Sie verstehen können, wie das ist, ständig diese Schuld mit sich herumzutragen.«

Wammer legte sich ohne Eile neben Olivia aufs Bett. Umständlich hantierte er mit einer langen Nähnadel und dickem Bindfaden. Es dauerte eine ganze Weile, bis sich das grobe Garn durch das Öhr fädeln ließ. Währenddessen sprach er weiter. Die aufwühlenden Gefühle waren verschwunden, ab jetzt hörte sich alles, was er sagte, so an, als würde er langweilige Statistiken vortragen. »Schuld kriecht in dich hinein und zerfleischt dich Stück für Stück, in aller Ruhe und sehr genüsslich. Es gibt keine Möglichkeit, ihr zu entkommen. Die Schuld ist heimtückisch.« Tobias blickte nicht mehr in die Kamera, stattdessen widmete er sich voll und ganz der Nadel, die er jetzt in die Haut seines linken Oberschenkels bohrte. Er rückte dicht an Olivia heran, die immer noch bewusstlos war. Dann führte er die Nadel weiter durch deren rechten Oberschenkel und zog den Faden durch. Sein Körper zuckte kurz zusammen, bevor er zum nächsten schmerzhaften Stich ansetzte. Wieder stieß er die Nadel zuerst in sein eigenes und dann in Olivias Fleisch.

Obwohl Jasmin die beiden zusammengenähten Körper mit eigenen Augen gesehen hatte und wusste, dass man Olivia retten würde, schlug sie in diesem Moment die Hand vor den Mund und keuchte. Selbst Carolin griff im Augenblick des Schocks nach Stutters Arm und umschloss ihn fest mit ihren Fingern. Dem fiel es schwer, die Aufnahme nicht auszuschalten, um sich und den anderen den Anblick zu ersparen.

Wammer ignorierte das Blut, das langsam aus den Einstichwunden tropfte, und fuhr fort: »Ich versuchte mein Bestes, zur Normalität zurückzufinden. Natürlich konnte ich mit niemandem über Petras Selbstmord sprechen. Deshalb griff ich zu reichlich Alkohol und zog von einer Party zur anderen, aber es half nichts. Ich fühlte mich so schuldig, so unglaublich schuldig.« Wieder folgte ein Stich, Olivia stöhnte dieses Mal, kam aber nicht zu sich.

»Dann hatten wir unsere Abifeier draußen am See. Ich trank Unmengen, konnte aber trotzdem nicht abschalten. Da bin ich losgelaufen, bis vor mir dieser Campingbus aufgetaucht ist. Ich erinnere mich daran, dass ich irgendwann in dem Wagen saß und es einen Streit gab. Die beiden wurden laut und warfen sich hässliche Dinge an den Kopf, da musste ich eingreifen. Ich wollte nur verhindern, dass noch einmal zwei Liebende getrennt werden, dass einer von ihnen Schuld auf sich lädt, so wie ich es getan hatte. Liebende müssen doch zusammenbleiben. Und eigentlich war es ganz einfach, ihnen zum ewigen Glück zu verhelfen, ich wusste plötzlich genau, was zu tun war.«

Endlich unterbrach er seine grausame Näharbeit und blickte auf. Er überlegte, und schließlich erschien ein zufriedener Ausdruck auf seinem Gesicht, so als hätte er endlich die richtige Formulierung für etwas gefunden, das sich nur schwer erklären ließ. Als er sich direkt an Stutter wandte, wirkte das ausgesprochen unheimlich: »Herr Hauptkommissar, ich habe nichts weiter getan, als zwei Menschen, die sich lieben, für immer zu vereinen. Ist es nicht das, was sich Liebende am sehnlichsten wünschen? Nie wieder getrennt, auf ewig zusammen? Ich habe einen Weg gefunden, anderen zum Glück zu verhelfen. Etwas, das mir selbst bislang verwehrt geblieben ist. Natürlich musste ich sorgsam vorgehen, sonst hätte es nicht funktioniert. Dieses Paar in dem Campingbus sollte auf die gemeinsame Zukunft vorbereitet sein. Ich habe ihm die Lider entfernt, damit er nie wieder den Blick von ihr abwenden konnte. Es war wichtig, dass er die Frau, die er liebt, ansieht. Vor allem zum Zeitpunkt ihres Todes, wenn er glaubt, dass sie für immer geht. Natürlich brauchte solch ein besonderer Moment auch ein Symbol. Nennen Sie es einen Wink des Schicksals, dass ich immer noch das zweite Strohpüppchen hatte. Was wäre passender gewesen? Ich ließ es im Campingbus zurück, wollte, dass es das Mädchen genau wie Petra an ihrem Herzen trägt. Leider hatte ich in dieser Nacht nicht an Nadel und Faden gedacht. Dann musste ich nur noch das Feuer legen, damit die Liebenden miteinander verschmelzen konnten.«

Er sah versonnen an der Kamera vorbei, dann strahlte er über das ganze Gesicht. »Es war ein so befreiender Augenblick gewesen. Ich hatte endlich einmal das Gefühl, das Richtige getan zu haben. Am nächsten Tag erfuhr ich von Janas Schwangerschaft. Das glich einem Zeichen. Meine Schuld schien getilgt. Ich hatte mich an Petra versündigt, aber indem ich dieses Pärchen im Campingbus für immer vereint hatte, war mir das Schicksal wieder wohlgesonnen und schenkte mir ein neues Leben. Es schenkte mir Nils. Die Geburt meines Sohnes hat mich gerettet.«

Tobias senkte wieder den Kopf. Seine Hände führten die Näharbeit fort, er wurde hektischer. Obwohl er sich selbst mit der Nadel große Schmerzen zufügte, als er sie nun in Höhe der Hüfte gewaltsam durch das Gewebe rammte, hielt ihn das nicht auf.

»Leider hatte ich mich getäuscht. Schuld ist heimtückisch und wird dir nie vergeben, nein, ich muss wieder und wieder dafür bezahlen. Man nahm mir meinen Sohn. Nach all den Jahren hat ihn mir das Schicksal entrissen, und wieder fühlte ich die Schuld. Wäre ich strenger mit ihm gewesen, dann wäre er vielleicht in jener Nacht nicht gestorben. Es war nicht das erste Mal, dass er sich unerlaubt einen Wagen ausgeliehen hatte, aber ich ließ ihm immer alles durchgehen, tat so, als wüsste ich nicht, was er heimlich trieb. Ich wollte doch nur, dass er sein Leben genießt, aber genau genommen bin ich deshalb für seinen Tod verantwortlich.« Er stieß einen jämmerlichen Laut aus. »Nils war mein Ein und Alles. Mit seinem Tod endete mein Leben zum zweiten Mal.« Er weinte und hatte Mühe, seine Finger zu kontrollieren, die zu zittern begannen und die Nadel nur noch mühsam halten konnten.

»Erst dachte ich, ich bin verloren. Ich weiß nicht, wie ich überhaupt weitermachen konnte. Die Realität schien in einem Nebel zu versinken, aber dann fand ich die Strohpuppen. Das Schicksal hat mich nach all den Jahren ausgerechnet auf einen Jahrmarkt geführt. Erinnerungen an eine längst vergessen geglaubte Zeit brachen über mich herein, und dann, als alle schon weg waren, stieß ich auf diesen Karton mit den Püppchen. Das war, als hätte man mir einen Auftrag erteilt. Ich glaubte, ich wüsste, was ich zu tun hätte, um weiterleben zu können, um Vergebung zu finden.« Er stieß keuchend die Luft aus, als er in Höhe der Rippen den Faden durch seine Haut führte. »Ich musste nur noch auf den richtigen Zeitpunkt warten. Irgendwann war es dann so weit, und ich tat meine Pflicht, um weiteres Leid zu verhindern. Zuerst war da dieses nette Paar in der Ferienanlage. Dann die beiden in der Fabrikhalle, leider scheiterte ich dort, als mir die Frau im Angesicht des Todes gestand, schwanger zu sein. Ina und Marek hingegen konnte ich retten. Sie hatten sich in dem Interview so furchtbar gestritten, das war nicht richtig. Alles ging so einfach, sie starben glücklich. Danach hoffte ich, endlich meinen Frieden zu finden. Aber dann erfuhr ich, dass Anna meine Tochter war ...« Flehentlich richtete er sich an die Kamera: »Ich schwöre, dass ich das nicht gewusst habe!« Seine mittlerweile blutverschmierten Hände bewegten sich noch schneller, so als müsste er seine Arbeit im Akkord erledigen. »Anna, kleine Anna, meine Anna, mein Kind. Diese heimtückische Schuld, ohne Vergebung ...«

Wie ein Besessener trieb er die Nadel in sein eigenes Fleisch, stöhnte und ließ sie schließlich fallen, als er die Hände vors Gesicht schlug und weinte. Sein Körper bebte immer noch, als er die Arme senkte und sagte: »Wie, Herr Hauptkommissar, kann mir jemals vergeben werden? Mein eigenes Kind, mein Fleisch und Blut, meine Anna. Ich hätte ihr niemals etwas tun dürfen, aber das Mädchen fing ständig an, über die Vogelscheuche zu sprechen. Ich befürchtete, dass sie mich erkannt hatte.« Er weinte wieder, seine Nase lief, Speichel tropfte über sein Kinn, und jedes Mal, wenn er sich bewegte, verzog sich sein Gesicht. Ob er den Schmerz, den die Naht verursachte, spürte oder die eigene Grausamkeit ihn erschaudern ließ, blieb ungewiss. »Es sollte wie ein Unfall aussehen, aber dann fand man sie an dem Gerüst der Vogelscheuche, und es war, als würde sie mich auf diese Art anklagen.«

Irgendwer der Anwesenden warf ein: »Er wusste also nicht, dass Nahlang dafür verantwortlich ist.« Die Kollegen nickten zustimmend. Dann konzentrierten sie sich wieder auf den Bildschirm.

»Es ist vorbei, endgültig vorbei. Jana hat das erkannt und es beendet. Sie war so großzügig, mich in ihrem Abschiedsbrief nicht zu erwähnen. Vermutlich ist das auch nicht notwendig. Jeder wird wissen, dass ich die Schuld an ihrem Tod trage. Ich hätte ihr genauso gut die Hände um den Hals legen und zudrücken können. Ich habe begriffen, dass ich in diesem Leben keine Vergebung mehr finde. Vielleicht erwartet mich dafür mit Olivia das ewige Glück. Für immer vereint mit der Mutter meiner Tochter. Ich denke, das ist meine einzige Chance. Olivia schien, nachdem die Wahrheit ans Licht gekommen war, so unglücklich – da wusste ich, dass ich ein letztes Mal meine Pflicht tun muss. Ich habe ihr vergeben und werde ihr nun in der Ewigkeit beistehen.«

Tobias ergriff das Messer auf dem Nachttisch. Im Hintergrund hörte man Geräusche. Die Sirene der Einsatzfahrzeuge erklang, dann folgte das Aufbrechen der Haustür, Stiefeltrampeln und Rufe, mit denen sich die Eindringlinge als Polizisten zu erkennen gaben.

Tobias Wammer lächelte. »Endlich wird es zu Ende gebracht. Vor fünfundzwanzig Jahren war ich zu feige, Petra zu folgen. Heute jedoch werde ich Olivia begleiten.«

Die Schritte wurden lauter.

Wammer sah zur Tür, dann ein letztes Mal in die Kamera. »Ich werde heute sterben, wenn nicht durch eigene Hand, dann durch die Ihre, Herr Hauptkommissar. Sorgen Sie dafür, dass ich endlich von dieser heimtückischen Schuld befreit werde!«

Im nächsten Augenblick ging die Tür auf, und Stutter betrat gefolgt von seinen Kollegen den Raum.

Es hatte etwas Unwirkliches, die folgende Szene auf dem Bildschirm zu sehen. Die Kollegen, die dabei gewesen waren, kannten die Geschehnisse genau, und doch zuckten sie zusammen, als der Schuss fiel.

Stutter stoppte die Aufnahme, stand auf und verließ den Raum. Er fand eine offene Tür an der Rückseite des Gebäudes, stürzte ins Freie, sog heftig die frische Luft ein und kämpfte die aufsteigende Übelkeit nieder. Trotz der frostigen Außentemperatur bildete sich Schweiß auf seiner Stirn. Er hatte ein Monster erschossen, damit das Leben einer Frau gerettet, und doch fühlte es sich für ihn nicht wie ein Sieg der Gerechtigkeit an. Wieder einmal wünschte er sich, er hätte alles, was geschehen war, verhindern können.

Hinter ihm öffnete sich die Tür. Carolin Kettler trat neben Stutter und starrte auf die Mülltonnen, die an der gegenüberliegenden Wand standen.

»Wichtig ist, dass der Fall gelöst wurde. Denn das bedeutet Gerechtigkeit«, sagte die Polizistin unvermittelt, als würde sie seine Gedanken erraten.

Er stieß einen heiseren Laut aus. »Und wem nützt das? Zu viele sind hier gestorben.«

»Ja, aber der Schuldige ist nicht davongekommen. Die Hinterbliebenen wissen jetzt, was geschehen ist. Heidi Hagel, der ich versprochen hatte, den Fall ihrer Tochter nicht aus den Augen zu verlieren, hat ihren Frieden gefunden. Der alte Ehler weiß zumindest, warum seine Tochter sterben musste, und Olivia Ting hat überlebt.«

»Hat sie das wirklich? Was für ein Leben wartet denn jetzt auf sie?«, fragte Stutter ungläubig.

»Ihr Mann ist bei ihr im Krankenhaus. Sie werden einen Weg für sich finden«, sagte Carolin voller Überzeugung.

Mit einem Mal entspannten sich Stutters Züge. Er sah Carolin an und lächelte. »Du wirst dich melden, wenn du eines Tages auch einen für uns findest, nicht wahr?«

Dann küsste er sie zärtlich auf die Stirn, und sie entgegnete: »Das werde ich, versprochen!«

Er wollte noch etwas anfügen, aber in diesem Moment wurde die Tür erneut aufgerissen.

Jasmin Nau stand im Türrahmen und sah überrascht von einem zum anderen. Obwohl sie nicht gesehen hatte, was gerade passiert war, spürte sie, dass hier keine unverbindliche Raucherpause abgehalten wurde.

Carolin wandte ihr weiter den Rücken zu, während sich Stutter umgedreht hatte und den peinlichen Moment auflöste, indem er sagte: »Was gibt es denn?«

»Telefon, unser Boss vom BKA will dich sprechen.«

»Ich komme«, erwiderte der Hauptkommissar in neutralem Tonfall und folgte Jasmin, ohne Carolin noch einmal anzublicken.

Die Stuttgarter Beamtin war dankbar dafür, denn sonst hätte er noch die Tränen bemerkt, die ihr über die Wangen liefen. Sie brauchte einen Augenblick, um sich zu sammeln, wischte dann energisch über ihr Gesicht und sagte in ihrem üblichen barschen Tonfall zu sich selbst: »Es ist eben nicht immer einfach, das Richtige zu tun.«

ENDE

Schlusswort und Anmerkungen

Alle Personen, Institutionen und Handlungen in meinem Buch, nebst Namen und Bezeichnungen, sind frei erfunden. Ähnlichkeiten mit lebenden oder toten Personen und deren Handlungen sind rein zufällig und nicht beabsichtigt. Auch die Gemeinde Pfetzertal ist meiner Fantasie entsprungen. Genauso wie deren Einwohner und das Golfplatzprojekt. Allerdings möchte ich darauf hinweisen, dass es am Fuße der Schwäbischen Alb viele wunderschöne Ortschaften und Gemeinden gibt, die es lohnt zu besuchen. Und auch die Großstadt Stuttgart hat seinen Reiz und ist auf jeden Fall eine Reise wert.

Ein Wort zu den beschriebenen Ritualen, in denen Strohpuppen eine Rolle spielen: Den Brauch, die *Marzanna* zu verbrennen und zu ertränken, gibt es tatsächlich. Er wird vor allem im slawischen Raum, unter anderem in Polen, praktiziert. Außerdem existiert zum Glück auch das im Buch von mir beschriebene leckere polnische Backwerk, von dem ich ein großer Fan bin.

An dieser Stelle möchte ich noch erwähnen, dass »Heimtückische Schuld« nach »Der Sündenfänger« der zweite Psychothriller mit dem Ermittlerteam Stutter & Nau ist. Beide Bücher sind jedoch in sich abgeschlossen und können unabhängig voneinander gelesen werden.

Vielen Dank, dass Sie sich die Zeit für meinen Psychothriller »Heimtückische Schuld« genommen haben. Ich hoffe, Sie hatten spannende, unterhaltsame Lesestunden und Spaß daran, Stutter bei der Lösung des Falls beizustehen.

Mit den besten Grüßen
Ihre Ilona Bulazel

Weitere Bücher der Autorin

Blutmosaik (Psychothriller, Band 6)
www.amazon.de/dp/B079S59SCX

Der Sündenfänger (Psychothriller)
www.amazon.de/dp/B077ZMB5QW

Verdorbene Ernte (Psychothriller)
www.amazon.de/dp/B07494DKKH

Bitterblutige Wahrheit (Kriminalroman)
www.amazon.de/dp/B0716MQZXZ

Ufer der Angst (Psychothriller, Band 5)
www.amazon.de/dp/B01NCTUIFX

Schmutzige Tränen (Psychothriller)
www.amazon.de/dp/B01H92SI1Y

Lautloser Hass (Psychothriller, Band 4)
www.amazon.de/dp/B01CTAO28E

Sepsis – Showblut (Psychothriller, Band 3)
www.amazon.de/dp/B01ADMWI8G

Sepsis – Das Schandmaul (Psychothriller, Band 2)
www.amazon.de/dp/B015WUW2QM

Sepsis – Verkommenes Blut (Psychothriller, Band 1)
www.amazon.de/dp/B00V0R616E

Das Geheimnis von Herculaneum (Historischer Roman)
www.amazon.de/dp/B06XR29T4J

Blutiger Schein (Thriller)
www.amazon.de/dp/B01J2WXQ6Q

Projekt Todlicht (Thriller)
www.amazon.de/dp/B011AKKO22

Die Akte Aljona (Thriller)
www.amazon.de/dp/B00Q5KOL2M

Operation Castus (Thriller)
www.amazon.de/dp/B00IDI70R2

world: reset – Nach den Aschentagen (Krimi/Science-Fiction-Thriller)
www.amazon.de/dp/B00CG8G79W

Mystery-Geschichten (Kurzgeschichten)
www.amazon.de/dp/B00LOVB5K8

Scifi-Geschichten (Kurzgeschichten)
www.amazon.de/dp/B00M4E48P8

Alle Titel erhalten Sie als E-Book (die Shops finden Sie auf der Website der Autorin unter www.autorib.de) oder als Taschenbuch über Amazon!

Printed in Poland
by Amazon Fulfillment
Poland Sp. z o.o., Wrocław

92383304R00155